Best Time

白 马 时 光

囚禁的天空

Christine Leunens

〔新西兰〕克莉丝汀·莱南斯　著

曾琳　译

百花洲文艺出版社
BAIHUAZHOU LITERATURE AND ART PRESS

图书在版编目（CIP）数据

囚禁的天空 /（新西兰）克莉丝汀·莱南斯著；曾
琳译.—南昌：百花洲文艺出版社，2020.5
ISBN 978-7-5500-3706-9

Ⅰ.①囚… Ⅱ.①克…②曾… Ⅲ.①长篇小说—新
西兰—现代 Ⅳ.①I612.45

中国版本图书馆 CIP 数据核字（2020）第 028031 号

江西省版权局著作权合同登记号：14-2019-0205
CAGING SKIES By CHRISTINE LEUNENS
Copyright: © CHRISTINE LEUNENS 2019
This edition arranged with THE SUSIJN AGENCY LTD
Through BIG APPLE AGENCY, INC., LABUAN, MALAYSIA.
Simplified Chinese edition copyright: © 2020 Beijing White Horse Time
Culture Development Co.Ltd.
All rights reserved.

囚禁的天空
QIUJIN DE TIANKONG

〔新西兰〕克莉丝汀·莱南斯 著 曾琳 译

出 品 人	李国靖
特约监制	何亚娟 夏 童
责任编辑	兰 瑶
特约策划	谭 欣
特约编辑	李青尘
封面设计	樱 瑄
版式设计	彭 娟
出版发行	百花洲文艺出版社
社 址	南昌市红谷滩世贸路 898 号博能中心Ⅰ期 A 座 20 楼
邮 编	330038
经 销	全国新华书店
印 刷	三河市兴博印务有限公司
开 本	880mm×1230mm 1/32
印 张	8
字 数	150 千字
版 次	2020 年 5 月第 1 版第 1 次印刷
书 号	ISBN 978-7-5500-3706-9
定 价	45.00 元

赣版权登字：05-2020-26
版权所有，侵权必究
发行电话 0791-86895108　　　　　网址 http://www.bhzwy.com
图书若有印装错误，影响阅读，可向承印厂联系调换。

致 谢

在此感谢以下人员对本书研究资料提供的帮助：法国卡昂和平纪念博物馆的阿克塞尔、佛罗伦萨·法里博、卡洛里·莱查理；维也纳已过世的西蒙·维森塔尔和西蒙·维森塔尔中心；来自维希法国被驱逐被害者纪念中心的保罗·施耐德；奥地利抵抗运动档案中心的乔治·施皮奈尔和乌苏拉·施瓦茨博士；维也纳历史委员会的伊娃·贝利米林格；来自巴黎的奥地利文化论坛的约塔·斯图尔曼；来自哈佛大学神学院的詹姆斯·L.库格尔博士；来自RZB奥地利的维拉·斯图尔曼和伊丽莎白·高特。除此以外，还要感谢安妮莱尔·麦克森，来自艾博市的艾米丽，安东尼·波提博士，莫提克·芬妮，弗朗斯·格兰戴尔·凯利博士，已去世的莫里斯·维恩博格博士，安德列斯·培卢瑟聂尔和她的父亲，已过世的乔纳斯·培卢瑟聂尔。我对哈里特·艾伦的真知灼见感激不尽，感谢瑞秋·斯科特和卡莱尔·嘉莫为我提出有关编辑方面的建议。感谢克劳迪娅·科德、约瑟芬妮·卡柏·格雷罗、玛丽孜娅·巴尔梅林和伯纳德·图勒的字幕翻译；感谢马可·文森提尼、克里斯丁·贝瑟和菲利普·雷不辞辛苦的编辑工作，再次特别要感谢克里斯丁·贝瑟和菲利普·雷为该书简版的编辑工作。在此还要特别感谢劳拉·苏伊和贝雷塔·诺伊从我撰写初稿伊始就对我抱有坚定的信心。

致我的丈夫，阿克塞尔

楔 子

　　谎言最可怕之处不是讲述虚假的空话，因为假的终究是虚妄之言，但是它们最终会在别人脑海中变成真正的事实。它们脱离了撒谎之人的控制，就像随风飘荡的种子，在你最不在意的地方生根发芽，直到某天撒谎的那个人发现曾经的种子已经在荒凉的悬崖边长成了苍天大树。这虽然让撒谎的人开心，但更多的却是悲伤。这棵树是如何长在这里的呢？它又靠什么生存呢？在这种孤寂之下，它是那么美丽，虽然扎根在虚妄之言的荒原之上，但却绿意盎然，生机无限。

　　自从我撒了这个谎之后，已经过去很多年了，但是我还是得细细梳理它的枝叶，看看究竟哪些源自确凿的事实，哪些源自虚妄的谎言。我能不能在锯下所有基于谎言的枝叶的同时，还不会对这棵树造成太大的伤害？或许我该把这棵树移植到肥沃的土壤。但是这样风险太大，因为它已经适应了谎言，学会了如何在狂风中弯曲枝干适应风势，习惯了匮乏的水源。它太过弯曲，以至于一部分枝叶和地面保持垂直，甚至深入高耸而毫无生机的悬崖里。但是它也没有倒在地上，它的树叶在晨露中腐烂，就好像我把它移植到了别处一样。弯曲的树干永远不会直起来，就好像我也不能挺直身板就回到 20 岁。在经历了这么多的苦难之后，换一个更加温和的环境反而会有致命风险。

　　我已经找到了解决方案。如果我说出真相，那么悬崖就会被一点点腐蚀殆尽。至于我自己的书又会有怎样的命运？我向天空握紧拳头，然后放飞我的祈祷。不论它们飘落何方，我希望我的祈祷之树能够在那里生根发芽。

第一章

　　我叫乔纳斯·德特莱夫·贝泽勒尔（小名乔乔），1927年3月25日生于维也纳。从我母亲的相簿照片上来看，我刚出生时是个又秃又胖的小宝宝。翻看照片时，猜测究竟是我父亲、母亲还是我姐姐抱着我是一件有意思的事情。我小时候和其他婴儿没有什么区别：笑的时候会露出一嘴光秃秃的牙床，对自己的小脚丫子充满好奇，涂在自己脸上的梅果酱比吃进嘴里的还多。我对于一个比自己大两倍的粉红袋鼠情有独钟，总是拖着它到处爬。我显然不喜欢别人塞进我嘴里的雪茄，这一点可以从照片中我号啕大哭的样子得到证明。

　　我与父母关系很亲密，和爷爷奶奶关系也不错。我从没见过我的外公和外婆，他们在我出生前就死于一场雪崩。外公和外婆来自萨尔茨堡，他们是远近闻名的徒步旅行者和滑雪高手。据说外公可以凭着鸟儿的歌声就知道是什么鸟在叫，或者通过树叶被风吹过的声音就能判断树的种类，连看都不用看一眼。我父亲也对此坚信不疑，所以我相信母亲没在这件事上撒谎。父亲说外公曾经告诉他，每种树都有自己的低语。母亲给我讲了不少关于外公外婆的事情，所以我也对他们非常了解，敬爱有加。他们如今早已升入了上帝的国度，在天堂注视着我，保护着我。也因为如此，晚上我去上厕所爬起来的时候不会有怪物从床底伸手抓我的腿，也不会有坏蛋在我熟睡的时候用刀刺穿我的心脏。

我们给爷爷的外号是"Pimbo"，给奶奶的外号是"Pimmi"。但是奶奶的外号在德语里会加一个"chen"的后缀，意思是可爱的小东西。这就导致了一个奇怪的副作用，因为这种充满感情色彩的称呼似乎让奶奶的身份有点"缩水"。这些都是我姐姐小时候编出来的名字。爷爷是在一场舞会上认识奶奶的，那是一个典型的维也纳舞会。爷爷看到奶奶在和她衣着光鲜的未婚夫跳着华尔兹。趁着那位男士去拿香槟的工夫，爷爷上前恭维他的未婚妻是多么漂亮。但是他却告诉爷爷，那是他的姐姐而已。从这以后，爷爷就再没给他机会和奶奶跳舞。舅爷爷艾格特只能坐在一边拨弄着大拇指，因为在场的其他女士和他的姐姐比起来实在相貌平平。当三个人离开舞会的时候，爷爷带着他俩走到停在马车后面的奔驰车旁。他把胳膊搭在汽车的椅背上，好像自己就是这车的主人。他神情恍惚地看着天，然后说道："真遗憾车里只能坐两个人。今晚多么美妙，不如我们一起走走吧？"

奶奶曾经在维也纳被两个维也纳的杰出青年追求过，但是最后还是选择了爷爷。因为她认为爷爷更帅、更聪明、更体贴而且有钱。当然最后一点并不存在。爷爷那时候比普通的小市民还要穷，婚前几个月爷爷带着奶奶去各种高档餐厅和剧院都得去找银行借钱，这无疑让爷爷的经济状况雪上加霜。不过那些都是善意的谎言，因为爷爷在遇到奶奶前的一周，用从银行借来的同一笔钱开了一家生产熨斗和熨衣板的工厂。经过几年的辛勤劳作，他们也最终过上了富足的生活。奶奶总是喜欢和我们讲结婚前的龙虾与香槟是如何变成婚后的沙丁鱼和自来水的。

　　我的姐姐乌特死于糖尿病，临终前距离她的 12 岁生日就差四天。在她给自己打胰岛素的时候，我是不被允许进她的房间的。但有一次，我听到妈妈告诉她如果肚子疼的话就把针打在腿上，我就擅自闯进房间，看到她刚好把德国特色服饰拉上去，露出了自己的肚子。有一天放学回家，她忘了给自己打胰岛素。我妈妈问她给自己打针了没，她就"嗯嗯"应付过去，但是随着针打得越来越多，她的回答也就多了几分回避的意味，而不是肯定的回答。

　　让我感到悲伤的是，我对她的小提琴的记忆远比我对她的记忆要多得多。我依然记得小提琴黑色的琴背和条纹标记，我姐姐涂在琴弓上的松脂味道，还有那拉琴时从上面腾起的烟雾。有时候她让我来试试琴，但是又不让我碰琴弓上的马鬃，不然弓弦会发黑。想学着姐姐的样子紧紧琴弓也是不允许的，因为会弄坏琴弓；拨弄弦轴也是不允许的，因为会拉断琴弦。我那时候还太小，没法把这些要点都熟记于心。我要是运气好能拉得动琴弓，那么发出的声音也只有我自己能欣赏那是什么玩意儿。每到这种情况，姐姐和她迷人的小伙伴就会爆出一阵大笑，然后妈妈就会大喊着我的名字，让我去帮她完成只有她勇敢的儿子才能完成的"高难度"家务活。不论我怎么努力，都不能像姐姐那样拉动琴弓，不是碰到琴马就是戳到了墙上或者某人的眼睛里。接下来就是小提琴从我的手里拧走，然后我被"送出"房间，我的尖叫和抗议完全不起作用。乌特和她的朋友一边咯咯大笑一边拍着我的脑袋，然后关上房门继续练习。我对这一切依然记忆犹新。

　　随着时间的流逝，我对她唯一的回忆是起居室的小桌子边上姐姐的照片。在随后的岁月里，我记忆中的亲人不再鲜活，对他们的思念都凝在了这些定格瞬间的照片上。我无法让照片中的人再活生生地动起来，最多不过是在命运出现转折的时候，看着照片中的亲人发自内心的微笑。

乌特死后不到两年，爷爷也因为糖尿病去世了，他死的时候 67 岁。虽然他之前都不知道自己有糖尿病，但当他从糖尿病导致的昏迷所引发的肺炎中苏醒过来后，爷爷就陷入了不可自拔的悲伤中。他认定是自己把糖尿病遗传给了乌特。我父母说爷爷是死于自己的悲伤。那时候奶奶已经 74 岁了，我们也不想让她的日子太难过，所以就把她接过来住。一开始奶奶并不喜欢这个主意，因为她觉得这会干扰我们的生活，所以每天早饭的时候她都向我们保证她不会打扰我们太久。我们谁都不想让她过早离世，虽然每一年都可能是奶奶的最后一年。每当圣诞节、复活节和奶奶的生日之时，爸爸都会眨着湿润的眼睛说这可能是我们最后一次和奶奶一起过节了。随着时间的推移，我们本应对奶奶的长寿抱有信心，但是我们却越发怀疑奶奶到底还能坚持多久。

我们家位于维也纳西郊的第十六区，那地方也叫欧塔克林。我们的房子看着很气派，外面涂的颜色和美泉官一样。虽然我们家还在维也纳市的管辖范围内，但是房子周围有森林环绕，除了肖顿森林和杰明顿森林两片大森林以外，还有不少绿油油的草地。当我们从维也纳市中心返回家中，我直观的感受是自己住在乡下，而并非住在奥地利的首都。人们说欧塔克林和黑尔纳尔斯都是最不适宜居住的地区。按照上了年纪的人的说法，它向市区延伸的区域都住满了怪人，我怀疑是因为那里的人都非常穷或者不择手段赚钱摆脱贫困。幸运的是，我家住得离是非之地比较远。从我家窗子望出去并不能看到漫山遍野的葡萄，这些葡萄晒了一个夏天之后酿出的葡萄酒非常有名。但沿着蜿蜒的小路，只要骑上几分钟的自行车就能看到它们了。窗外能看到我们邻居的房子，一共三间，不是涂成浅黄色就是草绿色。这些都是代替美泉官的色调常用的颜色。

爷爷去世后，我父亲接手了工厂。因为爷爷在世的时候，父亲就帮他管理工人，他有相关的经验。虽然母亲警告过父亲企业太过庞大，会有一定的风险，但是他还是收购了雅科夫电器公司。这家公司虽然没有贝泽勒尔熨斗厂那么庞大，但是业务也涉及世界各地，每年利润颇丰。父亲辩解说零再多还是零，再多也不嫌多，况且多一点是一点。他对于他的合作关系非常满意，"雅科夫与贝泽勒尔"公司的全新熨斗和电器很快就打开了前所未有的海外市场。我父亲买了个地球仪，一天晚餐后，他给我指出了希腊、罗马尼亚和土耳其的位置。我脑子里则幻想希腊人、罗马人（我以为罗马尼亚住的都是罗马人）和土耳其人穿着熨烫得笔挺的长袍是个什么样子。

在我的童年里有两件事，算不上什么大喜大悲，也不是什么特别光荣的事情，但却记忆深刻。有一次在我妈妈做沙拉时，我一下就发现菜叶子中间藏了只蜗牛，妈妈手腕一抖把它扔进了垃圾桶。我们家有好几个垃圾桶，其中一个是用来装菜叶、果皮和蛋壳的，妈妈会把这些垃圾埋进我们的花园。我担心蜗牛也会被埋进去，因为看起来它似乎也是不错的肥料。我母亲从来不让我养狗或者猫，因为她对动物毛发过敏。经过我的软磨硬泡和她再三犹豫后，虽然妈妈带着一脸不适，她还是同意让我把蜗牛养在一个盘子里。我妈妈是个大好人。我每天都给蜗牛喂莴笋，它后来长得比我见过的所有蜗牛都大，尺寸和我的拳头一样大。好吧，可能还差了点儿。每当它听到我靠近的时候，就把脑袋伸出壳，摇晃着身子，把触角伸过来，所有这些动作都是慢悠悠的。

有一天早上我下楼发现我的蜗牛不见了。但我很快就找到了它，然后把它从墙上拔了下来，放回盘子里。这都变成了一种习惯：每天晚上它就逃跑，然后我早上再把它从桌腿、展示架上的莫森瓷器、墙纸或者某人的鞋子上抠下来。有天早上我快迟到了，我妈妈说要是吃完早饭还有时间就去找蜗牛。她说完就把托盘放到了长椅上，然后我们就听到了什么东西被压碎的声音。妈妈翻过托盘看到我的蜗牛被压了个粉碎。我当场哭得稀里哗啦，完全和我的年纪不符，以至于爸爸都跑过来，还以为我用切肉刀伤到了自己。他对蜗牛的事无能为力，况且还有工作等着他，所以妈妈就答应我把蜗牛壳补好。鉴于我已经泣不成声，她最后同意我今天不用去学校。

我找到胶水，想把蜗牛壳粘起来，但是妈妈担心胶水对蜗牛是有毒的。她建议我们最好还是靠滴水来保持它的水分，然后在接下来的一小时我只能眼睁睁地看着我的小伙伴逐渐萎缩。奶奶建议我们去乐维利尔酒店——一家位于阿尔贝蒂娜广场的法国饭店——买一包食用蜗牛的壳。我们马上出门买来了蜗牛壳，然后放在了盘子上，但是蜗牛就是不想从旧壳里出来。最后在我们的帮助下，萎缩的蜗牛终于"钻"进了新壳里，但是旧壳的碎片还贴在它的背上。经过两天的照料和担忧，我终于可以确认我的宠物已经死了。要说我为什么看重蜗牛的死甚于我姐姐和爷爷的去世，可能是因为我长大了，能够理解死亡意味着再也不能看到你想看到的蜗牛或是亲人了。

另一件事甚至都算不上事。那是一个周五的下午，我的父母出去吃饭，或者是去看展览或者歌剧，奶奶和我在煎锅里化了一整条黄油，还放了肉片。我俩站在炉子前面，拿着面包在锅里蘸了蘸后直接送进嘴里，我们的叉子很快就烫得不得了。之后奶奶还给我做李子酱焦糖松饼当甜点，我在一旁看着各种原料被一股脑全都倒进锅里，开始眼花缭乱。通常来讲，妈妈连做梦都不允许我梦到这些东西，因为她担心任何太甜的东西都会让我得糖尿病。但是这种"偷偷吃"的行为让松饼变得更好吃了。

1938年年中的一天，我父亲带我去见一个专门给残疾人做鞋子的鞋匠。我之所以能记得这么清楚，是因为我的生日快到了，而且鞋匠的墙上还有个日历。在我们排队坐着等候的时候，我不停算计着还有多久才能过生日，因为我知道父亲母亲会给我一个从中国送来的方形风筝。父亲的扁平足严格来讲也不算什么残疾，但是他整日都得站着上班，所以也是非常痛苦。奶奶也找这个鞋匠修过鞋子，所以我们对于古博尔先生非常尊敬。奶奶说，古博尔先生简直能改变别人的一生，因为脚疼会让老年人失去活下去的意志，而古博尔先生无疑改变了很多老人的生活。当古博尔先生做鞋的时候，他把这份工作当作一种使命，用每一双鞋去弥补岁月给脚带来的囊肿、鸡眼和肿块。他的生意好得不得了，狭窄的店铺里弥漫着皮革和鞋油的味道，还是有十几个人在排队等候。

我在店里踢腾着腿打发时间，忽然门外传来一声巨响，好像天都塌下来了。我跳起来想看看发生了什么，但是爸爸叫我把门关上，打开门只会让房里更冷。我接下来就记得整个维也纳的人都在叫嚷着同样的话，但是声音太大，听不清说的什么。我问爸爸是怎么回事，他也说不上，但是随着时间的流逝，他显得越来越不耐烦。古博尔先生完全无视了外面的喧闹，他继续测量着一个男孩的左脚。这个男孩得过小儿麻痹症，左脚的鞋子得加高十厘米才能合得上停止发育的左腿。等到古博尔先生为我父亲量尺寸的时候，我父亲都快站不住了。特别是古博尔先生量完了脚又去量腿，如果尺寸有偏差的话，对背不好。他对所有人都那么好，奶奶说古博尔先生是个很体贴的人。

回家的路上我们经过了英雄广场，我从没见过那么多人聚在一起，我这辈子都不会忘了那个场面。我问父亲是不是有一百万人，他说可能有个几万人吧。我不觉得有什么区别。光看着这群人，我都感觉自己要被淹没了。有个人站在新霍夫堡皇宫的阳台上大声叫嚷着，下面的人群也被他的狂怒和激情所感染。我看到大概·百个大人和孩子爬上了尤金王子和卡尔大公雕像的马背上，从上面看那个人演说。我也想爬上去，便央求父亲，但是被父亲拒绝了。现场有音乐、喝彩和飘扬的旗帜，每个人都可以参与，这简直太棒了。他们旗帜上的标志看起来就像风车的叶片，风一吹就能转起来。

　　坐在回家的电车上，父亲失神地盯着窗外。因为父亲不让我参加集会，我变得闷闷不乐，明明我们近在咫尺。这对他来说有什么影响呢？浪费父亲几分钟宝贵时间？我静静地看着父亲，他的相貌温文尔雅，但是一脸闷闷不乐的表情在作为儿子的我看来，虽然很不想承认，但不得不说非常难看。他紧闭着嘴巴，表情凝重，鼻子线条分明，眉毛却拧在一起，眼睛盯着什么东西，哪怕是我都不能分散他的注意力。他的头发梳理得非常整齐，看起来很职业化，就好像能帮着推销自己的产品一样。我心里暗想：我的父亲更关心自己的工作、利润和工厂，而不是如何让家人更开心。但是我的愤怒慢慢消散，然后又觉得他很可怜。他的头发不再整齐，头发在头顶更为稀疏，还盘结在一起。我借着电车转弯的力道用力靠在他身上。

　　"爸爸，"我问道，"阳台上的那个人是谁啊？"

　　"那个男人，"他一边回答一边将我搂起来，目光并不在我身上，他的手臂时松时紧，对我疼爱有加，"和你这个小家伙没关系，乔纳斯。"

第二章 🐦

　　几周后，来了两个人把奶奶放在担架上抬走，好让她能给德奥合并投票。所谓给德奥合并投票就是看她是不是愿意让奥地利变成德意志第三帝国的一个省。我的父母一大早就出门投票了。而我奶奶之所以要让人抬着去投票，是因为她在去药店买治膝盖的薄荷膏的路上，踩到冰上滑了一跤，摔到了髋骨。

　　"我那天去药店真是太走运了，"她告诉那两个男人，"它治好了我的关节炎！千真万确！我现在根本不在乎我的膝盖了，因为我的髋骨更疼！治疗疼痛的最佳良药就是让别处更疼。"

　　两个人尽力大笑以呼应奶奶的笑话。他俩穿着制服显得非常优雅，但是我却感到非常难为情。因为我知道对他们来说，奶奶不过是一位老妇人。

　　"夫人，在我们出发前，我想问下您带身份证件了吗？"其中一个人问。

　　奶奶耳朵不是很好使，所以我就代她回答，但是她实在太过兴奋以至于没有听到我说话。她在两人抬起担架的时候还说个不停——把自己比作引荐给恺撒的埃及艳后——直到其中一人差点失手将她摔下去，然后她就开始说自己是坐在飞毯上飘过巴比伦。她给他们讲在边界和意识形态发生变化以前，自己和父母的生活是多么不同，以及她是多么希望维也纳能够再次成为一个伟大帝国的首都。奶奶幻想着德奥合并能重现奥匈帝国的荣光。

奶奶回来的时候筋疲力尽，非常需要睡一觉。但等第二天早上的时候她又回到沙发上开始看起报纸，报纸看上去就像一对不听话的翅膀。我光着身子蹲在毯子上，妈妈坐在我身后用镊子从我背上和脖子上拔走蜜蜂的刺，然后用棉球往伤口上抹消毒酒精。随后在那些最不可能的地方检查是否有蜱虫：手指间、脚趾缝、耳朵、肚脐眼。虽然我十分不愿意，母亲还是检查了下我的屁股缝。她警告过我去葡萄园放风筝的后果。

为了不被加上更多的限制，我只能一五一十地说了实情："我原本想去空地放风筝，但是那里风不够强。我只有跑起来才能保证风筝不会掉下来，哪怕停下喘口气都会使风筝线松弛让风筝往下掉。等我跑到葡萄园边上的时候就立刻停下来了，但是风筝落到了园子里面。这点我保证，我可没说瞎话。我只能自己进园子去捡风筝，这可是你和爸爸送我的礼物。"

"下次风不够大的时候，"母亲一边说着，一边时不时拉住我的一撮头发，"试着往反方向跑，离葡萄园远一点。空地大着呢，随便你跑。"她一脸怀疑地抬着眉毛俯视着我，然后把我的衣服团成一团扔到了我头上。

"好的，妈妈。"我回答道，暗自庆幸不用接受进一步的惩罚。我用最快的速度穿衣服，但是母亲还是一巴掌拍到了我的屁股上，说道："傻小子。"

"99.3% 的投票人数都同意德奥合并。"奶奶读道，还试图挥舞胳膊以示胜利，但因为实在没有什么力气，胳膊又落回到原处，"这差不多就是完全同意了！我的天哪。"她把皱巴巴的报纸递给妈妈然后闭上了眼睛，妈妈读完什么都没说，就把报纸放到了一边。

学校里发生了很多变化，让人感到困惑，甚至连地图都变了，奥地利从地图上被划掉，取而代之的是第三帝国的奥斯特马克省。新课本代替了原来的课本，新教师换走了原来的教师。我为没来得及和格拉斯先生道别而感到很难过。他是我最喜欢的老师，也是我姐姐六年前的老师。当我在开学第一天的上课铃响过之后，当他发现我是乌特·贝泽勒尔的弟弟之后，他把我好好打量了一番，试图找出我俩哪里长得像。我父母的朋友说我和我姐姐笑起来很像，但是我刚见到格拉斯先生的时候可没笑。乌特死的那年也是他的学生，我不由觉得他可能对我姐姐的印象更为深刻。

第二天下课后他让我留下，给我看了一个椰子船，船里装满了用异国木材雕刻的小动物——长颈鹿、斑马、狮子、猴子、鳄鱼、猩猩、羚羊——每种动物都是一公一母，刚好一对。我当时一定是瞪大了眼睛靠在桌子上欣赏着这一切。他说这个椰子船是他 1909 年在约翰内斯堡的一个市场里发现的。那地方的名字很像我的名字。然后他就把这个椰子船送给了我。但是我除了开心还有点愧疚，毕竟这不是我第一次因为乌特的死而收到别人的礼物和关注了。

拉姆小姐接替了格拉斯先生的工作。她解释说，这是因为格拉斯先生让我们努力记住的东西等我们长大之后 90% 都忘掉了，所以没有必要让他继续教书了。他的工作都是在浪费国家的钱，而这些钱本可以用在别处为人民造福。我们是享有特权的新生一代，能够享受全新的现代化教育体系，学习前人没有机会学习的知识。我突然为我的父母感到很难过，然后暗下决心晚上回家之后要尽力把自己学到的都教给他们。现在我们从书里学到的东西更少了。运动成了我们的主要课程，每天都要花上很多时间锻炼，好把我们变成健康强壮的大人，而不是苍白无力的书虫。

我父亲的观点是错误的。那个男人和我们这些小孩子关系可大了。他——元首——阿道夫·希特勒，给我们这些孩子设定了一个远大目标。只有我们这些孩子才能拯救民族的未来。我们这个民族是最稀有且最纯粹的，我们这些孩子对这一点曾经一无所知。这不仅是因为我们聪明漂亮，金发碧眼，高大苗条，就连我们的脑袋和其他种族相比都显示出一种优越的特征：我们都是"长脑袋"，其他种族都是"短脑袋"。这就意味着我们的脑袋形状类似一个优雅的鹅卵形状，而其他种族则是原始的圆形。我简直等不及回家向妈妈展示我的头型，她一定对我非常骄傲！我从来没有关心过我的脑袋，从来没从形状的角度考虑过它，更没有想过我的肩膀上居然顶着这么一个稀世珍宝！

我们还学到了全新的可怕的真相。生活是一场永不停歇的战争，每一个民族互相攻伐，只为了争夺领土、食物和统治权。我们作为最纯粹的民族，却没有足够的土地，许多人只能过着被放逐的生活。其他种族的孩子比我们多，还和我们通婚以此削弱我们。我们身处危机之中，但是元首相信我们这些孩子，我们是他的未来。我听到这一切都吃了一惊，那个我在英雄广场见到的元首，万人围观，维也纳到处都是他的画像，每天在广播里都能听到他的声音。就是这么一个人，却需要我这么一个小孩子的帮助。在此之前我从没感觉到自己如此重要，我只是觉得自己是个孩子，是一个还未成形的成年人，只有岁月和耐心才能让我改变这一切。

我们被要求看高等动物的进化图表。猴子、黑猩猩、猩猩还有大猩猩都在图表的底层。与之相反的是人类，站在图表的顶端。拉姆小姐给我们讲课的时候，我才发现原本表上我以为是灵长类的动物其实都是人类，画成这种样子是为了强调其特质，好让我们理解他们与类人猿的相似关系。她还给我们举例说黑人女性相比我们的体态就很接近猿猴。科学家已经通过剔除猿类毛发的方式证明了这一点。她说清除这些在人类和猴子之间进化了一半的物种是我们的使命。除了过度的活跃和野蛮外，他们也不懂得什么是爱或是追求。他们都是低我们一等的寄生虫，只会削弱我们，消灭我们。

马蒂亚斯·汉莫最喜欢问奇怪的问题。他问拉姆小姐，如果我们给这些半进化的物种足够多的时间，他们也会进化到我们这个程度吗？我有点担心马蒂亚斯会被老师批评，但是拉姆小姐说这个问题很重要。她在黑板上画了一座大山，然后问我们："如果我们这个民族花了这么多时间从山脚到了山顶，另一个民族花了三倍的时间才完成同样的路程。那么哪个民族更优秀呢？"

我们都说是第一个。

"等到那些低劣的民族达到我们的高度的时候，我们早就不在原地了，我们会在全新的高度。"她看都没看，就又飞快地画了一个新的山峰，山顶看着非常高非常陡。

我们最应该提防的民族就是犹太人。他们是多个民族的混血儿，他们的血液中有来自东方人、美洲印第安人、非洲人，还有我们民族的成分。我们被反复提醒："千万不要相信犹太人，他们比野地里的狐狸好不到哪里去。""犹太人的父亲是魔鬼撒旦。""犹太人会拿基督教徒的孩子当祭品，小孩子的血会用来举行他们的成人礼。""要是我们不统治世界，他们就会统治世界。他们和我们通婚就是想弱化我们的人种，强化他们自己。"我开始从医学角度害怕那些犹太人了。他们对于我来说就像流感，以前只听说过，但直到经历过一场流感之后，才知道它有多可怕。

我读过一本故事书，讲的是一个德国小女孩父母警告她不要去看犹太医生，但是她没听话还是去了。她在等候室里听到医生房间里传来尖叫。发现自己不该来这里，小女孩马上准备起身逃跑。这时候医生打开了房门叫她进去。从插画可以看出那个医生就是撒旦。我又好好看了看其他的儿童书，以便一下子就能认出犹太人。我在想到底谁会被犹太人欺骗，像我们这么聪明的雅利安人肯定不会上当。他们的嘴唇很厚，顶着一个高高的鹰钩鼻，深色的眼睛里泛着内心的邪恶，身材敦实，脖子上挂着金首饰，头发和胡子都乱糟糟的，缺乏打理。

只有在家里我才得不到应有的表扬。每当我向母亲展示我优秀的脑袋时，她只是弄乱我的头发。每当我向母亲宣称我是元首所托付的未来时，她就笑着叫我"小未来"或者是"未来超人"，把我说得像是个小可爱，全然没有一点严肃的味道。

我父亲对我的全新定位也是嗤之以鼻。对我努力教他各种新知识也是全无谢意。他拒绝我用"嗨，希特勒！"给奶奶、母亲或是他问好，他坚持我用传统的"早安"或者"你好"打招呼。这些都是从中世纪传下来的说法，现在谁还记得清它到底说的是"我向上帝问好""来自上帝的问候"还是"替我向上帝问好"呢？那时候第三帝国所有人自然而然用"嗨，希特勒！"问候彼此，哪怕是像买面包和坐电车这种小事也一样。人们就是这么说的。

我试图和父亲讲道理。如果我们不能保护我们的民族，那么按照逻辑最终的结果将是灾难性的，但是我父亲却说他从来不相信逻辑。我觉得对于一个经营工厂的人来说，这真是难以置信。他怎么可能不相信逻辑呢？他说的话实在太愚蠢了，肯定是在和我开玩笑。但是他坚持说他是认真的，并宣称感情是我们在生活乃至生意场上唯一可以信赖的向导。他说人们都以为是用自己的大脑分析情况，感情不过是认知的产物，但是他们都错了。智力不存在于他们的脑袋里，而是在他们的身体里。你参加了一场你并不明白的会议，但是却得出了这样的感受：明明该雀跃高兴的事情为什么要觉得愤怒？阳光明媚的日子里你在公园散步，琢磨着自己为何心情沉重，究竟是什么困扰着你。你只能事后才能分析。只有感情才能在逻辑无能为力的时候指引你。

我当时没能当场想出好的例证来证明父亲的理论是错的，但是后来我在床上想出来了。我唯一能想到的例子是这样的：要是有个陌生人想和你做生意，给你看了些正确的数据，你难道会因为你觉得它们是错的就把一切都扔进垃圾箱吗？难道你宁愿相信非逻辑的感觉而不是确凿的事实？

我父亲举了一堆介于430到440赫兹的数字，然后问我哪个数字符合逻辑。我没有回答，因为我发现除了在回避问题外，他字里行间的迂腐让我无法忍受，因为赫兹在德语里听起来就像心脏（Herz）的发声。

"对你的大脑来说，这些数字毫无意义，和我说的那些频率是一回事。你大可盯着它们写在一张白纸上，但是无法从中悟出任何事情。但是……"他走到钢琴边上按下几个琴键，看着我，使我不得不躲开他的注视。"听听这些音符，儿子。它们就是我听到你和我说话时的感觉。当你某天回首你的人生，就会发现逻辑并不能指引你的生活，这一点我可以向你保证。感情是上天赋予你我的智慧。学会聆听上帝。"

我实在无法接受，所以支吾说道："我不再相信什么上帝的故事了！才没有什么上帝呢！上帝什么的都是些骗人的东西！只不过是为了愚弄人们，好好给当权的人干活罢了！"我以为父亲会大发雷霆，但是他没有。

"如果没有神，也就没有人类。"

"这都是废话，爸爸，你早该明白的。我们就在这儿。我就在这儿。我能证明给你看。"我一边说一边拍了拍自己的胳膊和腿。

"那么你实际上就是怀疑到底是神创造了人还是人创造了神？但是不论如何，神是存在的。"

"不，父亲，要是人编造了神这么个东西，那么神就不存在。他只存在于人的意识。"

"你刚才说'他存在'。"

"我的意思是作为人的一部分而存在。"

"人创造了一幅画。这幅画不再是创造这幅画的人，也不是人的一部分，人与画是独立于彼此的。人类的创造物脱离于人类本身。"

"你可以看到一幅画。它是真实的。你看不到上帝。你如果大喊'上帝啊，你在哪里'，没人会回应你。"

"你能看到爱情吗？你能用双手摸到它吗？难道你只要大喊'嗨，爱情'，然后它就会扑腾着四个小蹄子过来找你？别让你年轻的眼睛欺骗了你。你生命中看不到的才是最重要的。"

我俩的争论持续了很久，在绕了好几个圈子之后我最后得出结论：神是人类创造的最愚蠢的东西。我父亲忧伤地笑了笑，然后说我完全错了，要么神是人类最美丽的造物，要么人就是神最愚蠢的造物。我俩准备展开新一轮的辩论，因为我又想出了有关人和人类潜能的一番阔论，但是妈妈叫我过去把烤盘倒着拿起来，好让她把蛋糕弄出来。想必是她因为分神让蛋糕烤得太久了。我一眼就看穿了她的把戏。

我俩最大的分歧在于对世界的认知。我认为这个世界已经被严重污染，充满病态，急需清理，只有健康快乐的雅利安人才配在未来活在这个世界上。但是我的父亲就倾向于平凡的世界。

"简直太无聊了，无聊透顶！"他大叫道，"世上所有人都顶着一模一样的洋娃娃脑袋，拥有同样的思想，在每周的同一天修剪他们一模一样的花园！多样性变成可有可无的存在。你需要不同的名字、语言、文化，这不仅是为了别人，也是为了你能清楚地知道自己是谁！你在你这个理想世界里究竟是谁？嗯？你完全不知道！你看起来和周围没有两样，你就像大森林里的一只绿色蜥蜴一样无影无踪。"

我父亲这次非常失望，我决定到此为止并再也不提起这个话题。但是我晚上上床之后，无意间听到父亲和母亲在自己房间的对话，我就把耳朵贴在门上想听听他们到底说了些什么。我母亲对于父亲和我这么说话非常担心，因为学校的老师会问学生们在家都说了些什么。她说那些老师问话的方式非常巧妙，而我又太年轻太天真，不知道什么时候该闭嘴。

"外面有太多让人害怕的家伙，"我父亲说，"我可不会害怕我的亲生儿子！"

"你必须注意点。答应我以后不和他讨论这些话题了。"

"这是我职责所在，萝丝维塔，我得教育我的儿子。"

"他要是接受了你的观点，想象一下你会给他带来多大的麻烦。"

我父亲承认有时候会忘记和自己吵架的人不是自己的儿子，而是"他们"。他认为语言是比牙刷还要个人化的东西。他能一眼就看出来某人在谈话时或者信件中使用别人的话，而听到自己的儿子嘴里冒出"别人"的话，着实让他感到非常恶心。

🗦 第三章

4月19日，希特勒生日的前一天，按照常规我被少年团（希特勒青年团的低龄组织）选中。我父母对此毫无办法，因为这是强制性的。我母亲试图安慰父亲，说我是家里的独子，没什么兄弟姐妹，能出去和其他孩子在一起也不是一件坏事。她说就连那些天主教的青年团体都要教孩子们使用武器和打靶射击，这又不是第一次世界大战，我也不会被送去凡尔登。我从母亲的神态中可以看出她觉得我穿制服很帅，虽然她自己可能不会承认。我母亲帮我整理了一下棕色衬衫和围巾，然后摸了摸我的耳垂。我父亲盯着自己的咖啡，都没抬眼看我一下。我自己暗想，要是我此行是去参加一场终结所有战争的战争，那么他也许就不会这么漠然地对我了。

就在这个夏天，我们少年团接到了第一个重要任务：我们要烧掉那些被认为是堕落颓废的或者是之前从全维也纳收缴来的书。那个月非常热，热到你在床上都不用盖东西，而我们点起的篝火更让温度上升到了让人难以忍受的程度。我们少年团的孩子负责为青年团的那些大男孩搬书，他们享有把书扔进火里的特权。我和其他同龄孩子非常嫉妒他们，因为那看起来非常有意思，但是我们中要是谁私自把书扔进火里，就要当场挨巴掌。

没过多久，篝火周围就热得令人难以呼吸。滚滚的黑烟之中夹杂着烧着的油墨臭味。这些书似乎很不乐意被烧，因为在火中它们发出了刺耳的噼啪声，四射的火星总是往你的衣服和眼睛里跳。之前的规矩未能持续下去。但是随之而来的麻烦就是我得用瘦小的胳膊从离篝火很远的地方把一本本书扔进火里。我瞥见了一个名字：西格蒙德·弗洛伊德。我在我们自己的书房书架上见到过这个名字。接下来看到的名字就是库特·福利特塔格、保罗·聂特、亨力奇·海涅和罗伯特·穆齐尔，除了他们还有我的一本历史书，可能这都是过时的东西了吧。我笨手笨脚地把一本书掉到了我的脚边。火焰可不知道什么新书旧书的区别，那本书很快冒烟卷曲，书页飞到空中，有几页借着自己残存的生命力打了几个筋斗，最后燃烧灰飞烟灭。

等我回家之后，我看到自己家书房书架上的空格，感到非常不适，就好像钢琴的琴键被人按了下去却没有弹上来一样。有些架子上的书像多米诺骨牌一样倒向一边，填补了没有书的空缺。母亲抱着一个装满换洗衣物的篮子一步一步地爬上楼，然后又迈着沉重的步伐下楼，但是看到我的时候却吃了一惊。我以为是因为我晒黑了，但是当我去帮母亲搬第二个篮子的时候，我却惊讶地发现篮子里全是书。她结结巴巴跟我说是因为冬天没有足够的报纸取火，但是现在天气这么热，完全没必要烧它们。我忽然不知道该说什么好。她难道就不知道这会惹多人的麻烦吗？而她却让我赶紧脱了鞋去洗澡。

很奇怪的是，一旦母亲卷入了有关母性的话题的时候，家中的气氛就缓和了不少。父亲喜欢在晚餐的时候开母亲的玩笑。他用拳头砸桌子，另一只手端着盘子要求再来一份，喝道母亲应当充分做好自己分内的事。我和奶奶特别赞同父亲的抱怨，说妈妈离德国母亲奖章的要求还差得老远呢，因为只有生过五个孩子的母亲才能获得这枚勋章。特别是我嚷嚷着要多几个弟弟妹妹，而奶奶也反问道"是否要开始织衣服"的时候，妈妈都羞红了脸。等到母亲把自己细细的棕色头发拢到耳后，轻声说自己年纪太大不适合再要孩子的时候，我们就好像受到了鼓舞一样，越发使劲地起哄。她这是在寻求表扬，而我们自然不会让她失望。父亲说希望母亲学校那些人能教妈妈如何生出健康漂亮的宝宝，这时候奶奶拍了拍他的手。但是那些对我来说都不陌生，因为我在学校里都学了相关内容。

我父亲叹了口气说他们结婚太早了，要是再等等的话，说不定就能收到一笔婚姻贷款，然后每生一个孩子就能抵销四分之一的款项。从经济学的角度来说，对母亲可是非常有利。说不定他俩能离婚然后再结婚？母亲斜着眼睛露出一种戏谑的愤怒。她说，要是能用"游戏代币"买几件新衣服的话倒是可以考虑。她说的"游戏代币"指的是新发行的帝国马克，因为它对于我们来说还是非常陌生的。她的脸绷得圆圆的，嘴巴抿成一条线，样子很乖巧，但是这也没坚持多久，不久嘴角开始颤抖变形，终于因为父亲的大笑让她忍了很久的笑意爆发出来。我很喜欢父母秀恩爱的样子。每次父亲吻母亲脸颊的时候，我就有样学样地亲下奶奶。

这种欢快的氛围并没有持续多久。我记得大麻烦是从10月开始的。事情的起因是几千名天主教青年团的成员聚集在圣史蒂芬教堂参加弥撒仪式。教堂破旧的石墙内已经无法容纳更多的人，所以外面的人聚集得更多。然后他们就在教堂外，维也纳的正中心开始合唱宗教歌曲和奥地利爱国歌曲。他们的口号是："上帝指引我们"——就像德国的元首。整个活动是响应枢机主教因尼策的号召而举行的。

　　我当时不在场，但是听说我所在的希特勒青年团召开了紧急会议。安德列斯和斯特凡目睹了弥撒，并给我们绘声绘色地叙述起来。说真的，我得承认那时候非常看重阿道夫·希特勒。他肯定比上帝什么的要重要，因为我对于后者全无好感。从《圣经》的角度来说，"嗨，希特勒！"其内涵就和"圣徒，神圣"一样。天主教徒的恶劣行为激怒了我们，因为在我们看来这就是对于元首的威胁和侮辱。我们不能对此袖手旁观。第二天，我们少年团的几个人跟着青年团的大男孩们冲进了教堂，然后把能找到的东西——蜡烛、镜子、装饰品、圣玛丽像、圣歌书——全都砸到了地上。有人试图阻止我们吗？有，很少，有些地方甚至没有任何阻力，更多的人则是在一旁默默祈祷。

　　几天之后，我站在英雄广场的集会人群之中，像是半年前父亲不让我参加的那种集会。写满口号的巨幅旗帜——"因尼策和犹太人都是一伙的！""处死所有牧师！""我们不需要天主教政客！""没有犹太人和罗马，我们就能建立真正的德国天主教！"——以及其他旗帜迎风飘扬，发出的声音就好像一只巨鸟展翅的声音。集会的场面实在是太诱人了。所以我决定爬上雕像，找个高处一看究竟。相较于卡尔大公的马，我还是比较喜欢尤金王子的马。我用胳膊肘捣了捣凯匹和安德列斯，但是他们说人太多挤不过去。但是我非常想去一看究竟，况且我个子比较小。我在人群中挤了过去，中间免不了得从人与人之间的缝隙中蹭过去或者是滑一跤，但是最后还是爬上了尤金王子的马，在冰冷的雕像前腿上找了个位置。我用胳膊紧紧抱着雕像的前腿，免得其他已经爬上雕像的人把我挤下去。从上面看下去，人群的呼喊几乎有种魔力，所有人看上去都像蚂蚁一样小。这让我想起了大树和上面的麻雀，吵闹但却富有生机，你看不到它们，直到某种神秘的力量让它们现身，所有鸟又停止了鸣叫，一起拍打着翅膀飞出大树，一种完美毋庸置疑的力量将这些震颤的个体塑造成一个整体，它旋卷着在天空中起起伏伏，之后高高地昂起了自己的头颅。

经历了这些事情之后，11月的天气越来越冷了。天空非常晴朗，太阳也变成了天上的一个白点，树也掉光了叶子。局势也非常紧张。我记得是11月的时候有传言说一个犹太学生在巴黎的德国大使馆枪击了一位大使馆的工作人员。谣言越传越离谱，许多人上街伺机报复犹太人，很多犹太人店铺的窗户都被砸了。我虽然没有出门，但是从广播里听到了相关消息。人们把这次事件称作"水晶之夜"。我可以想到被打碎的玻璃叮当作响地散落在帝国的大街和人行道上，尖利的玻璃碴儿仍嵌在窗框上，就像极地倒挂的冰凌，闪烁夺目却暗藏着不祥的味道。

自那以后，父亲经常几天不回家，在家的时候脾气又非常糟糕，让我又开始怀念他不在的时候。特别是父亲的工厂改名之后，从原先的"雅科夫与贝泽勒尔"改成了"贝泽勒尔与贝泽勒尔"，家里再也没有了欢声笑语，甚至母亲和奶奶和他说话都得非常小心。她俩压低声音，问父亲是否要来杯咖啡，或者是否需要吃点东西。她俩踮着脚尖溜进父亲的房间，把装着食物的托盘放到父亲伸手能摸到的地方，对他咬了一口就放回去的饼干也都不敢多说一句话。她俩就像老鼠一样活动，而父亲，像老鼠一样吃东西。

我是家里唯一一个过得开开心心，不用顾忌所有麻烦的人。我们唱着歌走过一片片未来的向日葵地、燕麦田和玉米地。我们享用着自己的黄油和面包，乌鸦只能发出嫉妒的怪叫。冬日微弱的阳光把我们的后背晒得暖暖的，这让面包黄油吃起来更香了。放眼望去，是一片又一片的棕色。我们远足的距离一次比一次远，我背上的背包很重，脚上也起了水泡，但是我决不抱怨。我的新朋友凯匹也是如此。要是脚疼让他瘸得越来越明显，他也要咬牙坚持，就好像什么也没发生一样。我们是要去征服世界的，为了元首我们也要这样，尽管我有时候想：这世界还真大啊。

有一个周末我们参加了一个特别野营，学习如何在大自然中生存。由于我们拙劣的生存技能，只能凭运气找到一些还没成熟的黑莓，抓到几只蛤蟆和一只瘦小的兔子果腹。虽然吃不饱肚子，但我们围坐在篝火边，唱着胜利的歌曲还是让人觉得很快乐。虽然晚上在野外过夜很难受，幸好一直跟在我们后面的卡车为我们提供了丰盛的早餐，这个夜真漫长啊。我们的队长叫约瑟夫·李特，他比我们大两岁，知道的东西更多。他教给我们一个新游戏，大家按照颜色分成两队，每个人的胳膊上都带着识别用的色带，被推倒在地的人就是俘虏。

当他让我们开始自由活动的时候，我就开始拼命地跑，说真的，这还挺有意思。我们蓝队比红队多抓了四个俘虏，所以到现在为止是我们赢了。凯匹是我们的大英雄，他一个人就抓了三个俘虏，而我一个都没抓到，光顾着跑来跑去躲避别人的攻击。突然红队的一个人去推凯匹，我立刻上前帮他，在他的帮助下我也抓到了一个俘虏。之后我跑来跑去寻找凯匹的踪影，在此期间又推倒了两个男孩，然后我也成了别人的俘虏。我们作为俘虏都在一棵古老的云杉树下休息，这时候我发现凯匹脱了鞋子坐在一边，他脚上的水泡红得发亮。我从没想到会在这个地方找到他。凯匹把鞋子扣在我的脸上，妄图制服我，但我还有更强大的武器：我的鞋子味道更糟。

我到家的时候已经筋疲力尽，几乎是爬着一路上楼。母亲看到我吓了一跳，直呼我是她可怜的小宝贝或是累坏了的小宝贝，我连拥抱和亲吻她的力气都没了。我坐在床上脱掉了自己的登山鞋，躺在床上抬起腿脱掉了裤子，从没觉得它们会这么重。我第二天起来的时候还是觉得浑身僵硬，但是身上穿着的却是印着小狗的睡衣，真是觉得蠢透了。除了睡衣的图案，部分原因是因为我完全忘记我昨晚是怎么脱衣服的。我一开始以为是在别人的房间，因为我看到墙壁的颜色是杏黄色而不是橄榄绿。然后我发现我的作战地图、绳结挂图和防毒面具换成了装裱精美图框有盛开的樱桃和苹果树。我还留着软软的毛绒玩具，但是都压在箱子底。现在它们都坐在我的桌子上——袋鼠、企鹅、水牛——一个个仿佛略带歉意，有气无力地都把脑袋扭到一边，好像是在为擅自跑出箱子而感到抱歉一样。

尽管母亲一脸期待，但是我还是没和她说一句话。最后，我唯一问她的就是我的折叠刀哪里去了。她抓住机会，把她可能已经准备了无数遍的话讲给我听。母亲认为我的房子不是一个男孩子该有的房间，更像是一个士兵的房间。家该有家的样子，不能整得好像是军营一样。母亲每次经过我敞开的房门看到里面的一切，都让她觉得自己的儿子好像死在了战场。我非常理解母亲的敏感，自从乌特离开之后，她就一直如此。她以为趁我不在的时候重新装修我的房间能让我很开心。奶奶对母亲说的每一点都非常赞同，就好像她们早就进行了细致的讨论，而奶奶负责确保所有想到的都悉数讲了出来。

我不想和母亲争辩，免得伤到她的感情，但是心里的某些本能让我重申这是我的房间。母亲同意这一点，但是提醒我这是她的房子。这下就拉开了一场纠结的"领土争端"。我俩就谁能做什么，能在哪里做什么这一类的问题展开了没完没了的拉锯战。但是看来，在这方寸的空间里，我们各自的主张还是有很多相互重叠的地方。争论中理智的含量越来越少，母亲最后说这一切都是为了我好，而我则说这是对我隐私权的侵犯，母亲最后只能大叫道："看来元首是想在每个家庭中都发动一场战争！"

有一天我放学回家，发现凯匹、斯特凡、安德列斯、维尔纳和我们的队长约瑟夫在我家围着桌子绕了一圈，每个人都戴着我母亲发给他们的尖顶纸帽子。特别是当我发现奶奶也戴着一样的帽子的时候，我一直试图隐藏但终于还是显露出了尴尬的神情。奶奶都在自己的扶手椅上开始打盹，还打起了呼噜，纸帽子把她的头发拢到了一边，露出了粉红色的头皮。母亲只有在房子里用绳子挂满粉色气球时，才能和粉色的蛋糕相匹配，但是我更喜欢其他颜色的气球，比如黑色的。

母亲是第一个大喊着生日快乐，抛撒彩色纸屑，移动着欢快的舞步的人。约瑟夫，我们的队长，也跟着笑起来，但是并不是很投入，我对他在想着什么一清二楚。少年团的男孩子们大多 10 到 14 岁左右，通常被叫作"半大小子"。正如这词的意思，我们这些人现在都处在一个尴尬的年纪，早就不是个小孩子，但是离一个成年人的标准还早着呢。母亲叫我赶紧吹生日蜡烛，充满母爱地看着我，好像我是干了什么不可思议的大事一样。而我则感觉在同伴面前因为尴尬而飞速缩小，甚至比蜡烛融化的速度还快。

等我们吃完第二盘蛋糕，气氛开始渐入佳境，我们谈论起上次的生存技能野营。这时候母亲坚持要我当着大家的面开始拆礼物。我知道父母的礼物一定是用花花绿绿的包装纸包起来的，所以我就避开了它们，先打开了我朋友送我的礼物。双胞胎斯特凡和安德列斯给我送了个手电筒，队长约瑟夫给了我一张元首的海报（这张我早就有了），维尔纳送了我《霍斯特·维塞尔之歌》和《德国高于一切》的乐谱，这两张乐谱在维也纳可是千金难求啊。奶奶送了我绣着我名字首字母的手帕，凯匹送了我青年团全国领袖巴尔杜尔·冯·希拉克的照片。这让约瑟夫非常开心，也让我感到自在了一点。但是当我母亲要求看看照片的时候，事情就又发生了变化。她问凯匹，这是不是他的兄长或者他的父亲。母亲接着抓着照片坚持说她之前见过什么人和他很像，但是等凯匹都涨红了脸，又说这可能是因为制服，所以认错了。

最后我不得不把父母送我的礼物打开，我必须承认要是提前一年我能收到这些礼物，我一定非常开心。他们送了我一个又能叫又能摇尾巴的牛头梗。真不知道他们从哪里找到的这个，因为第三帝国全境上下都不卖玩具了。她选这个礼物是因为我一直想要一只狗，但是因为她对小动物过敏所以作罢，只能送一个类似的礼物作为补偿。我的朋友尽可能地保持微笑，因为我们早就过了玩玩具的年纪了，多可爱的玩具都和我们没关系了。我无精打采地说了声谢谢，暗自希望她刚才没有上来再亲我一口，那口亲得可是真实在。

很快其他男孩们就向母亲道谢，感谢盛情邀请，然后收拾自己的东西准备回家，这时约瑟夫提醒我周末要破晓前集合，因为我们这次要走得更远。这时候我父亲走进门，扯掉自己的领带，解开领口的扣子，让我感觉他是要挥拳打人。

"乔纳斯这个周末不能参加活动了。"他说。

"嗨，希特勒。"随着约瑟夫的问候，其他四个人附和着。

"嗨，希特勒。"爸爸嘟囔道。

"为什么？"约瑟夫问道，他惊讶地张着嘴，将目光从父亲身上转到我身上。

"为什么？难道你没注意到上次远足之后他的脚吗？我不希望他的伤口感染。"

"谁说的？"我抗议道。

"水泡可不是医学上可以接受的理由。他必须参加。"

"我儿子这个周末待在家里和家里人在一起休息。我再也不想让他爬着回家，然后累得昏过去。感染可能会导致坏疽。"

"我可没累得昏过去！我只是睡着了而已！爸爸，你甚至那天都不在家！"

　　我的母亲非常不自在，脚不停地挪来挪去，最后告诉约瑟夫，我会参加下周的活动。

　　"他要是不参加这周活动的话，那我只能上报了。你让我别无选择。"

　　"但是他没法走路了。"母亲乞求道，"我可怜的小宝贝。"

　　"我能走路！不过水泡而已，谁会在乎水泡呢？"

　　"他得换个鞋子，我给他说了那双鞋子不合适。"

　　"你说什么？"母亲问。

　　"他那鞋子不合适。鞋得有鞋带，就像我们穿的这种。他的鞋子又大又黑还笨重。是走平地的鞋子。"

　　他的意思是说那是农民才穿的鞋子。我猜母亲一定感觉很受伤，我看了一眼母亲，发现她的难过全都写在脸上。她对于我能穿上她父亲儿时的旧登山鞋非常自豪。但现在，外公的旧鞋子一下就变得一文不值。

　　"我儿子对于脚部劳损的长期性危害一无所知。"我父亲插嘴说。

　　"他是不是遗传了你的扁平足？"约瑟夫问。

　　我父亲吃了一惊，用看叛徒的眼神把我从头到脚扫视了一遍。扁平足不过是我和约瑟夫在营火边上聊天的一个话题罢了，就算我提到了父亲，也绝对没有说任何坏话。

　　"据我所知，他并没有扁平足。"

　　"那么为了你儿子，也是为了你自己，你儿子还是参加活动的好。"

　　约瑟夫态度非常坚决。虽然他年纪轻轻，但是身上的制服让他有了一种军人的威严。我的父亲虽然很想说出自己的内心感受，但是母亲乞求的眼神还是让他没能说出口。

🐦 第四章

　　经过三年的等待，凯匹、斯特凡、安德列斯和我终于满足年龄要求，可以加入青年团了。我们都开心得不得了，特别是我和凯匹，希望等长大了可以当希特勒的保镖。因为我们听说选拔过程非常严格，哪怕一颗蛀牙都能让你被淘汰。我们喜欢聚在一起给彼此挑毛病然后再努力改正。除了力量、耐力、勇气不足等问题外，我们连蛀牙一类的事情也不放过，以至于在露营的时候都要刷牙。有次我得了趾甲内生，然后凯匹打算帮我做个小手术。我可不想让这种小毛病出现在我的医疗记录里。虽然我们应当面对疼痛毫不畏惧，但是我也不是铁板一块，因为当看到剪刀离我的脚趾头越来越近的时候我俩都笑出声了。特别是当凯匹拿着剪刀，一张一合看起来就像一只饥饿的怪兽，再加上我脸上的表情，他笑得都直不起腰。有时候他得笑上好几分钟才能恢复过来，继续处理我的趾甲。

　　凯匹当时才 15 岁，耳朵上长了几撮毛，我们说别人一定会以为他是个原始的猴子。他脸上耻辱的表情让我笑得喘不上气来。这时候我就可以向他报复，用镊子揪他耳朵上的毛，一次三根。毕竟镊子一张一合，不也挺像一个饥饿的怪兽嘛。

快乐而童真的日子终有尽头，我们最后还是离开了少年团。希特勒青年团非常严格，体育运动中的竞争更是激烈。这里没人会觉得这只不过是一场游戏，因为它和游戏毫无关系，而是一场争夺统治权的试炼。年龄的增长有好也有坏。我在少年团里是最年长的孩子，但是到了青年团里就变成年纪最小的，力气也是最弱的。我挥舞着花剑向他们冲过去，但是他们只需动动手腕就能把我手中的武器打飞。其他孩子会骑马跳高，但是轮到我上马的时候只能努力压制自己的恐惧，每当我拉紧缰绳的时候，暴躁的马就会露出牙齿以示抗议。那些日子真是我的噩梦。

除此之外，年纪大点的孩子除了欺负小孩子以外，还要他们去擦鞋或者洗内裤。没人喜欢干这些活，但是你如果拒绝他们的命令，最后只能得到一顿暴打。有时候，年纪小的孩子会去举报这些大孩子，后者就得吃不了兜着走。因为在第三帝国，同性恋是不允许的。但是举报别人总会遭到报复，报复又招来新的举报，随之而来的又是更严重的报复，如此冤冤相报。当我们为穷人筹集过冬的衣服和物资的时候，有些大孩子把筹集到的钱都私吞然后花到女人身上去了。

我们的训练内容之一是徒手拧断一群鸭子的脖子。说真的，这事挺棘手的。因为我们只要打开鸭笼的门闩，它们就满怀信任地冲向我们，一路呱呱大叫，好像我们能听懂它们说啥一样。一只大鸭子后面还跟着一打小鸭子，我们得把它们全杀了。要是一个孩子杀完了鸭子开始放声大哭，那么等待他的就是大家的嘲笑和冷落。他和大家一样都吃家禽，而且等大家做好了鸭子端上桌后，他一样吃得很开心，难道不是吗？他这样的人不过就是个哭啼啼的伪君子罢了，一无是处！还有人和他一个德行吗？赶紧说出来！我的脑袋里某个角落传来我用拳头砸钢琴的声音，我从来就没学会怎么弹它。也许它可以帮我忽视鸭骨被拧断的声音。

　　凯匹有天问我，你会为了元首杀人吗？我看着他熟悉的脸庞，我知道我不可能杀人，他也不可能杀我。但是后来我们一致认为这样可不行，这是一种软弱，必须马上处理。有一个队长告诉我们说，理想情况下，我们应当能做到将婴儿的脑袋砸向墙时而没有任何感觉。感情是人类最危险的敌人。要想让自己更强大，我们必须消灭自己的感情。

　　最让人扫兴的就是那些随时会冒出来的"海盗"，虽然我们嘴上说着我们不怕他们，但是心里对他们的恐惧却与日俱增。在埃森有流浪兄弟，在科隆有纳瓦霍人，还有，别忘了凯特巴赫的海盗帮，他们都是些和我们年纪差不多大的人，宣称要对希特勒青年团战斗到最后一刻。他们在第三帝国境内的自由活动让我们感到心神不宁，他们连战场都能来去自如。当时肯定是夏末了，我们在维也纳郊外进行日常远足，突然我们的歌声中掺入了不小的杂音。我把旗帜举得更高，好让后面的新人能看清楚红白相间的旗帜和万字符，但是却一个人都看不到，所以我们只好停下来，然后发现我们的歌词已经从：

> 荣誉、光荣、真相，
> 乃我等之追寻，
> 荣誉、光荣、真相，
> 乃我等之收获，
> 一切尽在希特勒青年团！

被改成了：

> 假象和耻辱，
> 是他们的囊中物，
> 这话倒是无误，
> 他们忙着骗人无数，

而我们，

就痛揍希特勒的小宝贝。

　　他们从山后冒了出来。他们穿着黑白方格的衬衫，黑色的短裤和白袜子，在我看来，倒是还不算很有恶意，但是我们很快就被包围而且寡不敌众。凑近看过去，能发现他们领口别着金属的雪绒花、骷髅头和交叉的大腿骨。这下可以确认他们是雪绒花海盗团了。这群人中还有几个女孩子，个个都一脸鄙视地打量着我们，因为我们全都是男孩子。其中一个女孩子盯着我们队长皮特·布劳恩，却用手摸着背后一个海盗青年的裆部。

　　他们用手指戳进皮特的鼻子和眼睛，同时用脚踹他的肋骨和脸。我们急忙去帮他，但是却没我们想的那样有用。这场骚动持续的时间并不长，至少没我们想象的那么久，然后我们所有人就都躺在地上哀号扭动了。他们中只有一个人没有太走运，我们扒掉了他的衬衫，还打掉了他几颗牙。

　　那年学校里的十字架换成了元首的画像。我们学习了优生学和美国人在 1907 年左右开始实行的对"人渣"的绝育工作。那些精神有问题的，身体有残疾的和那些得了慢性病的人都被认为是对社会有害的渣滓，必须阻止他们生下更多有问题的后代。下等人也必须绝育，因为他们的后代毫无疑问也是贫穷不堪，酗酒如命。他们的住所永远是脏乱不堪，他们的女儿也和自己的母亲和祖母一样下贱，早晚都会在十几岁的时候怀上孩子，然后再生下继续乱交的下一代。美国一流大学的著名教授已经证明贫穷、酗酒以及下层生活都是可以遗传给下一代人的。相关专业的教授已经禁止下层人继续生育，并要求各州开始强制推行绝育手术，进而限制这些人渣的数量。

我们还学习了犹太人的历史。他们的历史充满了背叛、不忠和乱交。该隐用田野里的一块石头杀死了亚伯；被骗的罗德和自己的两个女儿交合，只为生下犹太人的孩子——摩押和便亚米；雅各布只为换一碗豆汤，从自己饥肠辘辘的哥哥以扫那里骗取了长子权。在一战时，我们在俄国前线伤亡惨重，犹太人却在战壕里写信！这吊起了我的好奇心。他们在给谁写信？究竟是什么重要的事情能让他们在枪林弹雨中，不顾自己的安危，掏出纸笔写信？是否在向家人告别？还是在向未婚妻或父母说最后一次我爱你？又或者有关金银珠宝藏匿地点的秘密信息？

我们还学习了犹太人是如何以丑为美。学校一次次给我们展示犹太人创作且欣赏的诡异画作——眼睛没有长在正确的位置，而是长在脸正中的，手好像母牛肿胀的乳房，臀部直接连在胸口的，完全没有脖子，更不要说有没有腰了。还有一张画上的人好像在奋力大喊，但是他却没有嘴巴，就好像田地里的稻草人，在挤满了乌鸦的地里只能无声地呐喊。我必须承认这些东西让我对犹太人产生了一种病态的迷恋，但在这之前，我还没来得及进行任何进一步的思考，求学的时间就被耗尽了。大轰炸开始了，维也纳有幸成为一个防空基地。我们这些男孩子开心得不得了，因为这和电影里的一切一模一样。我们都有机会成为全世界为之瞩目的英雄，我们就像巨人，一言一行都有可能载入史册。我们每个人都自豪得不得了，就好像投身于什么重大历史事件一样。

皮特·布劳恩和约瑟夫·李特因为满足年龄要求可以作为志愿者加入党卫军，因为最低年龄要求在1943年已经降到了17岁。你只要15岁就可以成为高射炮的辅助人员，但是我们这些年纪小一点的孩子依然非常嫉妒，因为许多涉及操作高射炮的辅助人员都是青年团里的熟人。我们和他们一样能干，胆子也不比他们小，却不能加入这些岗位。这就好像他们干的才是正事，我们都是在打下手。

　　但我们的机会很快就来了。一队盟军轰炸机排着密集的 V 字队形从我们头顶飞过，然后像鸟拉屎一样丢下炸弹。我们用这种比喻来宣泄我们的不满，但是我还是会想起那些完全沉迷于游戏中的孩子，只不过这次我们的玩具更大更贵罢了。看着东西从高空落下有种催眠的效果。炸弹尖啸着掉下来，飞机坠落的时候就好像从老旧的台阶上摔下来，嘴里哼着悲伤的调子。凯匹穿过空地去查看掉下来的机鼻和机尾，这时候一颗炸弹掉了下来。虽然离得很远，但还是掀起了一阵泥土。前一秒凯匹还站在那儿，下一秒他就被一堆泥土覆盖，看起来就像一个临时的坟墓。

　　要是他还活着，我俩一定会为此大笑，但是凯匹死后，我再也不和任何人说话，更别提笑一笑了。他的死给我带来了不可抗拒的孤独，就好像我还能四处走动，但是身上却开了个大洞。有时候我低头一看，甚至会感到惊讶，因为那里根本没什么洞。

　　更多的事情还在后面。我们这些高射炮辅助人员已经习惯在同一间餐厅吃饭，同一个宿舍睡觉。凯匹是我最好的朋友，我和其他人关系也不错。我们每天都会被派到不同的地方去，随着战争的继续，我们能得到的假期也越来越少，和家里人的联系也越来越少，我们和其他人一样都变成了战士。

　　我平时很少回家，就算有假期能回家，母亲在我再次离开的时候也不会觉得悲伤。母亲总是问我什么时候下次离开。一旦她知道了我几号休假，她就只关心我几点出门了。她从不问我究竟在干什么，也不问我是否有生命危险。母亲明显更喜欢我不在家的日子，我对于这点感到很生气。她在我周围总显得非常紧张，而且还有点怕我。如果我走过走廊而母亲恰好出卧室，她一定会扭头回去。要是她在楼下听到我发出的动静，就会在厕所里待好几小时。我要是走进厨房，她也会马上停下手上的活。有次她正在给自己做一个三明治，一见到我马上开始擦洗水槽，虽然那水槽在我看来非常干净。在饭桌前，母亲只顾将食物往自己的盘子里放，我觉得母亲最起码能想起我，但是每次我盯着空盘子的时候还是觉得自己就是个乞丐。

随着食物开始定额供给，奶奶越发虚弱，每天大多时候都躺在床上。要是我和父亲撞见彼此，他对于我在干什么总会显得很紧张。要是我提到母亲的所作所为，他就是断然否认，然后叹气，揉揉自己的眼睛，或者就去忙自己的事情。

随着轰炸强度越来越高，我和其他人也越发鲁莽和勇敢。母亲对我的态度让我对危险毫无概念，有时候甚至让我主动直面危险。这是一种自由，没人担心你，你也就不再担心自己，但是我心中的洞却越来越大。有次空袭，时间刚好是破晓时分，我们还以为夜间空袭已经结束了。泥土被爆炸高高地抛上天，让人误以为敌人不是来自空中，而是从地里钻出来的。这么一想，空袭似乎也不是很可怕了。危险再一次和我擦肩而过，我依靠着本能快速闪到了一边。

等到我在医院醒来时发现母亲坐在我边上哭成一个泪人，嘴里念叨着我的可怜小宝贝的时候，我不得不承认我当时开心得就像一个新生的小宝宝。这种喜悦在我知道我的伤势之后戛然而止。因为我还活着的消息实在是一份天大的惊喜，所以大家都不想告诉我到底我伤得有多重，我自己也感觉不到自己的伤势。后来我父母的脸色还是透露了一二，他俩的笑中还掺杂一些悔意，我也逐渐明白有些事情并不正常。

我真希望我没照镜子。左眼下的颧骨被炸飞了一部分，左胳膊动不了，肩膀和胳膊肘也是，小臂大概被炸飞了三分之一。我整个人陷入了一种休克，它远比我的伤势更能摧残我。每当我在家中自己的床上醒来，我都要看看被子里的自己，怀疑自己到底有没有受伤，而现实每次都告诉了我残酷的真相，我又再次让自己睡过去。有时候我会抚摸自己脸上的凹坑，松弛的皮肤，和好像虫子一样结了痂的伤疤。

我睡了好几个月。母亲会叫醒我给我喂饭，我只会吃一点，然后继续睡觉。她陪我去上厕所，让我的脑袋抵在她的肚子上，根本不会抱怨我要上多久的厕所。每当我看到我残破的肢体或是她的眼神，我的意志都遭到了巨大的打击。

最后，是奶奶让我振作了起来。有天晚上，父母半夜来到我的身边，我以为又是一次空袭，但是看到父亲用手绢拭眼泪，我才反应过来是要带我去奶奶的床边。等我们来到奶奶床边的时候，我已经耗尽了所有的力气，我只好躺在奶奶边上。我和奶奶仰面躺着，奶奶的咕哝声越发奇怪。日出时，我睁开眼睛看到阳光照进窗户里，屋子里的灰尘在阳光的照耀下四处飞扬。我和奶奶面对面侧躺着，她用水汪汪的得了白内障的眼睛看着我，脸上凝固着微笑，好像嘴巴是被口水固定成了那个样子。

妈妈说我该回自己床上，好让奶奶休息，但是我俩谁都不想离开彼此。奶奶没法说话，但是轻轻抓着我的手，我也抓着她的手。虽然我们之间的动作并不协调，却建立了一种联系。说来确实可笑，虽然我们年纪相差巨大但是状态却一样糟糕，母亲给我们喂饭的时候我们都努力靠自己的力气坐起来。我们都非常期待再次看到彼此，每当茶水流到下巴，抑或是母亲一次喂的土豆太多，结果大部分都掉出来的时候，我们都轻轻地笑起来了。渐渐地，奶奶开始吃饭了——多吃了一个小土豆，多喝了两勺汤——我也渐渐增加了饭量。她自己走过房间去拿毛巾，我也努力去拿自己的毛巾。我们都为彼此感到骄傲。

有一次，奶奶又能开口说话了，给我讲了很多以前不知道的事情。我爷爷以前会和一只叫佐恩的小猎鹰一起去打猎，但有一天他去喂鸟的时候被咬到了手指。幸亏猎鹰咬到了结婚戒指，不然爷爷肯定要丢根手指头。佐恩的喙非常有力，能把老鼠咬成两段，不过也可能是闪闪发光的戒指引起了它的注意，才让它咬爷爷的。鸟儿总是那么难以琢磨。有一天，一只喜鹊穿过打开的窗户，飞进了奶奶的卧室，偷走了一条红宝石项链。要不是她亲眼所见，就肯定要责怪打扫房间的波兰女清洁工了。

　　父母说要是奶奶能说话，那她的状态就还算不错，我就该回自己房间里去了。这时候我就发现了一些异样，开始怀疑我的奶奶是否真的状态不错，还是说母亲生病了。比如说，每天早上母亲都会开窗通风，不论是晴天还是雨天都把窗子打开。除此之外，我早上起床的时候总能闻到粪便的味道，这意味着可能是母亲或者奶奶生病了。但这也不太可能，因为奶奶的房间在一楼，离厕所很近，而且她最近状态不错。我这么说是因为有次我看到母亲一脸羞愧地清理着一个陶瓷盆，我也不好意思问怎么回事。母亲肯定是晚上太虚弱，无法起床上厕所。

　　我可以肯定的是，晚上可以听到有人在大厅走动的声音，我怀疑是父亲在踱步。如果我认真听的话，可以听到两个人走路的声音，所以一定是母亲在陪着他。我和母亲说了这事，但是她说并不是他俩，所以那一定是奶奶晚上在房间里游荡。非常奇怪的是我就住在父母房间的隔壁，所以不论我听到什么，他们也一定听得到，但是他们却坚持说什么都没听到。我出于好奇，问奶奶那个时间段在干什么，但是奶奶完全不知道我在说什么。我不得不重复解释我的问题，然后奶奶说自己许多年前有梦游的习惯。爷爷第二天早上就会告诉奶奶，要不是爷爷以自己母亲的名义发誓，奶奶绝对不会相信自己会梦游。

　　晚上的脚步声停止了，大概在一个月之后的一个破晓，母亲发出了一声尖叫，早餐的时候母亲向我和奶奶道歉，因吵醒我们而感到抱歉。她把头抵在桌子上，脸埋进胳膊，承认自己晚上梦到了我受伤的场景。那是我第一次发现母亲远比我想象的更关心我。

　　第二天晚上我听到什么东西摔碎的声音，我冲出自己的房间一看究竟。我以为是奶奶撞倒了放着台灯的桌子，但是我却看到散落一地的陶瓷碎片和粪便。我父亲蹲在母亲的身边，帮着清理那扎人的碎片。她无法直视我那目瞪口呆的表情，我看到她的手在一直发抖。要是她无法去上厕所，那么就不该自己端便盆，这对她来说太难了。

父亲抱着母亲，安慰她说一切都会变好的，要是觉得自己做事太难，完全可以叫醒他帮忙。他很抱歉没听到她的声音。母亲穿着睡衣显得她越发瘦小，胸部瘪小，脚上骨头能看得一清二楚，颧骨的优美荡然无存，却多了些病态的感觉。我父亲突然在大夏天的开始教导我说，要是不快点上床就会得肺炎或者支气管炎。他搀着我，帮我回到了房间，然后站在房门口，好像有什么要说的事情一样。我人生中第一次非常担心母亲会患什么绝症而离开人世。父亲叹了一口气，让我早点休息。我被层层睡意包裹，但是我却无法入睡。

第五章

　　父亲从工厂回家的次数越来越少了，回家也是在中午的时候，匆匆拿些文件就又出门了。他的头发乱糟糟的，通红的眼睛里写满了憔悴，他一定很清楚自己的状态有多糟糕，所以后来干脆不回家了。据他所说，为了一两小时的睡眠而回家是完全不值得的。自父亲离开后，家里的寂静让母亲对各种声音都非常敏感，就好像下一分钟父亲就会回家，而不幸的是，一天有 1440 分钟。

　　有一天他回到家里，胳膊夹着一套用杂志盖着的拼图。我非常开心，因为这套拼图是给我的礼物，毕竟我每天都没有什么事情可以做，除了盯着自己的伤口就是看报纸，但是就连报纸上的好消息都显得单调乏味——除了宣传军队的强大，就是一个又一个的胜利。父亲一路小跑冲上楼梯，然后抱着一打文件迈着沉重的步伐离开了。中间肯定停留了一会儿来检查信件，直到最后我才难过地发现父亲走的时候肯定忘了留下我的礼物了。我思考了很久，下一次见到父亲又要多少天，直到最后我决定自己去找拼图。毕竟，他还要忙很多事情，这点小事，他不会在意的。

我找遍了所有地方，但是拼图还是毫无踪影，父亲的书房和楼上其他地方全叫我翻了个底朝天。他在上楼的时候手里有拼图，下楼的时候就没有了，所以拼图一定还在家里。但是，我就是找不到它，连那些最不可能的地方我都找了一遍。鉴于我以前是个左撇子，现在我拿出东西要比把东西放回原位更熟练，最后那些盒子、信件和文件也只能是塞回大致位置。但是让我觉得很好玩的是，我发现了父亲小时候在语法学校用的挂图，你大可以想象他满是稚气的小脸在课堂上摆出一脸认真的样子。我还找到了外国的钱币，小学优异表现的报告单和散发着烟草香味的烟斗，但这一切都不是我想找的。我放弃了无数次，可过不了多久还是会开展新一轮的搜索。

"乔纳斯，你在上面干什么呢？想干什么坏事？"母亲问。

"没什么。"我回答道，然后就听到母亲叫我下楼去陪陪她。

我对于父亲长期不在家而大发牢骚，然后母亲说她决定去工厂看看父亲。让我感到开心的是，她说我也可以一起去，因为这样我就可以问问有关拼图的事情了。

一路上换四次电车才能到父亲的工厂，因为它坐落在维也纳的东边，远离城区，和我们家完全是两个方向。你得一路穿过第二十一行政区才行，更别提二十一区有多大了。最丢人的事情就是在电车上有一位老妇人为我起身让座。但是因为电车上越来越挤，而我又无法在电车启动和停车的时候保持平衡，也只好接受了她的好意。最后一班电车到了终点站，我们作为最后的乘客也只好下车。我下了电车，母亲紧紧抓着我的胳膊，我想大概是被轰炸的建筑让她心有余悸。钢筋好像肋骨一样从石制的内脏里戳了出来。我们走了很长一段距离才走到父亲的工厂，我不得不在路边的长凳上休息了好几次，而母亲也可以放下大篮子休息一下。周遭的一切毫无乐趣可言，父亲的工厂周围都是些规模更大的酿酒厂，木材厂和其他叫不上用途的工厂。天空似乎都被工厂的烟囱熏黑了，云层就像一块石板色的天花板，随时都会掉下来。

我从小就不喜欢来工厂。它散发出的味道让我不得不放慢呼吸，免得全都吸进肺里。那种味道不仅让我感到身体不适，精神更是萎靡不堪。我觉得我是走进了一台吵闹的机器，熔炉是它的胃，一台吵个不停的泵是它的心脏，管道做动脉，而我不过是个一无是处的孩子，来看热闹。我对它毫无用处，它也当我是个废物罢了。

到了我父亲的办公室，我看到的是一张铺满文件的办公桌，一支没盖笔帽的钢笔和一满杯碰都没碰的咖啡。我想摸摸杯子暖暖手，但发现咖啡早就凉了。我发现了一张我和乌特的照片，之前从没见过，我俩坐在船上，父亲为我们划船。白雪覆盖的雪山好像是浮在湖面上，但是实际上却和蓝天偎依在一起。我记忆中从没去过月亮湖，萨尔茨堡附近也没有湖。这时候一个工厂工人认出了母亲，然后对着另一个人大喊，让他去拍旁边人的肩膀。

没过多久，就围过来一群人，涂了古龙水但是发型还是很蓬乱，眼睛盯着母亲的篮子。我看到一个人正用胳膊肘捣进另一个人的软肋，但是周围人对此熟视无睹。

"我在找我父亲。你还认得我吧，莱纳？"

莱纳点了点头，咕哝道："他给我们讲的是今天就回来。"

"然后呢？"

"没然后了，夫人。"

"他是不是在别处约了其他人？"

莱纳看着旁边的人，希望旁边人能帮他解答，但是其他工人也不过是耸耸肩表示自己对此也一无所知。

"你知道我丈夫现在在哪儿吗？我能去哪儿找他？"我母亲问道，

"我给他带了点东西。他今天回来吗？"

忙着捣别人肋骨的工人接了话："他说今天回来。我们也就知道这些了。"

我母亲和我在厂房外一节废弃生锈的铁管上坐了下来。我们慢慢吃着一个三明治，然后用更慢的速度分了一个苹果。天色渐渐变暗，原以为会下一场大雨，结果不过是下了一场雾，雾水在我们的头发上凝结成针尖大小的水珠。火车从远方驶过，就好像一支不见首尾的虫形生物组成的军队。我们靠拧碎枯叶、扭断树枝或者是用散落的羽毛在地上画画的方式排遣时间，甚至连以前玩的石头剪刀布都被我们重新拾起来玩了半天。但是父亲还是没有出现。

回到家里，母亲接到了一通电话，电话那头的人通知她说父亲被带走进行例行询问。母亲非常确信的是，在电话里听到的咔嗒声绝对不是由于窃听和我们家合用线路的家庭时发出来的。奶奶尽全力照顾母亲，为她拿拖鞋，给她端热茶和热水壶，而母亲只是坐在厨房里抬头看着天花板，问那些人究竟还想从我们这些可怜人身上拿走什么。母亲完全沉浸在自己的世界里，她哭得越久，我越是认为她是个脆弱而缺乏理性的人。

我坚信如果母亲不能保证对元首的支持，那一定是出于对父亲的忠诚。所以我借着父亲的被捕再次宣扬了一番阿道夫·希特勒的梦想，以及如果我们不能支持他的计划就是等同犯罪的逻辑。如果我的父亲不能支持元首的计划，那么他也是一个罪犯。如果我们想让国家变得健康而强大的话，那么我们就必须牺牲掉那些反对我们的人，甚至我们的家庭也不能例外。如果她不能停止哭泣的话，从某种程度上来说也是叛徒。母亲假装在听我说话，就算她点着头赞同我的每句话，我还是可以肯定她没有认真听我说话，完全不同意我的观点。

我希望母亲承认我是英勇负伤的，而且追得她满房子跑。但是她越不愿意正面回答我的问题，我就越觉得她不同意我的观点，我在心里谴责父亲蒙蔽了母亲，让她不能看到真相。过了一会儿，这事还在我的脑子里迟迟不能离去，所以我又提起我的伤势，明确告诉母亲，我认为国家的事业远比我、我的父亲或任何人都重要，我还告诉她，如果我要为希特勒而死，我会更荣幸。

母亲回答道："是的！是的！你要是再不小心点看清真相，你的死就是早晚的事！"

母亲以前会对着一只老鼠或者什么东西尖叫，但是我从没听过她对其他任何人这么说话。她跑向沙发，从垫子下抽出一本小册子，扔到我的怀里："好好读读这个！我就等着这天呢！你和你所谓的元首！我还很庆幸乌特死了！庆幸无比！要是她那时候没死，早晚也得被他们杀了！"

我坐下慢慢读着小册子，母亲站在一边喘着粗气，我都能感觉到她呼出的气滚烫。册子上说一对夫妻的孩子天生残疾，就向希特勒请愿，希望能杀死这个婴儿。在此之后，元首就下令让手下人去处决所有具有生理或者精神缺陷的孩子，最初的年龄范围是 0-3 岁，后来这个年龄上限被扩展到 16 岁。小册子上说 5000 名儿童死于药物注射或者是营养不良。我全然无心去说服母亲这是为了大局的利益，因为我知道她因为乌特的事心里都在想什么。

我接着看小册子，读到了所谓"为了帮助社区摆脱负担，而不得不履行的责任"的部分。小册子上提到了精神和身体残疾的人，后者还包括参加了 1914 —— 1918 年第一次世界大战的老兵。这让我非常惊讶。大约 20 万身体残疾的老兵被处死，而全新的一氧化碳的毒气还在研发过程中。我读了那部分三遍。这里只提到了一战老兵，完全没说现在战斗中的士兵。我们以后也会遭到同样的待遇吗？我的胃里感到一阵恶心，随之而来的就是因为怀疑我最崇敬的那个人而带来的愤怒。我把小册子撕了个粉碎，对着母亲大喊不要这么轻易就上了敌人的当，这些只不过是敌人的宣传而已，等战争结束的时候我就是个英雄了。撕碎的小册子在沙发上静静地躺了两天。

我做了一个噩梦。在梦里，一群说着我完全不懂的语言的人要把我推下悬崖。他们的眼中满是仇恨，我不停地乞求他们："为什么？求你们了，我到底做错了什么？"一个人指着我受伤的胳膊，我顺着他指的方向看了过去，发现伤口远比我记得的还难看：被炸碎的肌肉组织挂在断肢上，破碎的骨头也掉了出来，我不得不努力把它推回原位。"我能治好它。"我哀求道，"我发誓！给我一小时就好！"但是这些人听不懂我说话，只顾着把我往悬崖下推。在他们身后，一顿野餐摆在黑白相间的格子布上，静静地等着他们。更奇怪的是，在远处还有个巨大的摩天轮，上面的孩子以把别人推下去为乐。

我在半夜惊醒，然后又听到了脚步声。我认真地听着，非常确信是听到了两个人的脚步声，虽然它听起来很像一个人的脚步声，但是可以听出来是两个人的脚步挨得非常近。出于某种原因，我更愿意相信这是爷爷的幽灵在陪奶奶梦游，给她做伴。这个想法让我完全不敢起床去查看到底发生了什么，但是更不敢继续睡觉。我非常想打开灯，但是这更是不允许的，因为轰炸机可能会发现灯光。另外我也不想把我的胳膊伸出被子，天知道那里有什么鬼东西。

第二天，母亲出门买面包，我在厕所里听到门外有敲门声。等我打开门，却发现是我父亲站在那里。一开始我并没有认出他，因为他瘦了很多，鼻子也被打破了，身上的衣服破破烂烂的，和一个流浪汉没有两样。而我写在脸上的诧异招来了他的鄙视。

"真不巧，我还没死。抱歉了。"

我说不出话，他把我推到一边，只顾进门翻找自己的东西。我听到他书房里的抽屉开了又关，家具挪来挪去。然后他又下楼看着我，盯着我的眼睛，非常严肃地问道："你是不是翻过我的东西，乔纳斯？"

我本该把拼图的事情解释一番，但是我完全没有胆子和父亲说话。我能做的只是摇摇头。

"奇怪了，我当时可不是这么摆的。你想什么时候翻腾都可以，我没什么好藏的，但是麻烦你最起码把东西放回原位。"

我装作并不知道他在说什么，但是他拿着我翻乱的文件，特别是当我发现他小时候的班级照片露出来的时候，我马上看向别处。我的举动不过是进一步肯定了他的猜测。等母亲回家的时候，父亲早就出门了，带走的文件一直摞到了他的下巴。母亲再次换乘了四趟电车去工厂看父亲，把我一个人留在家里，生父亲的闷气。父亲完全错怪我了，我并没有告发他。

虽然报纸专栏大肆宣扬我们的优势，但是盟军的轰炸还是造成了不小的损失。我们现在没有铁路，供水停止了，更别说供电了。有天我看到母亲拿着浇花的水壶上楼，说来可笑，我们自己用的水都不够，谁还会管几盆花花草草呢？但是，我母亲在乎，因为它们也是上帝的造物，也有活下去的权利。过了一会儿她想煮土豆，但是发现水不够。我想到她拿上楼的浇花水，于是打算上楼看看还有没有剩下的。但是让我很意外的是，水壶不见了，几盆花草干得发直，盆里的土也干燥开裂。

我开始透过我房门上的钥匙孔监视母亲，直到看到母亲拿着两根点着的蜡烛和一个三明治上楼，这看起来倒还是正常，但是她很快就下楼了，手里只拿了一根蜡烛。第二天早上我看到她提着水壶一瘸一拐上楼时洒出来的水花。我不耐烦地等了一会儿，当看到母亲用一碗水给奶奶擦洗的时候，我就偷偷摸上了楼。楼上空无一人，连个影子都没有。我到处搜了个遍——客房的双人床下，父亲书房里的文件柜和阁楼的每一个角落——但是一个人影都没看到。

我监视母亲越久，发现的问题就越多，甚至开始怀疑母亲是不是疯了。半夜我看到她端着蜡烛和剩饭又上楼。她是不是在进行什么仪式？和死者的幽灵聊天？还是想趁我不注意偷偷吃东西？有时候，她隔了很久才下楼，或者就一直待在楼上。每当母亲外出，奶奶也睡着了的时候，我就去查看一番。楼上有种味道，这一点我可以确定，空无一人的客房里却有股人居住过的味道。我一动不动，竖起耳朵捕捉任何可能的动静，但是在房间里却一无所获。也许我时不时听到的噪声都是来自房子外面。我看着空无一人的房间，怀疑也许我才是疯了的那一个人。

当母亲问我在楼上干什么的时候，我都不知道她是怎么发现的。因为当她回来的时候，我把翻找过的东西都归还原位了，然后躺在床上看漫画。

"你怎么知道的？"

母亲花了点时间才回答我："你奶奶有时候叫你，而你根本听不到。"

我非常清楚母亲是在撒谎，因为她撒谎的技术实在太糟糕了。我继续搜查了我们的地窖和厨房后面的小房子。虽然花了点时间，但是我还是把整座房子全面地搜查了一遍，一个角落都没有放过。甚至她在家的时候，我还要检查墙的接缝处。这让母亲精神紧张。

"你到底在找什么？"母亲问。

"老鼠。"

从那以后，她就开始寻找各种借口让我滚出房子。奶奶还是需要各种药，虽然有时候她说她并不需要。但是她确实需要，因为她背上有红疹，喉咙干涩肯定会引发疼痛。要不再来点薄荷醇，免得风湿病再折磨她？

等奶奶开始建议我为战争再出点力的时候，我就知道她不过是想摆脱我。在一个遭受轰炸的城市，对我的健康最有益的还是新鲜的空气。

因此，我就跑回我的青年团分部，主动去帮忙。他们现在非常需要人手，所以对我的残疾也就睁一只眼闭一只眼了。那天我穿着青年团的衣服，在城里到处奔走送征兵卡。当我发现一张征兵卡的签收人是一个50多岁的老人，老人承认签收人确实是他本人，因为他的儿子已经死了，这时候我开始怀疑什么地方是不是出了错误。隔壁房间给我开门的是一位老奶奶，等到她大叫自己的丈夫拉尔夫出来的时候，我看到一个后背僵硬的老爷爷签收了征兵卡。我实在不明白为什么要把老年人也征召入伍。再送了几张征兵卡后，随后又敲了几家门，然后敲响了四区瓦赫本巷12号的门。等了很久之后，格拉斯先生打开了房门，从里面探出了自己的脑袋，盯着我满是伤疤的脸，青年团的制服和空空的袖筒，脸上完全没有任何替我感到骄傲的意思，取而代之的则是对我落得这步田地的失望。自从我上次见他之后，他老了许多，下垂的眼睛和光秃秃的脑袋让我想起了乌龟，当然也可能是因为他的阴郁和行动的迟缓让我有了这种想法吧。

"谢谢。"话音刚落，他就转身把门锁上了。

回到家后我非常想把自己的袖子缝上去，这样我的样子就没那么可悲了。在母亲的缝纫机抽屉里翻了半天，发现了一个装缝纫线的老旧多瑙河丹迪的糖果盒。盒子扣得非常紧，以至于我打开它都非常费劲。但是我非常想找和我制服颜色相近的线头，我只能翻过来不停地拍盒子的背面，最后线轴可算是掉出来了。这时我才发现原来盒子底部还有个下层，在里面藏了一本护照。

翻开护照，我看到一张小小的黑白照片，照片上的姑娘眼睛大大的，露出迷人的微笑。一开始我以为是我们家某个人年轻时的照片，但是我看到了 J 的后缀，以及护照主人的名字：艾丽莎·沙拉·科尔。我的心跳便忽然加速。是不是我的父亲或是母亲一直在照顾这个犹太人？是不是他们帮她逃到了国外？

一时间我脑子里思绪万千。我可以好好地看看这个护照到底有什么猫腻，但是我得趁其他人发现之前赶紧把东西放回去。我对于父母二人的愚蠢行为非常生气，他们怎么可以把这种东西藏在家里，因为这有可能连累我。事情到这一步，对于他们的愚蠢我怒火中烧。他们俩真是全然把逻辑和科学抛之脑后。但是随之而来将我吞噬的却是一种毫无理智可言的恐惧：护照上那个叫艾丽莎·科尔的万一是我们家里的人怎么办？我父亲是不是背着母亲在外面找了个犹太女人？我的祖先之一是不是恰好是个犹太人？我可能不是纯种雅利安的可能性几乎将我击垮。即便现在找到的不过是一本护照，一些隐含的可能性依然扑面而来。可能这就是我无法直接面对父母的原因吧。

等到母亲和奶奶在外面透风的时候，我在房子里大喊："哟吼，有人在家吗？哟吼？楼上有人吗？楼下呢？回答我！"我听到楼上有些微细的噪声，听起来像是木板发出的噼啪声。我悄悄上楼，努力不发出任何声音，悄悄爬上二楼，探索到走廊尽头父亲的书房，然后再回到客房。出于某种说不出的原因，我总是盯着客房的一面墙，就好像它有了生命，它好像努力屏住自己的呼吸。

那天晚上，我悄悄起身，一路爬上楼，然后点了一根蜡烛。我必须小心地行动，免得把地板踩出声音。很快我就发现有人存在，这让我非常害怕，就好像爷爷的幽灵依然在我们身边徘徊一样。那面墙似乎也在有规律地呼吸，我发誓不论那呼吸有多么轻微，我都能听到它。借助着烛光，我看到墙上的一道缝，它是那么细以至于白天根本看不到，只有到了晚上才能借助影子发现它。我看着它，然后以此为参照物又找到了另外两条缝。因为我们家三楼直接和屋顶相连，作为阁楼使用，所以屋顶都是斜着的。因此，所有的墙面都不是很高，其中的一堵是在原来的墙体前面两尺的地方打了隔板，上面又铺了层墙纸。整个工程做工非常到位，没人会怀疑它。隔板后面的空间大概够一个人躺下，但是转身就比较困难，人在里面没法站起来，虽然可以保持坐姿，但是必须窝着脖子。这墙后一定藏了人。

我整晚都在床上翻来覆去，思考下一步该怎么办。我确实考虑过告发自己的父母，但这不是出于我的个人荣誉，而是出于元首的利益。我认为我必须保护元首免受敌人的攻击。但事实上，我更担心告发父母也会给我自己带来不可预见的后果。如果他们真的窝藏那个姑娘的话，最好的办法就是杀了她。我母亲会发现那个姑娘死了，这样即便不能让她头脑清醒点，最起码也能让她不再受苦。她没权利去照顾一个肮脏的犹太女孩。

我的第二个问题就是怎么杀那个姑娘。我决定等到母亲下次出门的时候去勒死那姑娘。这是最利落的办法，但鉴于我现在只有一只手，所以不是很现实。而且从照片上来看，这姑娘是个又淘气又灵活的小姑娘。要是她跑了怎么办？不，我得用我的弹簧刀把她的喉咙切开。我在我的弹簧刀中挑来挑去，最后选择用凯匹母亲送我的那把。这也算是凯匹帮了我一个大忙吧。

两天后，我的机会来了，两天的等待显得是那么漫长。母亲关上大门的一瞬间，我就放下手头的一切冲上楼去，全然不顾奶奶有没有睡着。我不能再等了。有那么一阵子我紧紧抓着我的小刀，以至于我的指节都开始隐隐作痛。可是过了一会儿，我不得不再松手放下刀去打开门板，因为我又忘了现在只有一只手可用。我稍加思索，把刀插进裂缝里开始撬动，直到门板终于开始松动。门板靠五个润滑良好的铰链固定，我先用手打开大概一指宽的空隙，然后用肩膀顶开面板，拿着刀钻了进去，我发誓没有东西能阻挡我。但是我的胳膊却拒绝服从我的大脑。龟缩在我脚下这方寸之地里的是一个年轻的姑娘。她抬头看着我的时候我俩四目相对。一个发育良好的年轻姑娘，紧紧盯着我，眼神中充满了恐惧，或者她只是好奇，想看清楚杀死自己的凶手到底长什么样。我敢肯定她眼角的余光已经瞟见了我手中的刀子，所以才会流露出一种无奈，因为无论下一秒我想干什么，她都只能默默接受。她一动不动，眼睛锁在我身上，丝毫没有反抗的意思。

我无法呼吸，无法挪开自己的眼睛。我着了魔似的将刀抵向那姑娘，只是为了证明我可以杀了她。等到刀子停在她喉咙上的时候，我已经无可救药地沉浸在这种感觉里了。我那时就已经明白了一个道理：我如果不能杀了这个姑娘，她作为一个犹太人，早晚会毁了我。但是在这种危险之中，我却发现了让我无法自拔的快感。这就好像这个姑娘是囚禁在我家中的囚犯，一个关在笼子里的犹太佬。这在某种程度上让我觉得很有意思。但是与此同时我又对自己非常失望，因为我并没有履行自己的职责。想必她也知道拿刀的这个人再也不是她的敌人，因为她的眼中噙满了泪水望向一边，愚蠢地亮出自己的脖子。我关上门板后转身离开。

第六章

　　从那之后，我就开始观察母亲，看她是否发现了这件事。如果她发现了，那么一切还好，她也没有额外讨好我，让我不要外传这事的意思。她比以前更加小心谨慎，但是现在她不管做什么，一切都一目了然了。我继续装作不知道他们这个包庇犹太人的秘密，担心每次开口说话都会走漏风声。

　　那姑娘到底是谁？我父母是怎么认识她的？他们是不是参加了什么秘密组织？那姑娘在家里藏了多久了？她这些年都是藏在那黑暗的角落里吗？这可能吗？还是说护照上的照片是好几年以前拍的？我想再去找找那本护照，看看日期，但是再也找不到了，事实上，整个装线轴的盒子都不见了。

　　从那之后，不论我做什么我都会和阁楼里的姑娘做个比较。她这时候在干什么？躺在黑暗之中，感受着墙壁上的每一个凹陷和凸起？我好奇她在那里想些什么，对我又有什么看法。她害怕我吗？她觉得我会逮捕她吗？她会期待和我再会吗？她有没有和我妈妈提起我？"你儿子想杀我。""小心点，他都知道了。"

与此同时，我发现再也不能坚持元首要求我们的标准了，内心瞬间充满了一种犯罪感。我试图说服自己并没有干什么坏事，一个藏在阁楼里的犹太姑娘能给国家造成多大的损害呢？她除了欺负老鼠以外还能干什么？谁又能知道我的小秘密呢？再说了，她不是我家的客人，是囚犯。

当我父亲周末回家的时候，他对我更加友善，我不禁怀疑他是不是知道我已经发现了他们窝藏犹太人的事。大概这就是为什么父亲改变了对我的态度，认为我并没有他想的那么坏。关于这一点我永远猜不到真相。我试图用家里藏有秘密和阁楼里住着素未谋面的人的故事暗示奶奶家里住了犹太人，但是奶奶完全不清楚我在说些什么，只是让我不要再说这些疯言疯语了。奶奶的言行证明了她并不知道这件事，因为随着食物配给越来越少，奶奶总是不顾反对，把母亲的剩饭刮到我的盘子里。我母亲盯着我，看我会不会把剩饭都吃下去，因为吃下去就意味着我对犹太姑娘的事情一无所知。所以，我就盯着母亲的眼睛，一口一口地把剩饭都吃了。

渐渐地，艾丽莎从阁楼里溜出来，在房间里四处游荡。她会跑到一楼的桌子上或房间的另一边，即便如此我还是能感觉到她的存在。晚上的时候，我们俩互换位置，她喜欢柔软的大床，而我就蜷缩在她通风不良的夹层里。

我为了和她再见，等了一周，但是耐心逐渐耗尽了。我不清楚到底在等待什么，答案虽然显而易见，但是我上楼之前还是犹豫再三。我到底害怕什么？被我父母抓住？还是盖世人保①？我觉得没这么简单。

她在白天皱着眉头，似乎阳光让她眼睛难受。

---

① 第三帝国时期的所谓"国家秘密警察"，全称为 Geheime Staatpolizei，缩写为 Gestapo。

"我都分不清白天和黑夜了。"她一边说一边用双手挡在脸上，我可以看到她的指甲被她自己咬得很短，都露出了指尖粉色的肌肉。她分开了手指，露出眼睛，就好像小时候我姐姐和我玩捉迷藏一样。

她的头发非常杂乱，又黑又密，估计很久都没梳过了；还有些细细的头发总是粘在她的脸上和脖子上。她的眼睛非常黑，看起来有种很原始的感觉，我要仔细地看才能分清瞳孔在哪儿。她的眼睫毛也非常浓密，只要看看她，你不查字典就明白毛茸茸是个什么概念了。我扭过头，看到自己在 19 世纪维也纳版画裱框玻璃上的影子，版画上的女人身着长裙、头戴羽毛装饰的帽子。我在玻璃上的样子就好像学校老师展示给我们的那些可笑的原始人图片差不多。我一半看上去还算正常，但是伤疤把我的嘴唇拉向受伤的那一边，扯出了一个轻微的微笑，就好像死神想让我记住它的玩笑。它没有让我加入亡者的行列，反而是和我栖身一处，共同行走于生者的世界，嘲笑我的一举一动。

我发现自从看了自己的样子之后就很难再面对她，但是她还是很仔细地打量我，就好像我除了这张脸以外，还有什么独特的东西在吸引着她。我的意思是，要不是她这么盯着我，我还真不知道我的脸曾经受过伤。其他人都是先看看好的那一半，再看看受伤的那一半，然后决定对着好的那一边说话，同时还要避免盯着我脸上的伤疤。我可以从他们的脸上看出这样的困惑。但是我的脸对她来说毫无奇怪之处。对她来说，这是一张完整的脸，但是我想起来一件事让我又喜又怒：犹太人就喜欢他们创造的诡异艺术作品。

我脑子里还在想她比我大几岁——可能最少有五六岁——然后问她："你叫什么名字？"

"艾丽莎·科尔。"

"我想应该是艾丽莎·沙拉·科尔吧？"

她并没有说话，我像是感受到了一种从未经历的愤怒。我低头看着她指着的东西：一片雏菊地的拼图。在她周围还有几片拼图和燃烧殆尽的蜡烛残迹。

"你在我家多久了？"

她抿了抿嘴表示自己也不知道藏了多久，她的嘴巴也很吸引人：因为嘴唇饱满，所以抿起来的时候就好像是一个情人节桃心。我看着她把一片片拼图捡起来仔细端详，就好像是在检查每一片的分子结构一样。上次见面的时候，她还穿着母亲的睡衣，这次尽管天气很热，她还是裹着母亲的披肩。对她来说还是有些禁忌，大概是因为《纽伦堡法案》的关系，任何雅利安人都不能和犹太人发生肢体接触吧。

我告诉她完全可以出来，但是她只是表示感谢，然后继续咬自己的指甲。我俩就这么一言不发地待在一块，直到我萌生了离开的想法，但我完全不知道为什么要走。我想把她关回夹层然后一走了之，就像我上次那么干的一样。但是我实在没法动手，而且我很希望她能带动谈话。最后奶奶咳嗽了一下，然后我俩假装吓了一跳。我赶紧把她塞回夹层，她为了帮我还弄丢了一片拼图。我捡起来翻来覆去看了半天，这片到底是图片的空白处，还是人景的一部分，抑或是花田的一角呢？用一片拼图去猜全景简直就像从地牢的钥匙孔里看花园。我把那片拼图塞进了口袋。

自那之后，出于某些说不上的原因，我希望她能尽可能地听见我的声音。回家的时候我希望我的声音听起来非常愉悦，她在顶楼也能听到。"奶奶！是我！我回来了！"睡觉前我就"奶奶晚安！我去睡觉了！""妈妈你看见我的地图了吗？我想查点东西。"我踏着沉重的脚步在房间里走来走去，把凳子拖来拖去，大声地咳嗽打哈欠。最后母亲叫我不要制造这么多的噪声，但是奶奶却说这是她能听到我声音的唯一办法。

　　几天后，我又去看那个犹太姑娘，这次我先在隔板上敲了几下。我当时感觉好像是有点不请自来，但是明明她才是那个不请自来的家伙！我的借口是她丢了一片拼图，我刚好在地板上找到了。就是这时候她看到了我的手，或者说我丢掉的那只手。她的脸上写满了悲伤，我的心也随之一沉。那就好像她看到了什么不祥的景象，等到她恢复过来，伸出手握住了我空空的袖管。虽然我非常清楚她远比我低等许多，我也没必要对她存有丝毫的感激之心，但是之前从来没有任何一个女性为我做这样的事情。

　　"我以前练小提琴的时候最担心这个，"她小声说道，"我最害怕压琴弦的手不见了。我以前给乌特说过这事，能把她逗得哈哈大笑。"

　　听到她说出姐姐的名字我不由得一震。她让我在记忆深处隐约想起了某人……是的，她脸上某些特征让我觉得很眼熟，尤其是她的微笑更是让我觉得熟悉。啊！想起来了！她就是以前总来我家和乌特一起练琴的那个女孩！

　　我低头看她握着我空荡荡的袖管，非常庆幸我没有让她感到厌烦，换作其他女人早就跑了，想到这一点我都快哭出来了。我得在我哭出来之前赶紧离开。

　　那天晚上我被一种醉醺醺的感觉所包围。自我受伤以来，我都无法忍受自己的生活，每一分每一秒都无聊得要命。现在，我的生活出现了一个急转弯。这让我倍感充实，在我睁开眼之前，想到自己还活着就会觉得心脏在有力地跳动。我该不该去看她？我用什么借口去看她？这不仅是一场充满刺激的挑战，还让我感到充满活力。现在情况已经发生了变化。现在我应该建议母亲出去散散步，因为她脸色苍白。如果不想出去散步，那么我们一块去工厂看看父亲？实在不行的话，一起去领配额的食物怎么样？等母亲把篮子拎在胳膊上的时候，我就突然耍赖说自己太累了。这样她就只能自己一个人去了。

如果以前我是想试着让这个女人滚出我的世界，那么现在我就是努力想把希特勒赶出我的脑子。他的说教只能让我想起自己的无能、低级趣味和不忠。每当我看到杂志里有他的图片，散发着一种父亲式的气质，我心里就一紧，赶紧翻过去。

*

我和她以这种怪异的方式一起在家里住了一年多，徘徊在我们头顶的威胁让我们之间的信任飘忽不定。只要有可能，我就一个人偷偷去看她，我俩之间也渐渐形成一种奇怪的依赖关系。我问她关于姐姐的事情，然后告诉她关于凯匹、远足生存训练营以及我是怎么受伤的事情，但是我说的时候得非常注意细节。很奇怪的是，和她聊天非常困难，但是她和我说话却较为放松，大概是因为她没有那么多顾忌吧。我告诉自己，不管我的想法是否正确，她和我说话是因为她一个人感到寂寞，而不是因为信任我：我是家里唯一一个和她年纪相仿且谈得来的人。有时候她看到我非常开心，我告诉自己这都是因为她可以不用窝藏在狭小的夹层里罢了。

她给我说了很多关于她父母的事情，他俩常为了怎么抹黄油而吵架。科尔太太会从侧面切下一片黄油抹到面包上，而科尔先生则会从黄油块的顶部刮一层。他俩对于事物的看法完全不一样，从袜子该怎么叠——应该是两个整齐地叠在一起还是用一只包着另一只团成一个球——到如何进行祷告——是该前后摇摆着大声念出来还是该悄悄地念叨就好，毕竟上帝既不需要耳朵也不需要定时定点就能听到我们的祈祷。她还给我讲了她的两个兄长，山米尔和本杰明，他俩都想移民去美国买卖二手车，当然她说得最多的还是她的未婚夫，内森。

内森的数学很好，还能说四种语言：德语、英语、法语和希伯来语。

我争辩说谁会把希伯来语当一门语言。她回答说就算我觉得它不是一门语言，希伯来语确实是一门独立的语言，有很多人使用它，我必须承认这一点。我本想说犹太人就不该说德语，但是我发现，在不侮辱她的基础上就不可能侮辱她的未婚夫，这是常有的事。

内森不参加体育活动，却花费大量时间研究历史、哲学和数学理论。我真不敢想象她居然会对这种无趣的人感兴趣。她可以一连几小时说有关未婚夫的事情，说到她自己的眼睛里光彩四溢，呼吸急促，脸上都出汗了。她把长发一甩，坐下跷起了二郎腿，然后又换了条腿，她跷起的弓足落在地板的破布上，就好像穿了一双不合脚的玻璃鞋。每当我出于建立自我优越感的需要，问她内森为什么要这么做或者那么想的时候，她就能一连说好久。有时候，她会闭上眼睛歪过头，就好像能从内森那里得到一个吻似的。我发现每当她提起未婚夫名字的时候，我就很生气，明明她眼前就有一个更优秀的雅利安人，但是却还想着内森。我生她的气可绝对不是因为我喜欢她或者嫉妒。

有一天，我终于鼓起勇气问她手上有没有内森的照片。也就是在这一天，我知道他未婚夫最喜欢蓝色，因为它是波长最短的，所以能穿透最深的海洋和最高的天空，所以我们看到的大海和天空都是蓝色。他未婚夫最喜欢的英语单词是"serendipity"，内森会在她耳边毫无缘由地重复这个词。他俩第一次见面就一见钟情，因为内森手上也有一本路德维格写的什么书，虽然这种巧合实在太蠢了。因为他俩当时都在同一座公共书房的哲学区遇见了彼此。只有最无聊的维也纳人才会花整个下午在那儿聊天！还有，内森的脚是希腊式的，就是说他的第二根脚趾要比第一根长，当然这和他的希腊血统有关系。

这还真奇怪。当她说手上确实有一张，就放在我们家的时候，我有种被欺骗的感觉，因为那照片就在她藏身的小隔间里！我之所以愤怒不过是因为家里还有第二个不请自来的犹太人。她很自豪地给我展示那张照片，内森在照片上贼眉鼠眼，顶着一头乱糟糟的金发，带着一副玳瑁壳的眼镜。要是把这照片放大的话，他那双眼睛肯定也得放大好几倍。瞧这眼睛大的！人类的眼睛怎么能如此凸出但却无神呢？他可比我还难看！犹太人就是喜欢丑陋的东西，这一点还真是毫无疑问！我告诉她，不论给我什么，我都不会和内森换脸。我对她非常生气，因为她居然在思念这么软弱的家伙。

"他是不是很帅？是不是？"她很坚持，"等战争结束，我俩就结婚。到时候这个贴心又博学的家伙就是我丈夫啦。"

我就静静地看着她仔细端详着内森豆子一样的脑袋。我并不希望战争结束，但是说不上原因。不过这样的情况也没持续多久。

如果说艾丽莎永远留在我的生活中，那么内森也会成为其中一部分。他和我在一张桌子上吃饭，谈论一些虚无缥缈的理论，艾丽莎对着他挤眉弄眼，把我扔在一边。他俩挤在那狭小的空间里，我都能感觉到内森是怎么抱着她的。我想抓着他的脚，把他拖出隔间，从房子里扔出去，永远别回来。我们的房子就是他俩的游乐场，在里面牵着手跑上跑下，在沙发和床上一边翻滚一边咯咯地笑。看那期待已久的亲吻是多么甜美，毕竟她在隔间里待那么久，感觉都迟钝了。我想象着他柔滑的指头摸在艾丽莎的脸上，俩人的脸凑在一块，嘴唇贴在一起。想到这儿就让我非常生气。有时候我会鼓起勇气幻想她亲的人是我，然后我就感觉心里很不舒服，喘不上气。我是不是病了？她是不是感染我了？我自降身份，但是我不在乎。谁又能知道呢？

我开始从全新的角度看报纸。每一次胜利都能让艾丽莎离我更近一步。每一次敌人进攻都是让她离我更远。对我来说，战争的意义就在于此了。胜利就意味着能赢得她，失败就意味着失去她。

060

我对她的吻都着魔了。我，经历了各种勇气的试炼，保卫了国家，居然会害怕接吻。而她甚至不是雅利安人。我对自己在她身边花了那么多时间而感到生气，在她身边除了傻了吧唧听她说话，被她的心形嘴唇迷得神魂颠倒，除了点头什么都不会。这是一种刻骨铭心的痛，特别是当她开始唠叨内森的时候，因为一切可能都成了不可能，每个再见都让我感到深深的失败感。

我自己暗暗发誓，以我的荣誉为证，我下次见到她的时候一定要亲上去，就这样办。我自己脑子里排练了无数遍。因为她在我房子里，所以我觉得她更应该是我的。然后时机到了。她刚说完话，然后出现了短暂的宁静。她看着我，我则下定决心，然后集中精神准备亲上去，但一定是因为我脸上的表情很奇怪，她反倒爆发出一阵大笑。

我通常很喜欢她闭着一只眼睛的样子，因为那就像对着我抛媚眼，但是现在却激起了我无边的怒火。她的嘴唇也让我怒火中烧，咧得那么开，就好像哭起来了一样，我脸上的表情对她来说到底有多可笑。

"乔纳斯，你还记得，有次你冲进你姐姐的房间对我们扔拖鞋吗？"她越笑越大声，但这笑声对我来说简直是音乐，"我活这么大还没见过那么糟糕的脾气！你说该你和她玩了。她的小提琴都快被你打坏了，但是你就是不肯走！"她一边大笑一边弄乱我的头发。

原来她就是这么看我的！我在她看来就是一个被抓着领子拖走的小孩子！我那时的感觉简直糟透了。她还是把我当作我姐姐的小弟弟。实话实说，我是比她和内森年纪小，但是我那时也17岁了。我不仅是个成年人，还是名士兵，难道她就看不出来吗？我虽然才17岁，但是经历了各种训练和生存野营，远比内森还要像个成年人！她可怜的犹太未婚夫可是连一块奶酪都拿不动！

自从那次羞辱过后，我又出门开始投送征兵卡，但是总是犯错，在城里到处乱撞。我本该去十二区的苏勒尔巷，结果却跑到了九区的苏摩尔巷。有次，我去找二区的纳斯特罗巷，但是事前根本就没查维也纳有没有一个纳斯特罗巷，我在四区也犯类似的错。我光想着艾丽莎不好的事情，完全没有注意我周围的任何事。她应当努力争取我的注意才对。因为即便我已然伤残，但是我的基因要比内森优秀、比内森完整，但是她却没完没了地聊着内森这个无名之辈，这也反映出她自己是个无名之辈。我应当早点擦亮眼睛，不要在她身上花时间。学校不是已经教会我们关于犹太人的所有知识了吗？为什么我还要在她身上花时间？为什么不把她直接交给当局？这无疑是解决她的最好办法。也是时候想想她都取笑了我多长时间了，从我发现她开始，我就是她的嘲笑对象。

街上有位女士在叫卖高价的苹果，我从她身上走过的时候，发现她脚边的水桶里有几朵花园里培育的雏菊，浇花的水估计还是上次下雨存下来的，我忽然原谅了艾丽莎，心里只想着把这桶雏菊送给她。因为花上没有标价，所以我就上前问她花怎么卖，她一转身被我吓了一跳，脸上写满了惊讶，就好像我顶着这么一张满是伤疤的脸靠近她就是一种粗鲁的冒犯似的。我只能在她发出尖叫之前赶紧走开。

我还有一张卡片要去送，虽然我知道这么晚不一定能见到艾丽莎，但还是决定尽快送完回家。一天中最开心的部分应当就是回家用力地把门关上，好让她知道我回来了。其实，我是想让她等得更久一点，但这种分别对我的折磨更为深刻。

在经过希青站的时候，我看到一个女人站在木刑架上，脖子上挂着一个纸板，上面说她和一个斯拉夫男人发生了关系。女人头发被剃了个精光，我第一眼看她的时候还以为是个男人站在上面。一群人围在周围辱骂她，一个人插到人群中，仔细读了读女人脖子上的卡片，然后朝她脸上吐口水。女人脖子下面的纸板让她无法低头，更别说让自己逃避粗鄙的侮辱和飞来的口水。

　　我从旁边走过的时候感到非常奇怪，我的腿好像灌了铅，每走一步脚都要黏在地面上，我只能拖着腿往前走。等走远了一点，我试图振作起来，找回自我，但是成效甚微。

　　我还是没有送出最后一张征兵卡。因为还没等我走到十四区，就看到一群德国孩子穿着时髦的英国服装，留着盖到脸上的长发，听着美国来的铜管音乐。这些自诩为"摇摆男孩"的家伙根本不是在跳舞，因为真正的舞蹈要求庄严感和自律。但是在这些人身上这些东西踪影全无，不过是三两个人围着一个姑娘跳舞，根本不会在意退后一步去等自己的机会。他们跳起来的样子就像一群兔子，互相击掌甚至用屁股互相摩擦！有个家伙嘴里叼着两根烟，抓着一只酒瓶，跪在地上挪动，但是却用力把脑袋向后甩。其他人则是弯着腰，耸动着自己的肩胛骨。他们没病，这不过都是他们所谓的"舞蹈"罢了。

　　我在那一刻突然有种我们会输掉一切的感觉。事实上，我只要看看我周围轰炸过后的废墟就对此一清二楚了。那是我第一次明白我们不仅会输掉战争，连带着我们为之奋斗的道德标准、纪律性、美学以及人类的完美都将付诸流水。我能感觉到世界在朝着错误的方向前进，就连我也不能例外。这一点让我非常难过。我让最敬爱的元首失望了。

　　我那天晚上彻夜未归，因为我实在没有勇气。我在城市里游荡，城外的轰炸好似一场遥远的烟火表演，让我忽然泛起了怀旧之情。

第七章 🐦

　　我的母亲抵着窗户一直在等我，我还没进门她就把我紧紧搂住。过往的一年让她憔悴了很多，棕发之间冒出了丝丝白发，嘴角也开裂了，眼睛周围的黑眼圈让母亲看起来疲惫不堪。我抱着她，脸贴着她的脑袋，斜过眼看着她的呼吸在玻璃上残留的痕迹一点点消散。

　　我也考虑过是否要告诉母亲我已经知道艾丽莎的事情。但是艾丽莎认为如果我如实告诉母亲的话，只会让她原本紧绷的神经还得考虑我的人身安全。我认为即便艾丽莎被发现，母亲也会负全责；不论如何，我认为如果母亲发现我知道艾丽莎的存在，就会把她转移到其他地方。但是，沟通能够缓解紧张的关系，说不定我还能多见见艾丽莎。我痛恨整日无事可做，我不是挠墙，就是给她塞些写满了问候语的字条。我在字条上写满了类似"你好啊""早上好""哟嚯""你最近如何"的话，简直就像个5岁的毛孩子。艾丽莎得把这些字条都藏起来，我在之后见面的时候还得把它们都扔了，免得被母亲瞧见。

　　第二天早上我一个鲤鱼打挺跳出被子，下定决心要告诉母亲我所知道的一切，但是一件小事打断了我的计划。我听到奶奶叫我过去，她说自己不太舒服。我猜她大概只是想让我把早餐端到她床上，爷爷以前也喜欢这么干。当我过去打开她的窗户时，她充满笑意的眼睛证明我的猜想没有错。我们家的秋天比冬天更糟糕，因为还没有冷到你必须给壁炉点火。在你开始感到更温暖之前，得先把自己冻个透。

这时候，我看到我家对面的房子上写了个 O5 的标志，一开始我以为是写给我看，但是想想还真是挺荒唐。奶奶的房间和艾丽莎的隔间在房子的同一面，所以我认为是有人在威胁她和我们全家。O 代表"Oesterreich"，是奥地利以前的旧称，而第二个字母 e 则是字母表上第五个字母，所以才有了 O5 这个简写。它代表着奥地利抵抗组织，城里的市政建筑和政治海报上写满了这东西。我们的邻居，宝格丽夫妇，站在窗边和我对视，眼神里写满了不信任。我认为他们肯定知道些什么。他们是不是曾经看到艾丽莎从床边走过？他们是不是在监视我的母亲？又或者是在怀疑我父亲为什么这么久不回家？还是说所有这些都有关系？这究竟意味着什么？

等母亲出去查看一番之后，我越发担忧情况可能很糟糕。我家房子上也有 O5 的标志，这就是为什么宝格丽夫妇一直在看我们家。因为只有我们两家才有这标志，所以我母亲认为这是一种怪罪而不是政治宣传。我马不停蹄地冲下地窖找到了最后一罐淡黄色油漆。用之前还要把上面凝固的部分先抠掉，掉在废报纸上的油漆让我想起了小孩子画的太阳。不论我和母亲轮流涂多少次，淡黄色就是盖不住 O5 标记的黑色油漆，只要认真端详还是能看清楚。

自那之后，我母亲就变得神经敏感，我要是进屋前没先打招呼，她就会吓得用手捂住心脏。每当风吹动窗户的时候，她都会问"那是什么？""谁在哪儿？"每当她拿起电话的时候，她都说听到了奇怪的声音，和与我们共用一条线路的女人出于好奇拿起听筒偷听时的声音完全不一样。每天早上她下楼，一边把自己的指头扭得噼啪作响，一边指着楼下的东西说和她前一晚的摆放完全不一样。"这杯子怎么在这儿？""母亲大人，那是我的杯子，你忘了吗？"她带着一种强迫症式的偏执一次次调整物品的摆放位置，直到最后我也被她的神经质感染，对艾丽莎的照顾也变少了，唯恐她也被监视。母亲对自己也越发不注意打理了，整天穿着自己的睡衣和拖鞋，总是睡很久。艾丽莎现在也开始一连好几天待在黑暗之中，无法出来透气。万幸的是，我下午都会过去和她说几句话，去给她送一杯水或早已冰凉的煮土豆。

白天变得越来越短，下午还没过完天就黑了，即便到了早上还是漆黑一片。我感觉这个秋天格外地冷，大概是因为我们吃得都不多吧。有几天我们吃的不过是清寡的肉汤，陈年面包和萝卜。我穿着衣服钻进被窝睡觉，我的睡衣在我身下团成一团，只有当温度暖和的时候我才会换上睡衣睡觉。

有天早上三点钟的时候，我被一阵哭泣声惊醒，等我看清是艾丽莎靠在我房门门框上的时候，我整个人坐起来，从被窝里弹了出来。我花了一阵子才弄明白她究竟是以怎样一个姿势坐在我的门口，因为她的头发像面纱一样盖住了她的脸，我有那么一会儿以为她的腿扭到了错误的方向。我冲过去抱住她，这还是我第一次抱一个异性。她浑身冰凉，我只能搓揉她的全身，感受到了她身上每一个骨头。她身上一股尿臊味，嘴里还有一股饥饿的酸味，但是我都不在意。

"你妈妈，贝泽勒尔大人，再也没来过，天哪！我要饿死了！"我哭了。我恳求她最起码先到被窝里，能暖和点，但是不起作用。她只是待在原地吮着自己的大拇指，对我说的话毫无反应。我最后只能寻求一个折中方案。她可以先钻进我的被窝暖和一下，要是她动作够快的话，我的被窝里应该还留了点我的体温。她点头同意，然后同意让我隔着衣服给她搓背。

"求你了，乔纳斯，帮我找点吃的吧。"

我点着蜡烛下楼找吃的，全然不在乎母亲是否会听见。我点燃炉子，把面包浸到剩下的肉汤里泡软。过了很久，肉汤上终于飘起了一丝热气，奶奶的呼噜声一直烦我。一个成年人大白天的都不能弄出那么大的响动——我试过，所以知道——所以打呼噜到底对她的睡眠有什么好处？忽然我对她和母亲都感到非常生气。

拿着东西回卧室被证明是非常困难的，我既不能用嘴叼着蜡烛也不能用胳膊夹着，因为都太危险了。我最后只能把蜡烛固定到一个大盘子上，把锅放在盘子上，一路端回卧室，还得小心翼翼地保持平衡。我很庆幸她没看到我笨手笨脚地把东西放在床上。蜡烛惨淡的火光为我俩照亮。

我喂她吃面包的时候，她差点呛着。我起身去找水给她喝，喂水的时候用伤残的胳膊尽可能托住她的脑袋。她的脸因为泪水和吃东西沾满了肉汤和水。她的双眼闪烁着智慧的光芒，眼底下有两抹黑影。她的脸极度苍白而消瘦。她直挺的鼻子稍微有点高，为自己平添几分威严，但要是换作其他情况，我会把它当作无趣或者傲慢。她的眼睫毛是脸上唯一不对称的地方，让我感觉两只眼睛都不一样。她在我的怀里无力地喘息着，一只眼睛显得心满意足，另一只却显得心烦意乱，我下意识地亲了她一口。她没有配合我或是把我推开。在我看来是爱的表现，对她而言不过是被动地表达谢意吧。

"我必须回去了。"她一边咕哝着一边缓缓起身。我乖乖地跟在她后面，虽然比她高一头，但还是觉得自己的动作非常笨拙。我跪在她身边，把我自己的被子披在她身上，虽然拒绝再三，她还是接受了。我等明天自然会编一套说辞给母亲。

我早上五点起床，所以就能在母亲起床前去找艾丽莎，因为我不想艾丽莎的解释会吓到母亲。我在父母卧室对面的沙发上等着，沙发就在楼梯口的左边，所以我绝对不可能错过她。我又起身看了下时间，距离我上次看表不过才五分钟。等到七点的时候，我不耐烦地敲了敲卧室的门，却依然没有人回答。不能再等了，我直接走了进去。

"母……"我把还没说完的话吞了回去，因为床上收拾得非常干净，但是母亲却踪影全无。她去哪儿了？什么时候走的？她去找父亲了吗？我父亲也是抵抗组织的一员吗？我预感这可能不是母亲第一次彻夜未归。我在某种程度上感到的是一种解脱，虽然我找不到合适的表达，但是我有种不祥的预感。奶奶也不知道母亲去了哪儿，但是她说："说不定是去乐维利尔酒店买黄油面包去了。它这会儿差不多该开门了吧。"奶奶又记错了日子：阿尔贝蒂娜广场的乐维利尔酒店五年前就不复存在了。

我把楼下的房间都查了一遍，母亲有可能看书看得睡着了，就在我准备打开乌特房间的时候，我听到他俩回家的声音。

"我真希望我们能快点摆脱她。"母亲低声说道，"我为自己的家庭安危操碎了心。对自己孩子的爱让我变成了一个坏蛋。"

"别这么说，"父亲说，"你为了她做了所有可能的一切。你一直都是那么勇敢。我一直都为你感到自豪。"

"我压力实在太大了。我上楼的时候都以为会有一个疯子拿枪指着我！我受不了了。我没什么值得你为我感到骄傲的。"

"很快就熬出头了，萝丝维塔，我向你保证。"

"盟军现在就该到了，但是人呢？每天就知道轰炸我们！我们可都是老百姓！我们可都想帮他们！"

我等他们走过去之后，从书房的另一边绕回来，然后揉着眼睛说："二老早上好啊。"

"早上好，儿子。"父亲说。

"哎哟哟，今天起了个早。"母亲也接了句。

我父亲总是和母亲黏在一块，要当着他的面提起艾丽莎的事情也是很奇怪的事情，所以只能和他们有一搭没一搭地聊天。我先跟着他们进了地窖，然后又去了厨房，正好瞥见父亲假装肩膀疼，却偷偷从水槽下面拿了一个热水壶。后来，艾丽莎告诉我，父亲送了一壶肉汤给她，这样既能保证营养还能确保汤不会凉。

为了能堵到母亲，我在楼梯上不停地游荡，但是看起来父亲已经接手了照顾艾丽莎的事情。等到母亲照顾艾丽莎的时候，她都没注意到我的被子，或者说她以为那是父亲给艾丽莎的——至少我希望如此。

那天父母二人在卧室里待了好一会儿。等父亲先出来的时候，他抓着奶奶的手腕跳起了华尔兹，但是奶奶对此非常地不情愿，因为她认为跳舞没有音乐简直是滔天大罪。"怎么？母亲大人您是聋了吗？难道还没听到约翰·施特劳斯的《蝙蝠序曲》吗？"我父亲一脸不能相信的表情，假装自己可以听到。奶奶听了一会儿，然后满是皱纹的脸上也笑开了花，看来她也听到了音乐。虽然母亲穿着拖鞋和睡衣，但觉得也应该加入其中。不过很快就找借口要退出，父亲说那借口只有女人才能想出来：必须放下头发才能跳华尔兹。父亲把母亲用来固定刘海的发卡挪到她脑袋后面。虽然花了几分钟才弄明白原理，但是父亲的临场发挥还不错。虽然效果并没有持续多久，但是我们却为此乐了很久。

父亲从花园回来的时候背着一个杂草袋，脸上带着神秘的微笑。我该如何形容他做的那顿饭呢？也许创意非凡比较贴切？他用荨麻做苦味沙拉、用栗子做了主菜和甜点，然后采了些蘑菇为肉汤提味。虽然父亲对于洗菜切菜什么的并没有妈妈那么在行，但是我们也不介意。经过这次突袭，花园里早就空无一物了，所以父亲明天还得去黑市看看有什么东西可以买，因为没人会相信他的鬼话——他回家路上发现一只没人要的小野猪躺在路上，肯定是先被一名猎人打伤，然后逃进了我家的烤炉里。

虽然母亲警告他，说没有足够的煤过冬，但是父亲还是往炉子里塞了不少煤。他的所作所为完全不像平时的样子，但是我也没有反对意见。我们躺在扶手椅上，面对着火炉，近乎着迷地看着炉里的火焰熊熊燃烧，温度足够高的时候就盖上上面的盖子。它是一场无人可懂的悲剧，熊熊燃烧的演员用一种死去的语言表达着自己的感情。母亲躺在父亲身上，我此时此刻希望艾丽莎能在我的身边。我知道他俩也一定在想艾丽莎，因为我看到母亲凑在父亲耳边说了什么，然后父亲马上回了几句。

虽然我没有对他们感到愤怒，但是我一个人独处的时候非常缺乏耐心。我非常想在我的床边或者用指甲在自己胳膊上刻下艾丽莎的名字。我在脑海里重现上次的亲吻，并希望下次能亲得更加深沉，然后再亲亲她的肩膀、脖子和留着小孩子一样粗短指甲的指头。父母疏于发现我的白日梦只能进一步证明他们此刻更关心自己的命运。我想从那一刻起，我的脑海里就全是艾丽莎。对其他人而言似乎没有什么区别，但是对我来说，她就在那里。没人发现她就坐在我的腿上还真是神奇。

冬天的一个晚上，月光完全看不见。我们所有的窗户都紧闭着，就算没有窗户的地方也用钉子固定了几块破布挡风。战时防空宣传海报贴得到处都是，上面写着"敌人能看到你的灯光！关灯！黑暗是我们的盟友！"灯光成了我们的敌人，我只能爬着上楼去找艾丽莎。某种程度上来说，黑暗也是我的朋友，因为它藏住了我的脸和所有可能的尴尬。我终于能向她表白，我已经不能把这份感情埋藏在心里。要是输掉了战争，我们就移民到美国然后结婚，我也不介意和一个犹太人结婚。因为她和我所学到的那些犹太人不太一样，她是独一无二的。再者，她可以随时转信天主教。既然我父母都在庇护她，他俩又怎么可能反对呢？

等爬到楼上的时候，我的心脏都快跳出了胸口，然后又在心里重复一遍表白之词。我相信等她听到能成为我的妻子的时候，一定高兴得跳起来，毕竟成为雅利安人的妻子可是一种特权。当然，她一定会接受的。她现在拒绝我一定是以为我没有给她任何承诺，只是和她开玩笑罢了。等我准备好了之后，我就把脸靠在墙上，用手指敲响了我们之间的秘密暗号。

"谁在那儿？"她的语气带着一些愤怒。

"是乔纳斯。"

我又敲了一次，等了一会儿之后活板门终于打开了。满脑子爱情的我探了进去，奇怪的是，她却不想出来。我试图把头伸过去亲她一下，但她叹了口气把我推了出来。

"怎么了？"我问道，心里以为她是因为我没能早点来看她而感到生气。我现在的处境非常微妙，因为我知道在我和她分享我的计划之前，她一定很抗拒我，但是在知道她喜欢我之前，我又不能随便和她讨论这事。

她的烦躁夹杂在话语中扑面而来："我实在不能在这种环境中待下去了。我想要尖叫，扯掉自己的头发！要是我是一个人的话，我怎样都无所谓！但是我死了，又能改变什么呢？对我来说睡醒和睡着的时候没有区别！一切都是漆黑一片！黑暗！黑暗！"

"安静……"我一边说，一边帮她整理挡在脸上的头发，"你想要我把手电筒和电池留给你吗？"

"这还用问吗？"

我完全没料到她会这么和我说话，但是我将这归结于隔间里糟糕的生活。从某种程度上来说，我甚至觉得受宠若惊，因为我给她电池这件事已经从正常而客套的沟通发展成一种更为亲密的关系。我转身离开去找手电筒，心里盘算着要让她因为刚才对待我的态度而感到后悔。这招果然管用。等我拿着东西回去找她的时候，她伸手摸到了我。

"给你手电筒。"为了给她演示怎么使用手电筒，我握着她的手一步一步操作，甚至在此之后，我俩的手还贴在一起。当然，最后艾丽莎还是把自己的手扭开了。

"艾丽莎……"我正要说话，但是很快发现自己要说的东西都很不合时宜。但是，她把手电筒的光打到我的脸上，打断了我想说的话。等我被晃得眼冒金星想去抓手电筒的时候，艾丽莎又把它藏到了阴暗的角落里。我非常讨厌她这么干。虽然她非常依赖我们，但是当她能够掌控一件事的时候，又变得非常自立。

"黑色。"她又开始了，"甚至不是一种颜色。内森和我说过黑色不过是缺失其他的颜色。所以，我生活在一个没有色彩的空间里。我看不到自己，所以我自己就不存在。我对于这个世界来说并不存在。"

"你对我来说确实存在。"我一边说，一边向前靠过去，"我爱你。"她的嘴唇扭动着，我就亲了上去。但是我发现亲到的是她的牙齿，因为她发出了一阵尖叫。我害怕父母听见，就赶紧捂住了她的嘴。我的快乐生活到此结束。一开始我以为是我说的话让她尖叫，因为她的心中也深爱着我，但是等她深吸一口气，几乎连我的手掌都要吸进肺里的时候，她说出了那个人的名字。

我在震惊之余收回了手，所以她还能在喘息之余继续说话："内森，内森。帮帮我，帮帮我，你是我活下去唯一的依靠，内森。"

我对于这种回绝完全没有准备。实际上，这种感觉远不止回绝那么简单，这就好像我们在一起这么长时间，但是她却出轨内森。听到头顶有飞机飞过简直就是一种解脱，我希望炸弹赶紧炸死她。当一颗炸弹在我家附近爆炸时，冲击波让我感到解脱，接着震耳欲聋的爆炸声使我发出了撕心裂肺的惨叫，释放内心所有因她而起的痛苦。空袭警报又唱起了它哀怨的曲调，母亲大叫着我的名字，我连滚带爬下了楼。但是我可以听到艾丽莎在我的房间内摔着东西，在黑暗中砸着我的床。

等我从后面抓着母亲，她才不管我是从哪里冒出来的，现在的当务之急是赶紧钻到地窖里去。父亲肯定是架着奶奶去地窖，因为奶奶坚持要在死的时候戴着假牙。天哪，您就不能去帮她把假牙拿上来吗？奶奶总会描述她心目中的葬礼是什么样子：躺在棺材里穿着婚纱，用面纱盖住脸（我记得那玩意儿能把她整个上半身盖住），在抬她棺材的时候还得放着巴赫的曲子。到时候奶奶就和她婚礼时一样漂亮，不过我们必须记得把假牙给她装上。我父亲总会开玩笑说："是啊，免得您临场突然想笑一下。"

我们的睡衣对于潮湿阴冷的地窖来说聊胜于无，忽亮忽灭的灯泡不过是为这种阴郁锦上添花。父亲、母亲和奶奶都没来得及穿拖鞋，地窖的地面上除了坚硬的土地以外别无他物。我真希望没人知道我是怎么穿上它们的。我最后从旧报纸上撕下干掉的油漆块，拿在手里反复扭动，除了试图赶走被拒绝的余怒，更多的是掩饰自己对艾丽莎的担忧，因为她可没有个像样的防空掩体。

每次爆炸都会让墙壁颤抖。石头墙是我们唯一的保护，也可以在一瞬间把我们都干掉，这一点我们都心知肚明。奶奶说："别忘了我的假牙。要是出了什么意外，你得在废墟里好好找找，它就在我房间的水槽上。"

母亲对父亲说："要是屋顶被炸飞的话，你能想象他们会看到怎样的一番景象吗？要是房子塌了，邻居又会看到什么呢？"她用手捂着脸，哭了起来，"我们完蛋了！"

"别担心，"父亲安慰道，"要是那样的话我们都死了。"

房子又晃了一次，我盯着摇摆的灯泡，在它的照耀下我们的影子也在墙上前后摇摆。

"也可能在我的床边，我记不清了。你得好好找找。"

"要是我们有些人死了，但是其他人能活下来呢？或者我们中就死了一个呢？要么只有一个人活下来？你有没有想过这个可能性？"母亲的双手拧在一起，脑子里闪过无数种可能。我想最让她担心的可能性就是我们四个都死了，艾丽莎没人保护。但是也有可能是我活下来，但是大家都死了。

父亲紧紧地抱着她，母亲的头抵在他的肩膀上，说："最好是我们都一块死，对吧？"

"最好的情况是只有我死了。看看我——光着脚脏兮兮的，假牙也没戴，看起来和街上的乞丐有什么区别。我的完美葬礼看来是泡汤了……"

"哎呀，要是房子塌了，"我父亲说，"图坦卡蒙见了我们都得羞愧地低下头。你能想象为了把我们挖出来得挪走多少吨石头吗？可能过几个世纪你就出名了。"

飞起的尘土都钻进了我们的嘴巴里。

"别开玩笑了，你得活下去把我们都埋了。能和你一样长寿的可能只有《圣经》里的那些人了。"

"别担心，我现在冷得骨头疼，死是早晚的事。你没发现他们就喜欢趁天冷的时候轰炸吗？这都是故意的！要是用一套办法没弄死我们，他们就会换一套新法子。我们的国家可不会统计因为流感死了多少人，死于战争的人早就数不过来了。但是呢，我们这些活下来的人可不会看到自己的名字被刻到铜造的牌子上。他们甚至都不会花工夫把我们的名字刻到大理石纪念碑上。"

"有你们在的话，耶稣渡海也没那么难了。你们个个都烦人得要死。"父亲说让我们都握住彼此的手，奶奶则把我的左胳膊掖在自己的胳膊下面。

"我还是个孩子的时候，"他说，"我还记得和班里的同学唱的歌：

歌唱吧，

直到天国降临，

歌唱吧，

直到上帝的意志得到执行，

恐惧吧，

转身快跑吧，

信仰啊，

终究会回到我的身边，

公正，

是他的圣剑，

歌唱吧，

赞美上帝。"

奶奶也加入其中，因为她也知道歌词。唱了几段之后，母亲也随着哼唱起来。我也跟着唱了起来，但是感觉似乎是别人在为我而唱，因为我似乎在房子的另一部分中，我们对于死亡的恐惧已经将我的愤怒化为了一杯爱的烈酒。那是我第一次幻想我和艾丽莎上床，比我人生中任何一次体验都更激烈。但是当灯泡忽然在屋顶上撞了个粉碎的时候，我又被拉回了现实。虽然地窖漆黑一片，但是并不能阻止我们唱歌，我用手指在地上一遍又一遍写着艾丽莎的名字，直到最后我的指甲都开始隐隐作痛。我相信直到今日，那种疼痛都没能消散。

第八章

空袭警报已经解除,除了在地窖里冻得半死以外,我们都毫发无损。父亲建议我们从地窖临街的出口出去,因为如果房子在空袭中被打中的话,可能会有东西掉下来砸到我们脑袋上。我出了地窖的第一反应是空气异常暖和。我当时还没看到街对面维德尔夫人家的房子早就被大火吞噬,巴卫格拉斯一家和新邻居,年轻的格雷戈尔医生,正在努力安慰她,但效果甚微。等看到我的父母,他们就招手让我们过去,然后我听到维德尔夫人说:"我不在乎房子,但是求求你救救我的小鸟,救救我的小可爱。"

因为她是个寡妇,所以她就养了很多鸟。邻居都抱怨过鸟叫,而且她的房子里还有一股臭味。邮递员有次给我们说,你要是没带块手帕捂住鼻子,根本就进不了她的房子。

我父亲有时候和我们开玩笑说,要是没吃的,他不如去维德尔夫人家抓一只小臭鸟给我们吃。

屋顶的木质支架摇摇欲坠,有一边的结构早就塌了下去,我们肯定什么都做不了，更不要说为她从屋子里抢救点什么出来。但是，熊熊的大火却让我感到非常暖和，虽然我对此还感到一丝罪恶感。我猜奶奶也和我想的一样，但是她却开始对着大火搓起了手，直到母亲用斥责的眼神看她的时候，奶奶才把双手合十，看起来像是用奇怪的姿势进行祷告。

就在这时，一只精巧得好像是用蕾丝编制出来的小白鸟从房子里飞了出来。那是一番让人过目难忘的景象，小鸟的尾巴和翅膀上都着火了。我不知道它的尖叫到底是指责我们的不作为还是诅咒全体人类，但是我估计意思其实都差不多。维德尔夫人用手捂着脸尖叫："安妮塔！"小鸟在天上坚持了一会儿之后，终于轻轻地落在了地上，但是身上的火苗还在欢快地跳跃着。

我想把火苗踩灭，但是那就会踩到可怜的小鸟。我知道我应该终结它的痛苦——青年团里教的那一套我还没忘——但是那却让我作呕。我看着小鸟的胸膛一起一伏，就好像漏了气的手风琴，最后维德尔夫人把它抱在胸前。过了一会儿，她把小鸟对着天空高高举起，然后大喊："这些浑蛋杀了我的鸟！该死的凶手！我美丽的小鸟哟！"没人能带走她，就连我父亲都不行。

看着自家房子被浓烟笼罩，一阵焦虑爬上我的心头。我能明显感到出了什么问题。艾丽莎是不是离开了藏身之处？她是不是在街上游荡？我一言不发跑回了家，却发现屋顶和窗子都完好如初。我急忙上楼寻找她的踪迹，生怕出了什么意外。

等我冲进房间却发现一切还是原样，但是艾丽莎却留下了一条线索，暴露了自己的位置。她的一束头发挂在了活板门的裂缝上，任何人都可以看到。我带着复杂的感情抚摸着那束卷发，把它缠在手指上……我现在知道她安然无恙，但是心中的愤怒也卷土重来，然后扔掉了那束头发。如果她要寻找安慰，那么内森可以满足她。

我发誓再也不和她说话，但是我更痛恨自己又开始想她了，讽刺的是，唯一能够和我讨论这事的人却是那个折磨我的人。不，我认为我应当惩罚她，这样她就不会再这么对我。我的决定不是孩子气的产物，也不是冲动的结果，更不是对他人的模仿。我原本要给她送去一壶茶，但是在送上去之前拧开了盖子，把盐倒了进去。

虽然如此，我还是不满足，我主动提出洗盘子，然后趁机往留给艾丽莎的剩饭里加了些肥皂。我的恶作剧最后引火烧身。因为最后吃那些剩饭的人是我们自己，我还得装出一副一切安好的样子。万幸的是奶奶并没有发现什么异常，但是母亲在吃了几口之后，做了个鬼脸，然后偷偷摸摸地盯着我的胳膊。她说她知道用那么一点水洗盘子很困难，但是我完全可以做得更好。

艾丽莎的睡衣和一条留给她用的毛巾已经洗好叠起来了，我就偷偷把自己的头发剪碎撒了上去。我知道她一定会痒得跳起来。因为我枕着她的那束头发睡觉的时候也是这种感觉。

父母第二天很早就去工厂了，我在艾丽莎的房里反复踱步，让我的靴子重重地砸在地板上。我痛苦地发现她从来没有叫过我的名字。她唯一关心的事情就是自己的安危。我希望她那只手电筒里的电池快点用完。但当我父母回家之后，两个穿着便装的人敲门拜访，从而导致电池和手电筒的问题以一种出乎意料的方式解决了。

他们问是否能和我们聊聊天，简单问几个问题，以便能更好地保护大家。问的问题包括：你们的房子有没有被打中过？有没有损坏？能去看看你们的花园吗？

我的父母没有异议，所以这俩人就自己去参观我们的花园，赞美我们花园里树的种类繁多，询问我们的树龄，是不是我们种下了这些树。他们不停地抬头看客房的窗户，与此同时母亲还在给他们唠叨寡妇的哭泣，养树有多困难，鞭子一样的树枝和叶子一年四季都在掉，酸性的树汁让树根周围寸草不生。

他们礼貌地等母亲说完，然后问："上面那个窗子是谁的？"

"那儿没人。或者说，是我们所有人的。因为那是个客房，但是我们很久没有客人了。"我母亲解释道。

"没人？"

我父亲插了一句："没人。"

"空袭的时候你们全家都在地窖吗？"

"是啊，所有人都在地窖。"

"你们家几个人？"

"我妻子，我母亲，我儿子和我自己。"

"四个？"

"对，四个。"

"你没把楼上的人忘了吧？"

"楼上没人。"

"那是你们谁忘了关灯吗？"

"所有灯都关着呢。我们的房子漆黑一片。"我母亲回答道。

"上次轰炸的时候那儿有一盏灯一直亮着。"

我母亲无法掩饰自己的惶恐："谁说的？一派胡言。"

"我们自己亲眼看到的，夫人。"

"这不可能！"

"轰炸前我整晚都在上面。对不起，妈妈。"我说道，"我睡不着，我想试着打开手电看书。轰炸机飞过来的时候我一定是忘了关它。这实在太蠢了，我早就该习惯轰炸了。"

他俩认真地看了我一会儿，说："你叫什么名字？"

"乔纳斯。"

"青年团的？"

"是的，先生。"

"你得小心点。你也该知道灯光会被轰炸机理解为信号的吧？"

"谁又会帮助敌人轰炸自己的家呢？"我父亲打断道。

"你家被炸了？"

"没有。"

"你邻居可没那么走运。我给你们讲，你窗子里的灯光就是他们的目标。"

父亲为了打破沉默，建议为他俩泡杯咖啡。他俩当然没有拒绝。一进房门他们就把注意力放在各种绘画和家具上，先是赞美房子漂亮，再就是请求在房子里到处看看。当打开奶奶的房间的时候，他们发现奶奶拿着粉色的念珠躺在床上，半张着嘴巴看着天发呆。她的头发紧紧地梳在脑后，这让她的鼻子更加突出。看到这一幕，他们问我父亲："这位是您父亲？"

父亲咳嗽了几下提醒奶奶，向他们挥手介绍说："这是我母亲。"

要不是母亲手上的奶油太多，她肯定还能再应付他们一会儿。我父亲带着她去厨房，我就跟着那两个人上楼，他俩对天花板、地板和墙的关注明显多于家具。其中一个人大肆赞美一张波斯地毯，但是这不过是查看地毯下面有什么的借口。

随后他们又检查了我的床下。等我们上了顶楼，我都不敢说话，生怕会暴露自己的紧张。我脑子里唯一能想到的就是：万一裂缝上还挂着她的头发怎么办？那可是宣告了我们所有人的死刑。要是他们发现了艾丽莎，我能假装震惊的样子吗？要是我俩四目相对怎么办？

这个想法真是太恐怖了，因为首先我爱她，其次我对她眼睛的熟悉胜于对我自己眼睛，但是我要想活下去的话，就必须否认她的存在。我能想象到当我假装不认识她的时候，她脸上会是怎样一副表情。也许很多人会因此批判我，但是我想说的是，当死神来敲门的时候，你真的没有那种平时讨好自己的可能。

他们仔细检查了每一面墙，在露出满意的表情后再去检查另一面；看完了墙他们又打开窗子朝外望去。他们又仔细检查了阁楼，然后大致看了下我父亲的书房。看完之后，一个人闻了闻，然后举起手指宣布："咖啡好了。"

我原以为灾难已经结束，但在喝咖啡的时候，他们要求看下我那晚用过的电池。

"去，拿来给他们看看。"我母亲命令道。

我和他们都站了起来，一种惶恐感将我吞噬，特别是当他们跟着我上楼的时候，我更是没法去找艾丽莎要回手电筒。万幸的是，我还有斯特凡和安德列斯给我作为 12 岁生日礼物的那个手电筒。他们中的一个人擦掉了手电筒上的灰尘，摆弄了几下开关，但是里面的电池早没电了。我傻傻地盯着手电筒。

"你确定就是这个？"

"是的，先生。"

"没有其他的了？"

"没有了，先生。"

"但是，这个打不开啊。"

"我肯定是让它亮太久了。"

"就一晚上？"

"我之前也用了很久。"

他把手电筒递给他的同伴，后者拆出了电池，然后把电池的阳极抵在自己的舌头上。"没电了。"他说，然后把电池扔进了自己的口袋。

然后两个人匆匆离开，甚至连自己的咖啡都没喝完。一出了门，高个的男人对我父母说："你儿子非常不错，你应该以他为荣。"

"哦，那是当然。"父母回答道，一边在脸上堆满了笑容，一边用胳膊抱住我的腰，摆出一副模范家庭的样子。

*

母亲对我大发雷霆，让我马上滚到格雷戈尔医生家去，维德尔夫人也寄居在他家。格雷戈尔先生非常欢迎我的到来，我想部分原因是因为我可以代替他去听维德尔夫人的唠叨了。维德尔夫人让我听了几小时的唠叨，假装很有兴趣听她说话简直是一种酷刑——哪只鸟喜欢上另外一只鸟，哪几只她会放在一个笼子里，每种鸟每天要吃多少，哪只鸟会在水槽里洗澡，哪只鸟会因为水槽里有别的鸟洗过澡或者有鸟尿就打死也不喝水。

你知不知道鸟的爪子也会腐烂？有时候，鸟就会把腐烂的部分咬掉，就像我们人类啃指甲一样。她非常勇敢地表示现在她是自由人，想去哪里都可以，等战争结束的时候就出发。此话不假，维德尔夫人现在没有房子可以遮风挡雨，但是从好的方面来看，也没有房子能像监狱一样把她困住。四十年来她第一次如风一般自由。当我发现她快哭出来的时候，就马上问了有关鸟喙的问题。

回到家里，我发现家里一个人都不在，连奶奶都不在。我给艾丽莎的手电筒静静地躺在床上。是艾丽莎冒险下楼放在这里的吗？这是拒绝我的意思吗？又或者是我父母发现了它？艾丽莎说什么了吗？我终于有借口去找她了。虽然用这个借口去见她显得还是比较牵强，不足以违背我自己立下的誓言。但是还没等我上楼，有人在楼下使劲砸我家门，还在门外不停尖叫："贝泽勒尔夫人？贝泽勒尔夫人？"

　　我以为这种尖叫只能是维德尔夫人，所以我选择悄悄溜开，装作家里没有人。但是还没等我走远，一个高个女人破门而入，她身穿长裙，裙子似乎是用苏格兰羊毛毯做的。她留了一头与她年纪不相符的灰色长发，缺乏打理而显得乱糟糟的，但是看上去也并不像可怕的巫婆，脸上的痣凑近了看也不过是个伤疤而已。

　　"我得见你妈妈，小伙子。现在就得见。"

　　"她不在。"

　　她手上拿着一个包裹，指尖上有黑色的污渍，我怀疑是车上的机油，她脖子上的护身符叮当作响。

　　"事情非常紧急。我今晚七点就得走了，再也不会回来了。我走前必须见她一面。这可是事关生死的大事。把这事务必转达给她。她知道我的地址。"

　　"她得知道你的名字才行，夫人……"

　　"她会知道我是谁的。"

　　"很抱歉，我父母认识的人很多。"

　　"她会知道我说的是谁。拿着这个。"

　　她刚准备把一个黄金护身符给我，它们叮当作响，她从中挑了一只十字架，紧接着放下十字架，又拿起一个形似黄蜂的饰品，但是转念一想，又在链子上打了个水手结。等她走后，我把这个油腻腻的东西扔进了一个花瓶里，脑子里不停在想我母亲究竟在和一些什么人打交道。

　　我用手电筒当借口，把之前给自己定的规矩全都抛之脑后，打开了艾丽莎隔间的活板门，想用一种全新的男子气概让她耳目一新。但是我无法相信我的眼睛，艾丽莎不在里面，就好像她从不存在一样。原来我被父母骗了，母亲让我去和维德尔夫人住在一起就是为了能够转移艾丽莎。

接下来的时光简直是一种折磨，我除了在房子里游荡以外无事可做，但就连自己的房子也多了几分陌生，当然也可能我是这个房子中的异客。呼吸成了一种挑战，等我母亲回家的时候，我早就悲伤得难以复加。我看着她，希望她能说点什么，随便说什么都好，但是她什么都没说，只是满脸忧虑地看着我。

"父亲呢？"我问道。

"他在工厂。"

"那奶奶呢？"

"我必须送她去医院。她一直在咳血。"

"哪家医院？"

"威廉明娜医院。"

"那你去哪里了，妈妈？"

"你今天问题真多。"

我很想大叫："艾丽莎在哪儿？"

"维德尔夫人？"她问。

"还在为她那些小鸟难过呢。"

她看着窗外叹了口气，说："这也是可以理解的。前一天都还在，一转眼就全死了。"

"她脑子里全是那些小鸟。"我说。

"当你习惯了和它们做伴，然后你独身一人的时候……"

"我知道她的感觉。"

"是吗？"

"我现在感觉和她差不多。"

"因为奶奶吗？"

"不全是因为奶奶。"

"是因为你爸爸？"

我没回话，而母亲只能无奈地挠了挠自己的眉毛。

"怎么了，妈妈？"

"我想不到了，给我点提示如何？"

我耸了耸肩膀。

"和面包箱有关吗？"她问。

"继续猜。"

"我不知道你在说什么。"

"我打赌你一定知道。"

"有什么东西找不见了？你指的是手电筒？我放回你床上了。"

"你在哪儿找到的？"我问道。

她看起来非常迷惑。"我在楼梯下发现的。我以为是你放在那儿的。"

难道她不知道艾丽莎已经不见了吗？我决定将计就计，于是就说："啊，肯定是这样。"

我怎么就没趁他们不在的工夫好好把房子搜一遍？我的失误让我非常难受，我这样旁敲侧击有什么用呢，如果说我没有和她坦诚相待，那她不是也有事瞒着我吗？我渐渐泣不成声，母亲上前抱住了我。我趁她不注意，悄悄擦掉了眼泪。

响起的电话铃让我心里稍微一松，起码接电话能让母亲去忙一会儿，我就可以乘机缓一缓，重新振作起来。但是母亲却紧紧抱住我，好像是说我才是她的唯一，是她生命中最重要的事情。我也紧紧抱住母亲，以防打电话的人是那个来找过母亲的怪人，我总觉得她会找麻烦。电话铃响个不停，母亲不得不起身去接电话，她一边听着电话一边用指头敲着颧骨。把话筒放回原位之后，母亲依然在想着电话里的事情。

"要是这事重要的话，他们就还会打回来的。"她低声说。

　　我试图回到刚才的话题，但是母亲拒绝继续刚才的谈话。不论我用什么办法，她就是不上当。我看着她在房子里走来走去，就好像什么事都没发生一样，我真想冲上去拉住她，问问她把艾丽莎怎么样了。她也一定发现了我的想法，因为她一转身发现我的眼睛锁在她身上，这让她做出了一个脆弱、天使一般，但是看起来掺杂着几分殉道意味的微笑。

　　我把房子从上到下搜了个遍。母亲深知这是一种挑衅，但是她拒绝回应。如果我用一种惹人嫌的方式把家具推开或者用力摔门的话，母亲就叹口气说："哦，看来又闹老鼠了。"

　　我连房子周围都搜了一遍，每棵树都检查了一次，以防艾丽莎晃着腿坐在高高的树枝上。我还在维德尔夫人家的废墟里搜了一遍，虽然我知道艾丽莎不可能藏在这里，但是我已经绝望得无以复加。废墟中满是小鸟的骨头，看上去就好像它们打算以不同的姿势游出这个废墟，但是瞬间被施了定身魔法一样。

　　我连续两个晚上透过钥匙孔监视着母亲，但是她并没有上下楼，大多数时候她都待在自己房间里，上床睡觉前会整理袜子，查看账单，然后蜷缩在椅子里看一本意大利菜谱。我有那么一两次看到她把水倒进一个水壶里，但之后就带着水壶进了自己的房间。她现在只需照顾自己，没有其他人需要考虑。

　　第三天，她从我面前走过，全然忽视了那些前日里因为焦虑而不停收拾的东西，我在那一刻无法忍受了。我更受不了她一板一眼的举止，熨烫整齐的裙子，漂亮的发型和整齐的指甲，她到底是花了多少时间打点这些事情。我最受不了的则是她全然没有一丝愧疚。

　　"她在哪儿？告诉我，她在哪儿？"我大声喝问道，心中各种负面情绪风起云涌。母亲看着我，有所警觉，但是不愿回答我的问题。"告诉我！她在哪儿？你明白我在说什么！"

"谁？"

"别和我兜圈子！"

"我没和你兜圈子。"

"告诉我！"

"我不懂你在说什么。"

我冲到她面前，撞倒了几件装饰品。

在满地的碎片中，有一截完好的瓶颈，从里面掉出了那个老女人的水手结。母亲马上俯下身捡起了它，我觉得这对母亲来说意义非凡。

"这是什么？"

"一个绳结。"

"怎么会在花瓶里？"

"有个疯子来过。连名字都没给。这年头流行留绳结当名片吗？"

"什么时候来的？"她问，拿着绳结的手在颤抖。

"抱歉，我忘了说了。大概是两天或者三天前吧。"

"她有留言吗？说了什么特别的吗？"

"就聊聊天。她说她要走了，以后再也不会见面了。"

母亲用手撑着桌子。我觉得她是想岔开话题，耐心终于被耗尽了。

"妈妈，求你了，告诉我吧。我必须知道！"

"知道什么？"

"你这是在折磨我！"

"说话别那么大声。"

"怕她听到我说话吗？"我问。

"谁？谁会听到你说话？维德尔夫人？"

"我可没说是维德尔夫人！"

"那么你说的是谁？"她问道。

"艾丽莎。"

"艾丽莎是谁？"

"艾丽莎·科尔！"

"没听过这人。她是谁啊？"

"艾丽莎·沙拉·科尔！"我回答，上身缩成一团免得颤抖起来。

我母亲凝视了我一会儿，说："想不起这说的是谁。"

"就是你照顾的乌特的朋友。你已经照顾她好几年了，就藏在楼上的墙里。你给她送饭，打扫卫生，我亲眼看见的。"

"就那个你父亲用来藏我们以前信件的壁橱？你是不是想象力太丰富了？"

"艾丽莎！她和乌特一起拉小提琴。她的护照就藏在你的针线盒里。还记得那个多瑙河丹迪的糖果盒子吗？想起来了吗？"

"你的伤势一定让你受了不小的冲击。你自己上去看吧，那儿只有以前的信。我那儿没有针线盒，更没有什么糖果。"

"她是不是在你心中代替了乌特的位置？你没能好好看着乌特打胰岛素，所以你想做出补偿，这就是为了照顾你自己那点负罪感。我现在看穿你的伪善了。"

母亲沉寂了一会儿，用冷漠的声音问我："你找她干吗？"

"我想和她聊聊。"

"不行。"

"我必须和她聊聊！"

"忘了她。"

"她在哪儿？"

"你和她不是一路人。"

"你怎么知道？"

"她不是你的白雪公主，你也不是她的白马王子。你对她来说太小了，乔纳斯，更别说其他方面了。求你了，别再想她了。"

"她在哪儿？"

"我不知道。"

"谁干的？"

"不是我们。"

"你把她送走了。"

"我才没有，她就是走了，她自己决定离开的。我上楼，发现她不在。我和你一样惊讶。她就是走了。走了也好，对大家都好。"

"你撒谎。"

"我相信她，她一定是为了保护我们才……"母亲结结巴巴地说。

她努力地挣扎想摆脱我的束缚，但是却失去平衡，同时也绊倒了我，虽然这看起来就好像是我故意倒向她一样。尽管我心里满是愧疚，但是我必须问下去。

"乔纳斯，你如果知道了真相，也只会让你我都有生命危险。如果他们折磨你，那么你一定会说的。你会危及她的安全，更别说你自己了。你应该明白这些的。"

我松开了手，她摇摇晃晃站起来，把裙子上的瓷器碎片都抖了下去。"你看，我得用自己儿子的性命冒险，才能让自己不遭罪。还得是从自己儿子的毒手下捡条命。我，可是你亲妈！"

我跪在地上求她告诉我真相。

"你真的要知道怎么回事吗？"

"是的。"

"这都不过是一时痴情，成长中必有的烦恼罢了。这和爱情一点关系都没有。最终不会有什么结果的。"

"他们就是折磨我，也比现在好。"

"你根本不知道他们有什么手段。他们会给你换着花样让你尝苦头，直到最后你为了少受点罪，不论父亲或者母亲，谁都可以出卖。"

"我爱您，妈妈。"

她跪下抱住我，说："我知道你绝对不会出卖我。但是你对生活一无所知。早晚有一天你会长大成人，然后发现我说得没错。你会用真心爱上一个人，一个对你有意义的人。每个人都会被自己的第一份爱情打得措手不及，但是每个人也从中受益，你要相信我。生活总要继续，我们总会以为我们撑不过去。我知道我说的都是真的。"

"妈……"

"那时候爱情就没有这么强烈，但是更加真实，更加成熟。"

"您还是行行好吧！"

她深吸一口气，双手放在腿上。"她去美国了。等她到了，他们会通知我，我自然会告诉你。我说的都是实话。她正在前往纽约的路上。她的两个哥哥早就到了。一个在皇后区，另一个在康尼岛，过得不错。"

我发现她在躲避我的眼睛，所以我就把脸凑了上去。她用手捂住脸，绝望地大喊起来。"别再那么看着我了！你到底想要什么？一个谎言？你要是想听，我给你现编一个。"

我不让她把脸扭到一边，只能直视我。

"你希望我说她已经死了吗？是不是能让你忘了她？"

"她在哪儿？"

"好！你自找的！但是你得答应我再也不去看她。你忘了这事。以我的性命发誓！"

然后母亲拉我去她的房间，指了指地上四块和周围看上去没有异样的地砖，说："她明天就走。你父亲好几年前设计了这一切，就是为了预防有这么一天。"她给我展示了如何用一个铸铁杯和一根弯曲的钉子就掀起整个外板。艾丽莎唯一的通气孔是用钉子做成的。"她安全得很。你不必担心。相信我，她会很快乐的。"

我的心忽然一沉。外板下的空间和一个坟墓没有差别。要么母亲在撒谎，没人能在这种空间里活下去，要么艾丽莎就是死了。

第九章

等到奶奶出院回家的时候，我完全感受不到任何喜悦，因艾丽莎而起的痛苦让我感觉不到其他任何感情。没有艾丽莎在身边，我觉得自己并不完整，总是在意被炸飞的小臂和伤痕累累的脸。对她的思念让我越发想念这些早就和我说了再见的身体部件。只要和她在一起，这种缺失感就不复存在，我会感到自己再一次完整，我不再是孤身一人。我和她在一起感觉就像过了一辈子。现在我感觉再次被截肢，和她断了联系。我正在失血，没有任何言语可以形容我正在经历的一切。

奶奶先给我倒了一杯草本茶，再给自己也来了一杯。她的小拇指，平时喝茶的时候都会很有教养地卷起来，以此显示自己的教养和富有，现在小拇指与其他手指捧着杯子取暖。她喝了一口茶压住咳嗽，说："要是战争再不结束的话，到时候可就没几个人能活着走出医院了。等我们赢了，就不需要那么多土地了。我在医院里看到了太多，"她喉咙里咕噜了一下，摇了摇头，"有些人整个下巴都被炸飞了，下巴和舌头全没了。我以前都不知道有人居然这样了还能活着。有个护士给他们喂饭，我的天哪，他们不能嚼东西，不能笑，更不能说话——上颚以下全没了。往下什么都没有，就一个直接通到胃的洞。亲爱的，你得相信我，当任何人看到你时仍会发现你以前有多帅。但是那些人，他们早就没了个性，人性也没了！他们看起来就像被一个疯狂的雕刻家在他们脸上凿了一通。"

奶奶接着说在医院被迫吞下去了哪些药，却没有一个医生来给她做检查，护士向她投来不悦的目光，就好像上年纪的人就不应该在医院占用床位。这时候，她知道必须赶紧出院，不然早晚会被喂毒药。在将双手捂着脸，沉思了片刻之后她说："这还不是最糟的！有个人鼻子以下都被炸飞了，两个眼睛都掉到了脖子上。他以后还怎么活下去？从鼻子以下都是一团乱麻，谁会嫁给他呢。哪有姑娘会看上他？只要看他一眼，就能晕过去。想想一睁眼就看到那副样子是个什么感觉。他还是死了算了。算了，我的心上人什么的还是算了吧，在他们边上你都觉得自己简直受了上天保佑……"

奶奶只是将一层又一层的抑郁复加于我。她要表达的意思是如果这个世界上除了叉在叉子上的炖牛肉和我，而没有任何其他人的时候，那么姑娘肯定会选我。但是又有哪个姑娘会没点备用的候选呢？

我正打算趁着母亲走神的时候离开，但是她却一把抓住了我的毛衣。

"不行，不行。"她说，"你在这儿陪我。"

"我就是上楼去拿漫画书。"

"我和你去。"

"他是个大人了，让他自己去拿，萝丝维塔。"奶奶说完，对我笑了一下，"亲爱的，你也不是个小孩子了，对吧？"

"我就是想去拿漫画书，仅此而已。"我盯着母亲的眼睛说。

"好吧。"

等我上了一半楼梯的时候，我听到她说："哎呀，我的眼镜。"她们肯定在卧室里。过了一会儿，母亲下楼去找一本书，因为她喜欢把东西都放在上一次拿的地方。鉴于我的房间就在她隔壁，我冲进去贴在地面上低语："艾丽莎？艾丽莎？你能听到我吗？"但是没有任何回复，不论如何我的时间都不多了。

我和母亲都待在自己屋子里没吃午饭，之后她说要我陪她去买东西。事到如此，我只能装胃疼了。等我听到大门关上的声音，我等了一分钟后立马摸进她的房间，却发现她双臂交叉坐在床上。"你太令我失望了，乔纳斯。你忘了我们的约定了吗？你可是以我的性命发了誓的。好吧，看来你现在感觉好点了。"她说着，取出了一张购物清单让我拿走，"那就自己去把这些东西都买了吧。"

时不待我，我想尽了各种办法，比如说把枕头放在被窝里，让母亲以为我睡着了，要不就拿一片奶奶的安眠药放她水杯里。结果，事情的解决方案却是简单得让我惊讶，母亲一句话没说从家后面溜了出去。奶奶非常生气，让我盯着她点，因为父亲不在身边，母亲很容易被坏人利用。奶奶说等下次见到父亲的时候，要好好和他谈谈这件事。

我非常确信这是一个陷阱，等我把外板打开的时候，里面躺着的一定是我老妈，双臂交叉，一脸怨恨地看着我。不过，我不在乎。如果里面是母亲的话，我起码知道谁不在里面。

她的房间打扫得非常干净，看起来非常空旷，就好像没人住一样。因为地板扫扫得非常干净，我还花了一阵子才找到正确的地砖，找到那根钉子，但是不管用不用杯柄，都不能翘起它。我一直信她的鬼话，还真是个蠢货。我愤怒地拳打脚踢，一只袜子还挂在钉子上了。

我敲着外板大喊："艾丽莎？艾丽莎？说句话吧！"但是没有任何

回应，我幻想着她坐在驶向新世界的大船上，呼吸着海风的样子。我的大脑飞速运转，心跳加速。我还能找到她吗？她还活着吗？

当我终于掀起了外板，一只银鱼虫蹿了出来，紧接着一股恶臭扑面而来。我看到里面的景象吃了一惊，里面垫了一圈报纸，周围还有更多发黑的报纸团，一只碗里装着水，另一只碗里还有一份走了味的三明治。她看起来吃得很差，整个人都瘦了，脸上还有棕色的污渍，整个人看起来越发苍白和消沉。她游离的眼神躲避着我的目光，当然也可能是不适应外面的光线，因为当她不看我的时候，就使劲想把外板再拉下去。

"我很抱歉之前那么对待你。原谅我吧！我不知道我当时怎么想的。我就是……"

我实在听不懂她在说什么。

"我真的非常抱歉！你想让我干什么？告诉我，干什么都行！"

她的话根本无法理解，所以我把她堵在嘴上的手拉开，我终于听懂了类似"我不能跟你说话。要是你再不走，事情只会更麻烦"的话。

"谁说的？"

"你妈妈，贝泽勒尔夫人说的。"

"事情已经够糟糕了。"

"不，事情只会更糟……"

"我找她说说去。"

她喘了一口气说："千万别说。她已经够讨厌我了。她发现了手电，以为是我偷了它好给轰炸机发信号。她说我辜负了她的信任，她为了我赌上了全家性命，我却想着拉上所有人陪葬。"

"你为什么不和她说实话？"

"我说了，我别无选择。但是这只让事情更糟，她说我没权利把你也卷进来。"

"她这是在惩罚你！"我说。

"她在保护我。这是我最后的机会。你父亲被人从工厂带走了。"

"我知道这事。早晚他会回来的，就像上次那样。"

"他被送到了劳动营。"她说。

"你怎么知道？"

"贝泽勒尔夫人告诉我的。她说他们会折磨你父亲的。这就是为什么我在这儿。要是能成功的话，你我都会安全。天哪，连你现在也不安全了。"

"我给他们说那是我看书时开的手电筒。"

她用手指按在嘴唇上说："我知道。她告诉我你为我做的一切，乔纳斯。我永远都不会忘的。要是她或者你出了什么事，那都得怪我。他们带走你父亲之后还搜查了工厂。你母亲说得没错，这都是我的错。但是我没给任何人发信号，我只是不想待在该死的黑暗里。"

我借着帮她坐起来的机会抱了抱她，虽然她的双臂还是紧紧抱在胸前，但是我还是觉得很满足。

"贝泽勒尔夫人告诉我用不了多久，我就不用躲藏了。战争打不了多久了，我已经从楼上笼子一样的隔间里搬到了这个洞里。我不想死，更不能死，在见到……之前不能死。"艾丽莎这次没说他的名字。

她没看到我抚摸着她的后背时，我脸上表情是多么悲伤。

"这里实在太可怕了。我怎么活下去？那个板子压在我的脸上、脚上，连空气都不够呼吸。"

"我想母亲会让你回楼上的，那里比较大，最起码比这里好。你要是能坚持的话，我对你的未来有计划。"

她悲伤地说道："这让我想到了小时候我妈妈经常讲的一个故事。

一个老妇人去找拉比①抱怨自己家房子太小。她问拉比：'我该怎么做祷告才能把房子弄大点？''不需要祷告，'拉比回答，'你必须行动。''我该做什么？''做好事。把镇上所有无家可归的人都接到你家去住。''我怎么才能让他们都住进去？''上帝会帮助你，他会帮你把墙拆开的。'"

"于是老妇人就从奥斯特罗文卡接了五个流浪汉到家里住。房子里空间很小，她不得不把床拆了，和他们挤到一块睡。等她睡醒了，发现一切还是老样子，然后就又去找拉比，拉比告诉她这是上帝在检测她的善良。"

"那些无家可归的人在老妇人家住了一个冬天，她的房子从没有像那时那么拥挤。拉比向她许诺什么？"

"夏天来了，玉米和小麦都成熟了。因为大丰收，每个流浪汉都找到了不同的工作。当所有的流浪汉走后，老妇人又去找拉比，说：'愿你能上天堂，拉比先生，你说得没错。上帝确实把我四面的墙都远远地拉开距离。我的房子从来没有这么大。'"

两天后，母亲回到家里，整个人都好像变了，奶奶念叨着"一旦离开，你的位置就没有了"的法国谚语，而母亲则是放声大笑。奶奶一定是在暗示母亲趁父亲不在就去找其他男人，这会儿肯定是刚从哪个男人家里回来。母亲想帮着翻松奶奶的枕头，但是奶奶非常反对，还叫她不要再这么胡闹了。母亲一定知道我去看了艾丽莎，但是我俩谁都没提这事。她甚至都不去看护艾丽莎了，她的态度似乎在说，那些她不知道的东西对她也都无所谓了。

她告诉奶奶，因为父亲对于冶金学非常精通，所以就在毛特豪森的

---

① 犹太教教士。

一个劳动营监督武器生产，但是安慰我们说过不了多久他就回家了。她每天都挂着一副狡黠的笑脸听收音机，手里给父亲织套头衫。奶奶说，父亲穿红的不好看，因为她从小就负责给父亲穿衣服。另外，她还解释道："红色维也纳，就那个抵抗组织，也是穿红色，咱们可不想让他穿一身抵抗组织的衣服吧？"我母亲只是点头或者摇头作答，但是手上的活却没有停下来，脸上泛起微笑，这为她增添了几分光彩。这种气氛也带动奶奶一起为父亲织毛衣，只不过奶奶选的颜色是时至今日还非常流行的绿色。两人的毛线团好像在比赛，毛线球上下翻滚，看谁的先被用完谁就赢了，两件父亲最喜欢的套头毛衣正在逐渐成形。

我看着毛线从滚动的毛线球上抽出来，恰似纷乱的时间流线被收进当下的罗网，有了规律和条理。我装作对她们的针线活非常有兴趣，但是随着毛线球越变越小，我的脑子里只想着艾丽莎——她还在那儿吗？我还能见到她吗？毛线针每一次的扭动都在搅动我的心，我告诉自己要再等等，但是盯着线球越来越小，我也越来越疲惫。我装作我好像在凳子周围放了什么东西，在房间内搜了一圈之后，我朝楼梯那边溜了过去。母亲并没有把眼睛从手上的活计移开，反而加快了手上的动作，超过了奶奶的进度。过了几秒，奶奶的毛衣针停了下来，她的毛线球在脚踝上晃悠，奶奶低垂着脑袋，睡着了。

我近乎虔诚地跪在艾丽莎藏身的洞旁，伸手摸着外层的木板。我非常想揭开外板，就好像揭开了它就能脱掉艾丽莎的衣服。我想去洗手间，但是我觉得如果她看到了，可能会觉得不礼貌，但是时不待我。挪开外板，我第一眼看到的是一片黑暗，然后才看到她的弓足，看上去就好像艾丽莎躺在一道永远都不会愈合的裂隙上。她优美的腿形，圆润的臀部，内陷的腹部、胸部，柔弱的肩膀、脖子，脸和浓密的头发都在衣服的勾勒下若隐若现。我将一切尽收眼底，她的每一部分都在吸引着我。

她呼吸着新鲜空气，嘴唇微微张开，但是却还没有睁开眼睛，我只能屏住呼吸，等难闻的气味消散。她每次呼吸，胸部就会扩张一下，我就目不转睛地盯着。我伸出手感受着她胸部上空的气流，那种感觉似乎具有磁性，充满一种不可描述的力量，也许这不过是来自她散发的热气罢了。艾丽莎躺在报纸堆里的样子就好像是躺在我们的婚床上，我渴望抚摸她，紧紧抱住她，真切地感受她在我怀里的感觉，而不是脑中的幻想。

"谢谢……"她咕哝道。

看到她伸手希望我能帮她站起来，我想她一定以为是我母亲为她打开的盖子。现在想想，我才明白她要干什么，但是那时候我以为她是求我帮她站起来。这非常冒险，因为母亲随时都可能出现，我的欲望越发助长了这个不合逻辑的想法。我还记得我一想到能够一近芳泽，感受她的胸部因为我的体重挤压而在睡衣之下变形，我不得不承认，我就经历了一次高潮。我觉得艾丽莎应该没有发现这一点，因为我的腿是朝向一边的，只有上半身弯下去。她也一定以为我僵硬的姿态是因为姿势问题。

"乔纳斯？是你啊？你妈妈说盟军正在高歌猛进。很快我就自由了。"她沙哑的嗓音在我耳边低语。

在这最脆弱的时刻，她又在熊熊烈火上倒了一勺油。"这是我听过最糟糕的谎言。"我愤怒地回答道。

她表现得好像从来没听过我说话一样。"很快我就自由了。"她这次自言自语道。

"抱歉，我不该告诉你真相。我妈妈不过是给你编点谎言，给你虚妄的希望罢了。"

她停了一会儿继续说道："你难道不知道去年夏天的时候美国人就已经参战了吗？他们帮着英国人在北非、英国作战。他们为了解放我们而在战斗。"在自我肯定的伪装背后，她的声音里充斥着恐惧。

"大多数美国人还是不赞成参战。他们希望总统重新回到孤立主义的时代。"

"你妈妈从 BBC 的广播节目上听到了战争的最新进展。"

"没错，昨天她还以为父亲在楼上叫她去拿胶水，粘下你藏身壁橱上的墙纸呢。"这件事上我可没撒谎，"这很正常，她晚上大多不在，所以也没睡多少，做点白日梦很正常。"

"我听到广播里反复在说美国人，这一点我可以肯定。自从我不经常用我的眼睛之后，我的耳朵更加灵敏了。"

"那你一定知道日本人和我们结盟也加入了战争？你也听到我们有秘密武器吧？我们才不会输掉战争呢。"

"你妈妈听说德国人正在马不停蹄研究武器，但她还说美国人……"她说话的声音越来越小。

我从她身边拿过报纸，放在她面前。报纸的头条都是在写战况有利于第三帝国，我又指了指日期，示意报纸都是最近几天的。她花了一阵子才让眼睛适应了环境，然后呆呆地盯着报纸。

"我不想给你虚妄的希望，艾丽莎。我能给你真实的幻想。我能用更好的办法帮你。"

她并没有问我能用什么办法帮她，我握着她的手等待她鼓励我的时候，也是一言不发。她反而转过身去，背对着我。这是我最讨厌的样子——独立、固执、粗鲁。当我准备用手指戳她的时候，看到了一张之前垫在她身下的报纸格外引人瞩目。报纸第一版上有张照片，说的是在科隆的艾伦菲尔德执行的一次公开绞刑，这种事情在那个年代很常见，但真正吸引我的是被处决的人之中还有一个是那次袭击青年团远足队伍的雪绒花海盗。我仔细检查了一下照片，确认照片上的人就是他。看来捣乱分子的首领已经被抓并被处死了。我把报纸叠起来塞进口袋，后悔没法给凯匹看这条消息了。

　　战争现在的情况，可以说是非常绝望。我被派出去收集电池和废铁，任何能作为战争资源的东西都不能放过。我挨家挨户地问过去，总能跳出几个疯子应门。有些人给我一些生锈的钉子，就好像是对待金子一样小心翼翼地放到我的手上。还有个人把自己过世妻子的发卡和吊带上的钩子给了我，另一位女士拿出了一点蔬菜，信誓旦旦地说这里面也有铁。这话倒是没错。

　　我把母亲的收音机也一并交了上去，母亲非常生气，争辩说我们并没有什么收音机。现在想想，我当时的借口简直无法原谅。我对母亲说，我无法对上级撒谎。我捡起她扔在周围的报纸，只要是我不想让艾丽莎看到的新闻，我就把那页撕下来扔进火里。

　　我虽然不想面对事实，但是艾丽莎说得没错。我们很快就要输掉战争，然后她就自由了。我不知道能做些什么好让她留下，但是我相信她可以学着爱我。我确信唯一的敌人就是时间。是时候让她进一步了解我，到时候她就可以忘掉内森了。我本能地认为她的处境只要越绝望，我的机会就越大。我需要让她被绝望包围，她如果不能把我当作快乐的源泉，也得把我当作唯一的希望。每天我都希望有奇迹发生。如果我们能赢得战争，我的生活还是有救的。

　　维也纳被浓烟笼罩。剧院被烈火吞噬，城堡剧院、丽城和霍夫堡也受损了，列支敦士登和史瓦森堡家族的城堡也没能幸免。我记得圣史蒂芬教堂也被击中了。就是那座因尼策主教传道号召反对希特勒的教堂。本应去灭火的消防队也踪迹全无，因为他们都去打仗了。

　　维也纳已经变成了前线。一群年纪不小的人民冲锋队队员从我面前跑过，他们腿脚僵硬，把手里的冲锋枪捧在胸前。这些人牙都快掉光了，只能用嘴唇抿着哨子，从肺里鼓气吹哨子。最让我惊讶的是人民冲锋队队员是一群还不到 8 岁的孩子。他们戴着大人的头盔，穿着不合尺寸的靴子，这唤起我一段关于乌特的记忆，那时候她洗完澡就穿着母亲的拖鞋在父母房间的镜子面前晃悠，她的胸部正在发育，脚踝晃来晃去。

每次攻击过后，就会有更多人选择住在地窖或者地下墓穴，然后在路边休息。我开始在毁灭和丑陋中寻找美丽，我想艾丽莎的那种幽默和忧伤一定也感染了我。

有一天我被派去二十一区收集战争物资，当我走过弗洛里德斯多夫三角地的时候，我看到一场公开绞刑。想到前几天在报纸上看到的雪绒花海盗的照片，我仔细打量了下这群叛徒的脸，然后研究了下他们胸前挂着的告示牌，上面说他们帮助敌人杀害自己的同胞，暗中支持抵抗运动。

他们吊在那里，仿佛对世间毫不关心。我把他们想象成一群木偶，只要提提线绳，他们就能死而复生，摇头晃脑，挥着胳膊，列队行军。我只要再用力提提绳子，他们就能蹦蹦跳跳，手舞足蹈。然后我看到我母亲也在其中，和另一个男人一起在绞架上晃来晃去。这完全不合逻辑，但是这一刻我是如此无力，感觉大地将我的耳朵包裹，让我听不到任何声音，凝固的天空像一个罩子将我全部笼罩。另一个我——耳朵又聋，四肢麻木，头脑不清——从以前那个我的躯壳中脱颖而出，继续冲向模糊的人群，卫兵将我挡了下来。我挣扎着向他们解释我是谁，我母亲是谁，但是没人听我说话，我和我的命运抗争，但全身无力，被人拉回原来看热闹的地方，我趴在泥里，眼前一片黑暗。

奶奶知道和我谈论母亲的事情会让我非常痛苦。这一点我不说她也明白。讨论这方面的事情只会降低母亲的神圣感，我觉得即便她已经死了也还是一样爱我。我的沉默将母亲置于一个高尚的位置，任何关于她的讨论都将把她拉进我们这个糟糕的世界。奶奶有自己表达痛苦的办法。她把母亲没有完成的毛衣缝在一起，一连好几天穿着它。毛衣非常小，甚至没有盖住她的腰，衣角还挂着参差不齐的毛线。时间一长，毛边一点点散开，最后一路向上一发不可收拾。等到我开始把那毛衣比作奶奶的性感红胸罩的时候，她才明白是怎么回事，把毛衣收进了满是樟脑味的旧箱子里，和其他老物件一起成为历史。

第十章

在我把母亲塞在艾丽莎藏身隔间里的几篮子旧信件搬走之后，我把艾丽莎又搬了回去，因为她神志不清，根本没法一个人坐起来，更别说站起来了。我尽全力照顾她，但是我不得不说这事不简单。我从来没去买过东西，没做过饭，更没打扫过房子，突然间我就要对付所有这些事情，还得照顾艾丽莎和奶奶。我都不知道做了多少错事了。我把牛奶倒进奶奶的茶里——不然太烫——结果牛奶在茶里凝固了。原来我买的牛奶是脱脂乳，根本不是平常喝的那种。即使我没有在三明治里掺肥皂或者不放盐，艾丽莎对我做的三明治碰都不碰。最后我终于问出了原因。原来，她吃某些肉制品会胃疼。

我做饭的手艺简直就是一场灾难。奶奶在床上给我解释了一切必要的知识。你在锅里先放少许动物油，再放点切好的土豆，最后把打好的鸡蛋倒上去。做好之后，煎蛋卷应该对折一下再上桌。好吧，但是奶奶没说土豆要先煮好啊。然后我打算做点酱牛肉，让她能怀念一下当年在布达佩斯的日子，当然必须承认的是，我还想趁机让艾丽莎对我刮目相看。我用了我们所有的食物配额卡却只买到了一点点肉，这周剩下的时间我们要做的就是吃剩饭，而我要做的无非是点火把它们再加温罢了。我并没有咨询奶奶的建议，毕竟这并没有多难，无非是把所有的都切碎，然后混到一起。

我把肉、洋葱和盐撒进锅里，但是似乎缺少了什么，因为母亲做的时候有很多的肉汁。很快肉就干了，洋葱也变黑了，我就又添了一升水，结果发现所有东西都漂在水面上。我赶紧在这紧要关头去找奶奶寻求建议，奶奶说得加一茶杯面粉让肉汤收汁，结果面粉却开始结块，用叉子插上去，就又散成了粉末。等蒸发了一些水之后，肉汁终于变浓，但是肉却变得非常难啃，连我都嚼不动。最后我只能把肉磨碎，加入奶酪或者胡萝卜，要不就是随便放点什么，终于是可以吃了。

每天的物资供给也是个大问题。肥皂已经贵到不可思议的地步，我还得去新瓦尔德克的一个老处女手上买土法制作的粗肥皂块。我先得花上半个下午走到那儿，再花一大笔钱才能买到肥皂。黑市也变得不可靠，他们伪造的面包票太过劣质，以至于面包师看第一眼就拒收了。森林里的野猪和鹿越来越少，随着肉类的数量和质量逐步降低，价格开始疯涨。许多道德败坏的中间商开始借着民众的饥饿大发横财，那些讨价还价的店主才是最可怕的。有个贪心的屠夫居然要我用脚上的鞋子换250克食用油。

有一天早上，我在市场排队，我前面排的人就和周末的集市人一样多。这时一个农民从停在禁停区的卡车里探出头，悄悄告诉我说他的土豆比我要买的那家还要便宜。我对于放弃自己的位置还有些犹豫，因为我后面又排了几个人。那个农民显得很不安，居然自降价格，最后我终于同意看一眼他的土豆。

他给我看的口袋里有很多土豆，远比我们的配额允许购买的还要多，而且还很便宜。但我通常都是走路去买东西，所以这么多土豆看着诱人，但是也很麻烦。他似乎看透了我的想法，表示等他做完了今天的生意就帮我搬土豆。我接受了他的提议，他就把口袋扔到了我脚下。本以为他回身是给我找零钱去了，让我惊讶的是他居然直接开走了。对我来说，一个人扛着这个口袋回家是完全不可能的，几个路人大概可怜我是个残疾人，就帮着把口袋甩到了我的肩膀上。扛着这么一个口袋回家简直就像扛着一个死人一样费力，而且对精神也是一种折磨，我可能因为非法购买的商品而被抓个人赃俱获，单是这个大口袋就能让我原形毕露了。每走上几百米，口袋都会从我肩上滑落，这时候我只能祈求路人能帮帮我，但是有些人预见到了我的麻烦，都会穿过马路，离我远远的。

后来我只好寄希望于在原地卖点土豆给周围的行人，但是大家都刚刚下班，手里拿满了东西，都不想再增添额外的负担。最后我只好扔掉几个土豆。为了走上坡路，我只能倒掉一半的土豆，后来当我满心悔恨回头张望的时候，却发现路人都在人行道上疯捡这些免费的土豆。

等我拿土豆准备午饭的时候，已经是下午一点半了。这么晚准备午饭是因为我得先上楼给艾丽莎送午餐，一小时后还得给奶奶送饭。等我开始洗土豆的时候，土豆以肉眼可见的速度在缩小，最后实际的大小简直不忍直视。削皮更是让我备受打击，因为土豆好坏对半。等我把发出的土豆芽、腐烂的部分和正常的土豆皮都削完的时候，剩下的土豆和一颗骰子差不多大。我要是明天遇到这个农民的话，一定要杀了他。他那么一大袋土豆最后只剩下刚好一壶土豆，这点土豆我用那个正常价格的十分之一就能买到，更别说为了买它而冒的风险和发现真相之后的愤怒了。

在打扫卫生这件事上，我也是霉运连连。当我用母亲曾经使用的蜂蜡给家具除尘，结果它却像蜂蜜一样把灰尘都粘在上面，成群的蚂蚁也从窗子爬了进来。我洗完衣服，然后发现一只小小的袜子都能让整盆衣服变色。熨烫才是最让人头疼的事情，我熨完了一面却发现另一面全是皱褶，好多衣服上还留下了熨斗的三角形烫印。

物质生活的退步还不是最令人头疼的。想起厕所里那些撕碎的报纸，心头就泛起一种厌恶之情，尽管读那些报纸更让我心烦。我们的电话不能用了，供电也中断了，几个宵小之徒半夜锯掉了百叶窗。等我下楼查看的时候不仅割伤了脚趾，还发现窗框上空无一物，看不到任何人的踪迹。我第一个想到的人是内森，我预感到他就藏在我们家的日式屏风后面，准备随时袭击我。然后等我看到光秃秃的壁炉时，才发现菱形钟不见了，天知道还有什么东西被偷了。

每天上上下下为艾丽莎送饮用水和洗漱用水是一件苦差事，而且我们并不是总能有自来水用，所以我首先得找到可以用的水。虽然她每次给我夜壶的时候都很不情愿，但是她毫无选择。我想这对她来说非常难受，毕竟她都不敢看我的眼睛。我并不是想让她感到难为情，但是每当我瞟她一眼或者没法长时间屏气的时候，我都会笑出声。我已经不知道告诉她多少次了，就算我的身体有些奇怪的反应，我也不会嫌弃这份差事的。

最可怕的事情还是艾丽莎每个月的月经，虽然每个月的出血量都有所减少。我每天都清理隔间，但是衣鱼虫还是在里面生生不息。我提议给她带一个垃圾桶上来，这样就能把需要的东西都装在里面，但是她说这太过危险，因为如果有人检查垃圾桶的话，就会发现里面的东西既不是给奶奶用的更不可能是给我用的。她说得确实有道理。艾丽莎花了一番口舌才说服我把厨余垃圾和这些带血的纸都埋到花园里去。

与此同时，奶奶得了支气管感染、胃病和潮红，我只能像照顾艾丽莎一样照顾她，清理夜壶什么的一样都不少。你根本想不到我的人生发生了怎样的变化。我曾是个小伙子，蠢蠢欲动寻求冒险，现在我成了管家婆，或者说我正在体验管家婆的生活。购物、做饭和打扫卫生，这些家务事让我和母亲之间产生了一种忧伤但却平静的纽带。通过她的角度，对她曾经的生活有了一定了解，又或者说是亲身经历了其中某些方面。我在脑海中和她唠叨那些我以前完全不关心的家务事。平时很少有休息的时间，而我因为负罪感也不想休息太久。我想当时是因为我没能转达那条消息才导致母亲的死，那个女人留下的绳结是警告母亲后来的绞刑。每当看到母亲，这样的想法就让我心里非常难受，我没有机会在被吊死的人中间寻找父亲。也许在母亲被吊死时，他也在围观的人群中？他是否知道母亲的遭遇？他是不是和我一样难受？他在劳动营里是否还安全？我尝试母亲常用的方法来应对这一切：用无尽的家务清空自己的思想。只不过我没有她那么有效率罢了。因为只有一只手，就连往面包上抹黄油这种事情所消耗的时间都是母亲的两倍。每当我不小心用熨斗烫坏了衬衫或是面包在烤炉里烧焦，我都叫母亲来帮忙，心里知道她再也不会冲过来帮我，不管怎样，母亲不能来到身边让我难以忍受。

　　要是我们三个还能住在一起，那么不论如何负担都没有这么重了。我只需要端自己的盘子就好了，母亲会处理其他两个人的盘子。但是这并不是重点。奶奶生病，在自己的房间里休息，饮食必须单独照顾。艾丽莎在楼上，每顿饭都得偷偷地给她端上去，悄悄端上楼，悄悄拿下楼。接着你就得再掉头去照顾奶奶。除了忙这些事情，还得支付账单，去药房取药，折腾配给卡，不仅不能暴露我们家里不止两个人，还得用两个人的口粮做出满足三个人的饭。我的肚子咕咕作响，提醒自己该吃饭了。我很少顾及自己该吃什么，我只有在空闲的时候才能吃饭，比如走路或者站着的时候。

　　家务活非常无聊，而我还没有老到能够忍受这种无趣生活的年纪。

我痛恨这种无趣的生活，就像老年人痛恨自己的身体不便，但是我却从没有想过摆脱它。这样的生活并没有破坏我对艾丽莎的感情，反而进一步强化了它。我照顾她的生活，所以她就是我的。过往的谜团纷纷消散，那时候她还是父母的秘密财产，被塞进墙里，被藏在地板下，生活在不存在的空间里。我们现在围绕着她的饮食和卫生发展出了全新的关系，彼此之间的沟通也越来越少了。我和奶奶之间的话也越来越少。

那些夜晚，房间显得越来越大，里面所承载的黑暗也越来越多。艾丽莎在楼上，奶奶在楼下，我在中间。我想起小时候，母亲会用纸给我剪出魔法雪花，要不就是为我裹紧被子然后用大拇指在我的额头画个十字。我一直不能接受他们居然不让我给母亲举行葬礼。士兵们负责这事——把母亲的尸体扔进壕沟，和其他无名尸一起做伴，火化之后倒掉骨灰。他们在什么地点什么时候，对敌人采取什么措施，完全不是我们应该关心的事情。

我在床上辗转反侧，等待破晓的阳光。我希望父亲能回来，所以我就跑去警察局询问详情，但他们却告诉我不能去毛特豪森看望他，不过写信是完全允许的。我思考了很久，究竟要不要在信里写母亲被绞死的事情。可能这样也不对，但我觉得讨论天气似乎也不是个好主意。我试着用一种中立的口吻写信，免得牵连父亲。这有可能也不是个好主意，因为我并没有收到回信，而且信件也没有退回，所以我觉得可能是父亲在责怪我。

月光照了进来，床边篮子的影子投到了墙上，看上去就像一群长了许多耳朵的胖狗。今晚的月光非常明亮，我拿起其中的一封信读了起来，读完一封又一封。这些信让我面红耳赤，但是无法停止阅读。

我完全想不到母亲在嫁给我父亲之前，还和一个叫奥斯卡·莱因哈特的人约会。他是个骑手！外公和外婆非常讨厌他，称他是"赌徒们的小丑", 认为在一群人面前翘着屁股骑马可不是一份男人的工作。因为外婆和外公禁止二人见面, 所以他俩的书信大多是通过一个共同的朋友递送的。当奥斯卡得到了一份在杜维尔的工作之后, 两人的书信就加上了法国的邮戳和一个鹰钩鼻和长卷发的印章, 我花了很久才想到这可能代表的是奥斯卡的样貌。这些信件的时间间隔越拉越长, 最后的一份看起来像是一首法语诗。

我母亲最好的朋友是克里斯塔·安格斯博格, 这个人我从来没见过, 而且从信件中我发现母亲干了一些非常出格的事情。当奥斯卡不再写信之后, 母亲对外公外婆大发雷霆, 声明自己对他们"体面的农民生活"不感兴趣。她离家出走, 从萨尔茨堡来到了维也纳, 在火车站睡了几个星期。我真的了解我的母亲吗? 她打扫公寓维持生活, 她的一个客户给了她一个房间住, 但前提是处理家务和照看孩子。用她的话说就是刚好挤占了外出交友的时间。克里斯塔写信告诉母亲往日奴隶一般的日子已经过去, 她也不想让自己的朋友走上自己的老路。她建议母亲出去找个能赚钱的工作, 然后租个自己的房子, 免得到时候变成一个老女仆。她说, 寻找意中人在于你自己。如果想要找个温文尔雅的人, 那就得去博物馆; 要是想找个享受生活的人, 那就去咖啡馆读书吧。但是克里斯塔哀求母亲千万别去赛马场碰运气, 不然就只能当个赌徒的穷鬼老婆。

母亲告诉我, 当时她去维也纳是为了学习绘画, 但那是第一次世界大战之后, 日子并不好过, 所以只好去工作。我知道母亲是在维也纳遇到的父亲, 但是我想知道的是, 他俩是在哪里、什么场合见面的。我对于母亲不为我所知的那一部分越发迷茫。而母亲再也没有机会进一步了解我了。这样的想法让我越哭越凶。现在是午夜时分, 这些真相和我在墙上留下长长的影子。

父亲写给母亲的信远比奥斯卡的信要少, 单是奥斯卡一个人的信就装了好几篮子。父亲不会写诗，笔迹也没奥斯卡的好看。他只在结婚后出差的时候才给母亲写信，用的是酒店的信纸，信里的内容非常实际：汇报工作进展，外国的友人以及如何装修房子。我很快对这些信丧失了兴趣，对父亲也感到非常失望。

我决定必须重新学习写字，掌握词汇用法。首先，我得学会用右手熟练写字。这也许能帮我度过漫漫长夜。我模仿奥斯卡的笔迹，但是很快右手就颤抖不已，只能放弃。对于一个左撇子来说，右手抓笔就像多了一个手指头，完全无法自如地用笔，更别说什么熟练用笔了。我又试了一次，这次从字母表开始，然后写了满满一页的 A，然后按照顺序 B、C 临摹下去。直到最后我感到困意涌了上来，带我进了梦乡。

我没有必要在此罗列所有写给艾丽莎的诗，但是想起我塞到她肥皂盘下的第一首诗，我还是觉得很有意思。望各位读者在此不要嫌弃它，诗的名字叫《青春证言》。艾丽莎没把这诗扔进肥皂水里，真是谢天谢地。诗的全文如下：

你溜进了我的家里，
扭曲了我的心田，
这可不合情理。
在我绝望而死之前，
请你应该，
爱上我。

我都不敢想，她读了之后有什么反应。

那些日子里我从最不可能的地方给自己编造希望，像个姑娘一样满脑子的幻想：要是在我呼吸若干次之前两团暴风云能够相聚（我可能要为此气喘吁吁），要是一只蚂蚁能选择一个特定的方向（鉴于蚂蚁总会走奇怪的路线，最后它确实如此），她就爱我。我在花园里晒床单的时候，一只知更鸟飞下来叼走了一根艾丽莎的头发，我认为这是个好兆头。单单这一点就足以让我对过去的逻辑理性羞愧不已。我自己对这一点心知肚明，但是不论战况如何，春天还是来了，光秃秃的枝子上长出了花骨朵，凛冽的空气也变得甜美而自然，对于人类的行径没有兴趣，更不关心我曾经的信仰和观点。

没了收音机和报纸，我过上了一种与世隔绝的生活。外面的世界让人不悦，野蛮凶残。回到家里才有安全感，就好像是回到了避难所。每次回家，我就背靠着大门，深吸一口气。内外不过几厘米的间隔，但是空气却完全不一样。家里的空气宁静，温顺，有安全感，外面的空气总是处于流动状态，不断改变着方向，闻起来清新而且不可预测。屋外意味着危险，家里才是安全的港湾。

大概就是这时候我开始痛恨家门外的世界，对房门之内的方寸之地产生了格外的眷恋。我不想离开家门，脑子里幻想着我要是在外面遭遇不测，那艾丽莎和奶奶的日子有多难过。我宁愿耗尽家里所有的水，每一口粮食，直到最后花园里所有东西都腐烂之后，我才会出门买东西。我减少了日用品每日配额，甚至比政府规定的还少，而战争就是我搪塞奶奶最好的借口。

磨蹭再三之后，我还是去了那个酒商的地下室，这地方位置隐蔽，只有在这里我才能买到维持一个星期的必需品。我在这儿遇到了我在少年团的队长，约瑟夫·李特。他穿着制服，义正词严地告诉我只要没死就得继续志愿工作。他对于我手里拿着的东西一个字都没说，可能是因为他刚用现金买了一条美国香烟吧。我说我没空去做志愿工作，因为家里有两个人需要我照顾。他问我这两个人都是谁，我说是我和奶奶，说这话的时候我感觉脸上毫无血色，所有的血都冲进了脑子里。要是说我的敏锐反应让我摆脱了险境的话，它无疑还让我明白了生活中哪些事情更加重要。

我毫不情愿地挨家挨户地敲门，在瓦砾和尸体间穿行。那些为我开门的人不仅没有任何废旧金属可以捐赠，就连希望都已经消耗殆尽。一个妇人怀里抱着个孩子，旁边还有个小孩在拽她的裙子，她问我还收集废铁干什么，反正战争都快结束了。我警告她这么说话可是会惹麻烦的。又敲了四家门之后，另外一个女人问我是不是还没听到最新的消息，她说战争就要结束了，我们马上要投降了。我在附近游荡，逢人就问怎么回事。没有人告诉我战争将要结束。我走进一家面包店，面包师和我确认了战争将要结束的消息，她听说战争其实已经结束了。实际上，很多女人都已经听说了战争结束的消息，所以她们才会聚在面包店里。面包店里早无面包可卖。她们希望西方人能快点过来，不然的话苏联人可能会把维也纳变成苏联的一个省。

我加快脚步，街上不时爆发出欢快的叫声。我路过无数无家可归的人，他们的脸上看不到任何快乐。我不知道战争的结果如何，也分不清现在到底是什么季节。树上的骨朵已经绽出了亮绿的叶子，释放出一种魔法，让我想起小时候刚刚睡醒，舒展着自己的拳头。我的生命中总有些神奇的东西。鸟儿藏在叶子后面歌唱，但是天气依然寒冷。

我告诉自己，必须赶在别人告诉艾丽莎战争结束的消息前回去。我在脑中想象她狂喜的尖叫和我可能得到的拥抱，但是我同样担心之后可能发生的事情：拍拍我的后背，然后马上准备离开。我会警告她要谨慎处事，做什么事之前先冷静下。万一这一切都不是真的，万一这消息不过是个骗局。

我走到了维也纳市的边缘地带，有些房子倒塌了，你可以直接看到乡间散发着香味的松树林，散发着甜味的葡萄园从田野一路延伸到了山上。我心里暗想这是最后一次回到家里，和我的神秘艾丽莎在一起了。很快，她就不是我的了，一想到这里，我心中就腾起一股悲伤之情。但是很快另一个念头在我心中闪过。急个什么劲？除了我，谁还能告诉她这消息。我就不能让这最后的时光走得慢一点？我忽然想到维德尔夫人挥舞着双臂，到处奔走，大喊着战争结束的消息，一想到这里我不禁加快了脚步。

房子里死一般地安静，我敲着奶奶的房门，然后探头发现奶奶平躺在床上，一条腿伸了出来，血从脚上一路流到了她的小腿。她在脚趾间缝里塞进了些餐巾纸，好把流出的血都吸收了。奶奶一看到我先是吃了一惊，然后把两条腿都藏进了床单下面。"你进来之前就不能敲门吗，乔纳斯？"

"我敲了。"

"我耳朵不好使了。一直敲门，直到我回应你为止。"

"奶奶！你怎么了？"

"没什么。"她红着脸说，"我要是没应门，那就是我死了。"

"你受伤了！"我大叫一声，拉开床单，抓着她的脚仔细观察，但眼前的景象却让我非常惊讶不解。

"我看了下我的乐谱，它们都发黄了；我又看了看你爷爷的照片，他也发黄了。我找出了当年结婚时的面纱，又旧又黄，好像一张破网。我又低头看看自己的脚趾甲，也是一样在泛黄。死亡未至，腐败先行。这该死的东西，一点耐心都没有。"

我努力分析着奶奶说的话，一个字都说不出来。

"我前些日子从你妈妈的房间里拿了这瓶指甲油。我想她肯定不会介意。我知道有教养人家的姑娘是不会往脚趾甲上涂色的，但是既然老天已经给我涂了一种颜色，我当然想涂什么颜色都可以吧。"

"你是打算出去庆祝吗？"

"你从哪儿想出来的这个点子？有什么值得庆祝的？"

我紧张地挤出个微笑，然后说："有人说战争结束了。"

"哦？是吗？我们赢了？"我一言不发地放下她的脚，战败的坏消息让每个人都很难受。奶奶从我脸上的表情就看出了战败的消息，注视着自己的脚趾。她先是撑开自己的脚趾，再合拢，然后说："还真是不幸的结局啊。你肯定想不到，上次战败的时候他们让我们的日子有多难过。上帝呀，帮帮我们吧。"

我感到浑身麻木，于是坐在奶奶的床边，好一阵子，我们两个人一言不发。

"乔纳斯？你不会介意帮我涂指甲油吧？我实在够不着了。"

我涂指甲油的时候心不在焉，最后的效果和奶奶的手艺相差不大，但万幸的是，她还是一如既往地对我疼爱有加，也没有对我的作品细看。我站起来的时候感觉心情沉重，终于到了面对艾丽莎的时候了。

我并没有直接上楼。更没有把食物放进烤炉，或是给她烧水泡茶。我只是坐在厨房里，珍惜她还在我庇护下的每一秒。虽然照顾她很辛苦，但是让我的人生有了意义。未来我只需要照顾奶奶一个人，但是又能维持多久呢？父亲还要多久才能回家看我呢？我在厨房里自怨自艾了好一会儿，最后终于站了起来。我用水擦了擦嘴，梳理了下头发，我认为我已经准备好面对艾丽莎了。

我对于细条纹的墙纸又喜又恨，痛恨它是因为这脆脆的障碍物让我不能和艾丽莎在一起，喜欢它是因为它能保证艾丽莎的安全。"是我，乔纳斯。"我说，"我要开门了。"

我在帮她之前，先打开遮阳板。她直挺挺地躺在破毯子上，我轻轻地帮她按摩腿，把腿举起来再放下去，让血液循环。我们都知道下一步要干什么，所以什么都没说。然后我搀着她的胳膊，用尽可能有男子汉气魄的架势帮她站起来，她靠在我身上，在我的搀扶下走了走。等她走够了，就顺着我的身体滑坐在地上，我用膝盖撑着她的后背，为她按摩脖子和肩膀。我为她按摩的时候会把头发撩到一旁，我非常想亲她的脖子。我熟悉她的每一根秀发，脖子上的每一颗痣。她在这时候习惯闭着眼睛。有时候我喂她吃饭的时候，她也会闭着眼。你可以想想这给我什么感觉。要是她知道我的感受就好了，但是我确信她真的明白。

有一天下午，她不停地跷着腿，在我看来似乎是降低了防备的样子。当我问她在想什么的时候，我的声音听起来格外厚重沙哑。"很多事情，多好事情……"她回答道，快速地睁开了一只眼睛看了我一下，然后又闭上了。有那么一瞬间，她的微笑中带着一丝的轻佻。我一如往常地为她按摩腿，只不过这次我一边把手往上挪了一点，一边观察着她的脸，寻找拒绝的信号。她的表情并没有变化，所以我就让大拇指在靠近她内衣的地方停了下来。她还是没有任何反应，也没有说什么。所以我大胆将手指伸进她的下面，直到她叹气，伸手抓住我的手又将我的手指往回掰："住手，乔纳斯。"她的语气听起来并不生气，反而有些母性的感觉。

但是这一次，再也没有那些模棱两可，我看着她，将母亲的死全怪在她头上。我帮她活动了下胳膊，拎起来晃了晃再松开，让胳膊自由下落。另一个胳膊也重复了一样的动作后抬起她的另一条腿，稍微晃了晃，然后做踢腿动作。她以为她能去哪儿？她没了我又能做什么？当我帮她站起来绕着屋子散步的时候，是我做了大部分的工作，她的腿像木偶的腿一样随我的动作而移动。我带着她快速摇摆，想让她合着我打的拍子跳华尔兹。她自然发现了事情有些不对劲，马上睁开了昏沉的眼睛。

我带着她开始跳起了让人生厌的探戈。"咚咚咚咚，咚咚，嗒嗒。"

每当她踩到自己的脚的时候，我就在她背上拍一下。我忽视了她想停下来的哀求，因为在我的脑海中她正穿着婚纱，戴着雏菊编成的头冠，而我就是她的新郎，内森！

"你今天怎么了？"

"你难道不开心吗？你难道不想跳舞？"

"你弄疼我的脖子了！"

"你今天太应该跳舞了。看看你自己，多漂亮。在这里，实在是浪费了你的美貌。把这里想象成舞池吧，和在场的每个人都跳一曲。"

我带着她转了一圈又一圈，越转越快，最后和她摔在一块，哭了起来。

她帮我把头发从眼前撩开，声音掺杂着几分恐惧，问我："发生了什么事？"

我振作精神，擦掉鼻子上的鼻涕，她晃着我的肩膀问我："是你父亲出事了吗？"

"我觉得他没什么事。还和以往一样忙。"

"那你为什么这个样子？"

"因为我开心啊。"

窗外，可以听到兴奋的尖叫，中间夹杂着一些不满的声音。更远的地方，爆炸声就像同时点燃一百颗爆竹。艾丽莎直起身子，抓着我的脖子问："到底发生了什么？"

终于到了这一刻。我的心脏将血液送到四肢，但是我依然感到四肢软绵绵的。我费尽力气组织语言，说了一句我自己都不明白的话："我们胜利了。"

我和她一样对于这个谎言毫无准备。这句话甚至都算不上一个谎言，最起码在当时那个时候不是一个谎言。我自己也不是完全明白这句话，因为在其中混杂着太多不清楚的元素。某种程度上来说，这是一种测试，看看如果我们真的赢得了战争的最终胜利，她会是什么反应——这是公布真相前的小测验。因为我不仅想大声宣布我们赢得了最终胜利，我也希望最后能赢。我深知对于任何人来说都难以置信，但是这不过是个玩笑：一部分原因是出于讽刺，只是为了好玩；另一部分原因是因为我想折磨她，艾丽莎过不了多久将会用冷酷的现实折磨我，而且和她相比，我所受到的折磨无疑将会持续更久。这也是一种挑衅，因为我想看她依靠自己的力量识破谎言……看穿我的虚伪后和我对峙，然后羞辱我。

她的脸色阴沉下来，但是还没有到我预想的那个程度。我吓了一跳。我等了一会儿，希望她会哭出来，做一点或者说一些极端的事情逼我说出真相，做些足以让我心惊肉跳，自己把真相从实招来的事情，但是她的表现却并不过分。我简直无法相信眼前的一切。就在这几秒钟里，我的话和它的每一部分——考验、希望、玩笑、折磨、挑衅和迷惑——都变成了一个真实的谎言。可能只是她单纯地相信我说的话，就足以让这个谎言生效了。

我自己也不明白现在的状况究竟如何，我打开活板门先看看她会干什么，她会不会再回到隔间里去。我心里期待的是她扇我一巴掌后转身离去。但是让我无法相信的事情发生了：她很自然地钻进了隔间，一点噪声都没有发出来。她是如何相信我的狡辩之词的？我简直无法相信居然成功了，一切都太简单了。我从没想过居然可以成功。

我必须一个人待一会儿，好好整理思路。也许等局势更加明朗的时候，我再告诉她真相？某种程度上我是在保护她，但是我心底的真实想法是，再拖延几天又有何妨？

第十一章

维也纳依然是维也纳，其他的一切都变了。整个城市被分成四个部分，每个战胜国负责一部分。希青、马尔加雷滕、迈德灵、兰德斯特拉塞和森梅林由英国人占领，利奥波德、布列基塔诺、维登、法沃里滕和弗洛里茨多夫（离我父亲的工厂很近）归苏联人。法国人控制了玛利亚希尔夫、彭青、芬夫豪斯、鲁道夫斯海姆以及奥塔克灵。美国人占领了内博、约瑟夫施塔特、赫诺斯、阿尔瑟格伦德、韦灵和德布灵。如果说维也纳像一块蛋糕被切成四份，那么霍夫堡就是蛋糕上的樱桃，被人大嚼一通，然后留在盘子上让其他人分享。就像那句老话说的那样，简直比一条船里放头大象还难过。

每个国家的占领区上都飘着自己国家的国旗，但有意思的是，并不是国旗增强了他们的存在感。这些旗帜就像小孩子做鬼脸时朝你吐舌头一样，看着心烦，但是在预料之中。全副武装的士兵执行公务的时候并没有让你觉得是在羞辱你，真正让你有羞辱感的是他们那种从里到外散发出的沾沾自喜：我们是赢家，你们输了。这让我想起教堂大门上的那些中世纪雕像，教皇、主教和那些捐钱的人的雕像巨大无比，而在他们下面的人却还不及前者的膝盖高。但是没有后者的衬托，又怎么看出前者的高大呢？

最让我感到厌烦的是文化入侵。大街上每天都飘着不同的味道，维也纳再也没有原本的味道了。你可以闻到美国人的烤肉早餐，英国人的炸鱼薯条，法国人的咖啡和俄国人的小酒馆（这是个俄国词，但是法国人学起来异常地快），当你走过那些分给占领军家属住的房子的时候，这些味道一个都不缺。大家可不要领会错，我的意思是说这些闻起来都不错，只不过都不是我们自己的。

不同语言的嘈杂声中，混杂着厨具餐具的碰撞和推杯换盏时的叮叮当当声。你从三里以外就可以听到他们的异域式的大笑。不过可能是因为我们也没什么可以拿来一笑的事情吧。

街道标志，商店窗户和电影院开始用外语写标语，甚至连厕所门上都开始用外语写标语。卖香肠小摊的菜单和奔驰车的挡风玻璃用外国货币标了价，美元最受欢迎。餐馆的菜单上用大写英语和法语写着"我们说英语""我们说法语"。

至于那些俄语就猜不出什么意思了，我连他们的字母表都看不懂。我不得不说，写的字远没有比说出来的话招人生气。维也纳没有原来的味道是一回事，听到的声音不像原来的维也纳则让我心如刀割。但是德语是我的母语，从我还是个小孩子开始，母亲就用德语和我说话，德语对我来说就像母亲一样重要。

他们的言语中满是作为胜利者的扬扬得意，而且心知肚明。只有聋子才听不出来这其中自负的味道。美国人渐渐以他们的大声喧哗出了名。也许你能从很远听到他们说话，是因为他们的鼻音较重吧。如果说德语是靠喉咙发音，那么我敢说他们大多是靠鼻子发音。其他国家的人说话声音也很大，特别是喝了点酒之后，美国人、英国人和俄国人尤为如此。有一个笑话是这么说的：你怎么分辨一个喝醉的美国人？他喝多了连路都走不直。那么英国人呢？他努力走出条直线。至于俄国人？只有喝醉了他才能走直线。

一切都是如此地格格不入——英国人总是穿得那么笔挺，法国人见到自己人打招呼就是在脸颊两边亲一下，简直就像挡风玻璃上的雨刷一样，而俄国人则是直接接吻。我知道我永远都不会习惯这一切。这些事情在纽约这样的大城市很常见，就像唐人街会更像在中国一样，但是这是一个循序渐进的过程。想象一下吧，你早上起床，发现你的周围一夜之间变成了另外一个国家的样子。

顺带一提，我们的国家又变成了奥地利。我们再也不是第三帝国的一部分。奥地利在战争结束前，当局势对第三帝国越来越不利的时候宣布了独立（有些人甚至会说"奥地利自行宣布独立"）。很多奥地利人很乐意转换阵营掩饰立场，装作奥地利是被第三帝国入侵之后被吸收加入纳粹，而不是主动投入纳粹怀抱。直到现在，德国都背着发动战争的罪名，但真相是，我们是战争巨兽的左膀右臂，而不是它嘴里的小白兔。还有个笑话是这么说的：为什么奥地利这么强大？因为全世界都以为贝多芬是奥地利人，而希特勒是德国人。

但是一开始的时候情况很糟糕。大街上到处都在执行私刑，之后的几个月到处都有人指指点点，这个人是纳粹或者那个人是纳粹。不止一次纳粹为了保住自己的小命，指责那些抵抗分子是纳粹，结果后者就被处死了，连辩解的机会都没有。很多人依然过得小心翼翼，害怕纳粹过不了多久就会卷土重来。维也纳让我想起了大马戏团。那些走钢丝的人，那些在人生中选择了一条不归路的人，为了活命自甘堕落，连所谓的道德标准都抛之脑后了。有些人活了下来，但是有些没有。那些玩杂耍的人日子过得最好，抛弃一个政府再投入下一个政府的怀抱，哪个政府都无所谓。不用担心手里的球会掉，只要继续扔球就行了。球掉在地上，好过人头落地。我觉得我自己开场的时候是个壮汉，现在却是个疯子。整个国家都在一面哈哈镜里寻找自我。

要是我们家在另外一条街上的话，我们就能在美军占领区里过日子了，听说那是最好的地方。很不幸的是，我们的位置在法国占领区的边上。这是第二糟的地方，因为法国人也没什么钱，而且对我们奥地利人还很小气。他们享有进口物资的优先权，这些物资大多从美国运来，他们会把所有东西都拿去做美味佳肴。等轮到我们的时候，只剩下些边角料，日常必需品——黄油、牛奶、奶酪、糖、咖啡、面包、肉——更是少得可怜。法国人可不会为了我们让自己的咖啡变得淡一点，或者是只在咖啡里放一块糖。他们需要在做菜的时候放很多黄油，谁又会在乎我们的面包上能不能涂得上黄油呢？

我们在排队的时候聊着各种各样的事情，我们的配额本来就不多，等排到前头的时候发现东西已经没了，而法国人在餐桌上已经喝了无数瓶酒了。战后第二年的时候，我听到一个妇人在讨论一份报告。上面说占领军吃了30多吨的糖和鲜肉，而我们这些人一口都没吃到。但是我还记得有个人说过其他数据。我们这些人排队的时候耳朵特别好使。他大声念着一份月报，当念到20万奥地利人吃了50头牛、猪、羊和大概100只鸡，而2万名占领军已经吃了400头牛、猪、羊和1万只鸡的时候生气地喊了出来。尽管我的记忆可能有点偏差，但是你可以明白大概的意思。四个国家中只有法国被第三帝国占领过，就连他们骄傲的首都巴黎，也屈服在第三帝国的铁蹄下。他们现在不仅是来填饱自己的肚子，还要来报仇。也许这听起来并不是充满了报复情绪，因为法国人也体会过饿肚子的感觉，现在大吃大喝对他们而言不过是享受曾经不曾享受的权利罢了。

事情可以变得更好，也完全可以变得更糟。俄国人以他们的"一样东西每人一个"的政策而闻名——勺子、餐刀、凳子——以及他们收缴的所有"多余"物资都被送回了苏联。施瓦尔赞博格广场被改名叫斯大林广场，第一年夏天就在那竖起了一座25米高的纪念碑，上面还放着一个苏联战士的铜像，他举着红旗，胸前还挂着一把自动武器。这位"不知名的红军战士"很快就获得了全新绰号："不知名的强盗"。

不仅住房被抢，就连老百姓也遭受了最残忍的折磨。在苏军控制区的热点地区，酒吧和舞厅又开门营业了，宵禁什么的都被忘在一边。有传言说奥地利妇女被苏军用枪逼着带走去伺候俄国人，甚至会被强奸，奥地利男性也没逃过类似的命运，只不过伺候的是俄国女人。痢疾和性病横行，伤寒肆虐。恰巧俄国人把很多卡车和汽车都送回了他们的伟大祖国，病人只能扔到手推车上送往医院。那段时期内的死亡率高得惊人。我想俄国人对于这种报复行为有着充分的理由，他们会说在战争中死了两千万人，无家可归的人更是不计其数。

人们可以随意穿过苏区，但我还是尽量绕道而行，因为你可能被毫无预兆地抓走做劳役，时间从一天到一周不等，苏联人完全不在意你到底是什么人。每一天的生活都是在玩俄罗斯轮盘赌。美军占领区则形成了强烈的对比，路两边挂着限速每小时80里的牌子以确保道路安全，甚至连宽阔的瓦林格大街上都挂了这类标志。美国人的规定不仅在这里大行其道，而且得到了严格的执行，对所有人都一视同仁。

虽然艾丽莎没有出来问我各种各样的问题，但我还是能隐隐约约感觉到这些问题就在她口中呼之欲出。每当我为她送去饮用和洗漱用的热开水的时候（出于保持卫生的目的），她总会趁我不注意的时候问各种各样的问题。有时候我假装看向窗外，给她展示我更好的一面，她就会直直地看着我；但是当我转过头看她的时候，她就会低下头转移视线，让我没法猜透她的想法。

也许她注意到了我心里有事，然后暗自思索究竟出了什么问题，对自己有什么影响。也许她会因为我为她做的一切而感谢我，又或者担心我的人身安全，进而感到内疚。我每天都在等待父亲回家，我在脑子里把最好的情况和最坏的情况都预想了一遍。我可以想到他一只手搭在我肩膀上，说我等他回来再决定有关艾丽莎的事情是非常明智的。我没有先把战争结束的消息告诉艾丽莎，免得她做任何冲动的事情。恭喜你，儿子，你把奶奶、艾丽莎还有咱们的房子都照顾得井井有条。到时候他会说："我真为你感到自豪。我知道妈妈死了让你很难过。你真是个勇敢的孩子。"

或者，当他回来的时候，看到眼前的情况而大发雷霆，质问我为什么艾丽莎还关在那个乌烟瘴气的小隔间里。我母亲到底去哪儿了？艾丽莎会好心为我辩护，然后父亲会当着她的面，一拳砸到我脸上。

还有其他的办法吗？我能不能给他说艾丽莎已经走了？他会去检查吗？或者说我过几天再告诉他事情的真相？我先和艾丽莎谈一谈？但是经过再三考虑，我还是认为父亲不会相信我的话，这事风险太大，他只会坏了我的好事。不不不，我必须在父亲回来之前把一切都告诉艾丽莎。

艾丽莎端着碗喝着汤，竭尽全力想出世界上最无聊的对话，话题主要还集中在蔬菜上——在哪儿买的菜？刚才吃到的是土豆吗？这汤真好喝。哎呀，这还有个豆子。我坐在她身边，心里想说的话压得我喘不过气。它们压迫着我的每一根神经，完全让你无法在这种轻松的氛围下说出口。话一出口，每个字都能在地板上砸出个坑。我要是能提起胆子抓着她的手，凝视着她的眼睛，她一定会用她充满期待的眼神将我石化，挑起一边的眉毛，仿佛在说："怎么了，乔纳斯？"我能用实事求是的口气把这种重要的事情告诉她吗？"哦，对了，既然说到了蔬菜，我有没有告诉你，我其实对战争的结果撒了谎？第三帝国输了个底朝天。你不必和我坐在这儿浪费时间，继续喝这些索然无味、不冷不热的菜汤了。我敢肯定你父母准备了好吃的，对了，你为什么不在出门的时候顺手把那碗汤甩到我脸上？"

我一次次地盯着一张白纸，上面除了写着"亲爱的艾丽莎"以外别无一物，就是这么一张普普通通的纸，却让我一次次饱受折磨。这个开头太过平淡无奇，完全配不上之后的内容，这就像在用笛子吹了几个小调之后，接上了一曲长号的激奏似的。艾丽莎大概只会捂住自己的耳朵。我要是用我的真情实感谱写这首歌的序曲，可能连第一句都没唱完，就会引起艾丽莎的警觉。再说，如何正确地向艾丽莎示好，也是个令人头疼的问题。常用的那些词早就被人用烂了，虽然你无法否认它们在前人那里非常有效（我指的是几个世纪前），但现在它们不过是一些耳熟能详的陈词滥调。我一想到这些东西都会翻白眼。

有一天下午，奶奶突然把一个毛茸茸的小碟子扔到我脸上，我想她是用这个给自己脸上搽粉的，因为那东西又香又软。"得了吧，乔纳斯，还是和奶奶实话实说吧。我以前没少遇到这种事。"

"说什么？"

"小鸟告诉我，有个人把你的小脑袋搅了个天翻地覆。是不是个姑娘啊？"

"您怎么会想到这么疯狂的点子？"

"当一个男孩子挂着这么一张脸，抖着腿，就不想和奶奶多待一秒钟，这通常意味着丘比特已经给他的心上插了一支爱之箭。"

"才没什么姑娘呢，奶奶。"

"她不喜欢你呀？"

"我的意思是说，我又不认识什么女孩子。"

"你可骗不了我。我年轻的时候，你这样的我见多了。我眼睛不好使，但还没瞎。孤独是完全不同的东西。你会生闷气，走路会抬不起脚。你会迷迷糊糊地找东西，但是对要找什么却毫无概念。不不不，你现在躁动不安，所以肯定是心里有人。你太过专注地看着窗外，以至于一动不动。我可一直看着你呢。"

我只能微微一笑："说不定是……喜欢某人呢。"

"不能说的大秘密吗？"

我抱着玩火的心态，点了点头。

"这可真好。组建自己的家庭也挺好的。我们在你这么大的时候都有自己的家庭了。我不能永远陪着你，你妈妈也不在了，至于你父亲——天知道等他回家的时候是什么样子。有了孩子就能消除生活中的各种幻觉。"

"等一下！怎么就说到孩子了？"

"你说得对。还是直切要点。她爱你吗？"

"我不知道。可能也就当我是个普通朋友吧。"

"那就是不爱你喽。是因为你的脸吗？"

"我的脸怎么了？"

"你的脸好着呢。你可别忘了这一点！"她注视着我的脸，看上去非常满意，"你们在哪儿遇见的？"

"这我可不能说。"

"这么神神秘秘的。嗯……她是不是已经结婚了？"奶奶的嘴角暗示着不满。

"没没没，完全没有。"

"那她就是'修女'？"

"修女？"

"她是不是心里喜欢别人？"我不用说话，因为奶奶已经发现我脸上沮丧的表情。"我懂了……是不是他先追那姑娘的？"

"是的！"

"然后你想从他手上把那姑娘抢过来？这就有点麻烦了……"

"他俩都好几年没见了。"

"因为战争？"

"啊……是的。"

"你怎么不早点来找我哦？你可要明白，你奶奶我可是能在这方面给你帮上忙的。"

我看着她满脸的皱纹，觉得她什么都帮不了我。

奶奶一定是读懂了我的心思，直切主题，说："乔纳斯你可千万别忘了，我是最懂别人心里在想什么的。实际上，我现在也就会这个了。哎呀，哎呀，不就是爱情嘛。"奶奶眯着眼睛看着我，就好像一个近视的人不戴眼镜却努力想看清远处的风景一样，"现在让我们来看看什么情况。你还能见到那个姑娘吗？"

"我得过去找她。"

"但是，你要是不过去找她，她就不能来见你吗？"

"情况很复杂。"

"我必须要知道怎么回事才行啊。"

"她不能过来见我。"

"为什么？住得太远了？"

"家里人不允许她过来。"

"还真是严格的父母呢。这也好，她听话。我想她的父母应该不会拒绝你追求她，毕竟你来自一个有教养的家庭，而且也不缺钱。咱们家的财产可不是一笔小数目——你得让别人知道这一点才行。”

“她又不在乎那些。她和别人说的那种……不一样。”我感到我的脸都红了，赶紧用手捂住嘴咳嗽起来。

“那种女人？哦，好吧，你有没有想过她是怎么考虑你对她的想法？”

“她知道的。”

“你向她表白了？”

“是的。”

“这可不太好。你还太年轻，太诚实。你这样永远都追不到她。当面对人心的时候，诚实可不是最好的策略。我的建议是对她不要太热心。她知道你已经上钩了，但是她会和你保持距离，吊着你的胃口。你不过就是备胎，在她没有其他猎物时的预备队而已。想要让她对你感兴趣，就必须让她觉得你正在逐渐和她渐行渐远。你要是一直绕着她转，盯着她不放，她又怎么收线呢？”

“我是不是要调动她的嫉妒心？让她觉得我心里还有别人？”

“这个只能作为最后手段。但是你可别忘了，不必为此装腔作势。老话说得好，天涯何处无芳草。没了这一个，还有千千万。”

我开始编造一个梦中情人，好让艾丽莎觉得我这个人是多么难得。到目前为止，我只能想出一些细枝末节，比如金发、蓝眼睛、漂亮的鼻子和迷人的微笑，我想用这些拼凑出一个雅利安式的脸，但是当我闭上眼的时候，这张脸又显得是那么平淡无奇，缺乏真实感。也许我给她起个名字会好一点。盖特尔德、伊尼斯、格蕾塔、克劳迪娅、贝蒂娜。我觉得贝蒂娜不错。“抱歉，艾丽莎，我可不能让贝蒂娜在人民广场久等。”“我很想多待一会儿，但是我必须走了。太阳会晒伤贝蒂娜的。你要知道，她皮肤可嫩了，就是那种金发女郎的嫩。”“求你再给我讲一下内森是怎么解释蓝色的吧。我想告诉贝蒂娜，因为她的眼睛也是蓝色的，但是每当我看到她的眼睛，我就忘了要说什么了。"这种幻想越发荒诞，以至于贝蒂娜都变成了世界冠军，尽管什么项目还没想好——我还没想好是潜水、划水还是体操——究竟哪个项目更能让艾丽莎感到不安呢？

第十二章

现在一定是中午了，因为巴卫格拉斯家的树影已经投射进了我家后院，我不得不每隔几分钟就挪动我的椅子。奶奶蹒跚走出房间，手指抵在嘴上，想必是刚装上的假牙，还不合槽呢。一名士兵跟着她，可笑的是他说什么我一句都听不懂，不过这也不奇怪，因为他说的是法语。他做着夸张的手势，手里夹着一根烟，典型的法国做派。他看起来非常可笑，天知道他为什么要穿一件大两号的美国人的制服。制服的袖口盖过了他的手，腋窝的缝合线开了，线头拖到他的肘部，裤腿也卷起了好几折。

奶奶抵在嘴上的手指就好像一撮山羊胡，她不停地说："你保证好好对他？你保证？你能保证吗？"那人回答道："好好好，我保证。"你能明显感觉到他越来越不耐烦。然后奶奶告诉我跟着那个士兵走一趟，这是我这个年龄的人必须进行的必要程序。

那个士兵带我去了一个法军基地，里面有很多穿着美军制服的法国士兵和军官走来走去。据我所知，美国人把这些制服送给了法国人，但是法国人的平均身高和美国人有不小的差异，但是法国人似乎对此并不领情。眼前还有更让我不解的事情，我坐在那里思考为什么法国人要给这里的黑人制服，因为对我来说，摩洛哥人就是黑人。我猜法国人没让他们像在非洲一样赤身裸体，是为了保持体面吧。后来我才知道，摩洛哥那时候是法国的一个殖民地，所以摩洛哥人才会进入法军服役。那些送到前线的摩洛哥士兵才不会考虑制服短缺的问题。毕竟对于那些在前线阵亡的士兵，给他们发制服都显得多余。

因为奶奶喜欢卖弄法语，所以我还能听懂几句。但当我听到摩洛哥人说的是阿拉伯语，我觉得他们的发音沙哑而且野蛮。但是让我感到庆幸的是，我不是在场的唯一一个奥地利人，在这儿大概还有几百人。多亏了在场还有几个能说德语和法语的阿尔萨斯人做翻译，不然大家谁都听不懂彼此讲话了。虽然做翻译的阿尔萨斯人没几个，但是询问和抽烟的人却一个都不少。

他们给我发了一本美国书，让我读其中的一章。希特勒把奥地利学校的外语课从法语改成了英语，所以我还懂一些基础英语——我是，你是，天哪，下大雨啦——除此以外我就什么都不会了。其他人也没好多少。实际上我们拿到的是同一本书，但是数量还是不够多，尽管在此我们要感谢美国人为我们掏了印刷费。我记得那本书叫作《奥地利军政府手册》。

我在法国军营里听到了希特勒的死讯，虽然这已经不是新闻了，但是我已经很久没有接触外面的世界了。我听到这消息的时候整个人都惊讶得说不出话了，这样的一个人居然落得如此下场。如果说这条消息还不足以打击我的话，等我开始进行例行手续的时候，我又发现了有关父亲的消息。一份报告提到，有目击者看到两个人从毛特豪森集中营逃了出来，结果被抓回去，一人一脑袋上吃了一颗子弹，我父亲不在其中；

其他的目击者说我父亲因为被指控策划了这次越狱，所以也被枪毙了。我当场哭了出来，我在那个法国人和他的阿尔萨斯朋友面前低下头，像个孩子一样号啕大哭。他俩完全没有同情我的意思，我也丝毫不需要他们的同情。

大家用斧头和凿子把建筑和雕塑上的纳粹标志全拆掉了。从警察到市长，所有的公务员都被开除了。现在角色反转了：往日的盖世太保现在是被通缉的目标。在收音机里发表过讲话的赫尔曼·戈林，已经被抓起来送去审判，一起被抓的还有维也纳总督和青年团全国领袖巴尔杜尔·冯·希拉克，至于青年团，现在被认定是一个非法组织。

除此以外，到处都是法国人的标语，上面写着"Pays Ami"，意思是我们是他们的朋友。他们的策略是将德国和奥地利分开，这样就尽可能避免再一次合并。把我们从德国人手里"解放"之后，占领军现在理论上是在保护我们。领导法国的戴高乐认为当前法国的任务主要有三个：清除纳粹毒瘤，清扫纳粹残余，归还纳粹侵占土地。

我被命令去美军占领区走一趟，和我一起的还有以前青年团的朋友。经过一段行军，美军士兵要求我们肩并肩沿着铁轨列队站好。我以为他们会送我们去监狱而感到非常害怕，因为我不能把艾丽莎和奶奶留在家里。每当我试图离开队列，一个美国士兵就会拿起枪对着我比画一下，示意要么服从指挥要么吃子弹。

一列火车缓缓驶来，随之而来的还有一股让你恨不得吐出自己内脏的恶臭。我接下来要说的可能和当时记忆中的实际情况有点差距，因为每当我闭上眼睛都会怀疑，这难道就是我在车厢依次打开时所看到的？又或者当时我看到的一切代表了什么，又可能是我看到的不过是我无法忘却的一部分？

皮包骨的尸体在车厢里叠了一层又一层，一直叠到了车厢顶。眼前的景象完全是地狱的一角，是一次尸体的展览。肢体盘结在一起，脑袋扭向任意方向，生殖器暴露在空气中，你可以在尸堆的缝隙中看到一个孩子的尸体，就好像是一场麻木狂欢之后留下的干瘪水果。我陷入了一场噩梦，必须快点醒过来。

　　我眨着眼睛，打量着房间里的一切。现在的问题是当噩梦发生的时候我并没有睡着，所以当我命令自己醒来的时候，我是让自己从清醒状态陷入了沉睡，同时编造了一场白日梦，我永远都不能把它从我的生命中分离出去。

第十三章

鉴于局势变化，我可以放松对艾丽莎的控制，让她有更多活动的空间。我告诉她可以在客厅里活动了，床、桌子还有书都是她的，把这里当作自己的家就好。我们定了一个暗号。我上楼的时候会吹口哨，如果她听到还有人和我一起上楼的话，就悄悄回到之前的藏身处去。我让她做了练习，看看她从房间的各个角落回到藏身处要多久。房间其实不大，特别是墙壁还是倾斜的时候，只要四步就能从房间的一边跑到另一边。遮光布必须一直拉着，她也不能看窗户外面。只要她一个人待着的时候，我都把房间门锁起来。这样能为她多争取一点时间以防万一……她是否明白这一切呢？

"完全不明白。"

"什么？"

"不过就是……我也不是很清楚。"

"得了吧。"

"你看……"

"有什么想说的就说吧。"

她坐在床边跷着腿，两条腿不停地换着姿势。"你什么都没和我说。既然战争已经结束了，为什么你父亲还不回家？"

我来回踱步为自己争取更多的时间编故事，然后我告诉她："他死了。"

"死了？"艾丽莎双手盖住鼻子，眼泪在眼眶里打转，"啊，天哪！是因为我吗？就因为那天晚上的事情？"

"事事相连，最后就……"我结结巴巴地说完，陷入了沉默。

"就因为我，你的家庭都毁了。"

我抽泣了几下，又重新振作起来，虽然眼睛里还有泪水，但是不再愁眉苦脸或者哭哭啼啼："我还有奶奶，不是吗？而且，我还有你呀。"

听到这话，她羞愧地低下了头，我不清楚她最后留下的眼泪是为我还是为她自己，因为她没有做出任何友善的姿态也没有看我一眼。她在很长一段时间里都是用下巴顶着膝盖，双臂抱着腿，完全沉浸在自己的小世界里。

"这场战争，乔纳斯，"她最后开口了，"你什么都没给我说……"

"还有讲的必要吗？我们赢了。"

"我们？"

"苏联人，英国人，甚至不可一世的美国佬的军队都完蛋了。我们的领土从以前的俄罗斯一路延伸到北非。"

她抬起头看着我，说："你之前告诉我，美国人不过是最低级别介入战争的吗？"

我被我自己的愚蠢打了个措手不及，但是我竭尽全力把我的紧张转换成愤怒。"他们一直都是最低级别介入。日本人轰炸了珍珠港，但是过了很久才派去舰队。我们发明了一种大威力炸弹，从高空投下之后可以在 100 公里范围内掀起滔天巨浪，所有的船都会被掀翻。"

"真是太可怕了！看来他们先一步发明了奇迹武器。"

"让你感到害怕还真是不好意思呢。也许你更希望我们输了？你肯定不会介意我和我奶奶被杀吧？更不会介意整栋房子被夷为平地吧？只要你自己能活着就可以了，对不对？"

"我很抱歉，我没那意思。"

"你还想知道什么？"

她停了一会儿，然后轻轻问道："犹太人呢？"

说到犹太人，我认为她说的就是内森，瞬间嫉妒充斥了我每一个细胞。

"他们都被送走了。"

"送去哪里了？"

"马达加斯加。"我这么说，完全是因为多年以前在生存训练营听说的谣言，当时这个谣言到处都在传。

她摇了摇头，说："别闹了，乔纳斯。"

"我没骗你。"

"所有犹太人？"

"你是个例外。"

"大家一起快乐晒太阳？"

"我觉得差不多吧。我不知道他们在马达加斯加怎么过日子的。"

"他们被送去了西伯利亚，吹着刺骨的寒风。除了送去干苦工还能干什么？挖煤开矿，对不对？"

"我给你说了，送去马达加斯加。这话我不会再重复第二遍。你要是不相信我说的话，就别问我！"

她还真是个毫无感恩之心、以自我为中心的家伙，我对她恨之入骨，但是我依然希望她能说点什么，驱散我的痛苦和不开心。我想要的无非是好好爱她，她只要简单做个表示就足矣。但是她并没有来找我寻求安慰，而是和我擦肩而过，紧紧地靠着书架。那是让我崩溃的最后一根稻草，我转身离开了。

五分钟后，我无法忍受她的态度，又打开了门，学着她的声音说："谢谢你，乔纳斯！"她蜷缩在爷爷的扶手椅上，但并没有看书，这一点我基本猜到了，要不就是她能读懂我的想法。她努力缓过神来，用一种远比我想象还要真诚的语气说："谢谢你，乔纳斯。"

我有段时间怀疑是否给艾丽莎过多的自由。她当然会尝试偷偷看外面，难道外面的人就不会看到她吗？我疯狂地幻想她无法控制自己，在房子里挥舞着胳膊跑来跑去，尖声大笑，奶奶会以为有个疯女人在屋子里。我想艾丽莎根本不知道我有多紧张，也不知道我不得不大白天靠奶奶的安眠药才能让自己镇定下来。

我第一次感受到犹如电击的感觉，是当我发现房间内空无一人的时候，我以为她跳出了窗户。当我找过所有角落，最后却发现她藏在墙后的隔间里。她不止一次这么干，每次都把我吓得半死。她说藏在那里感觉更加安全，而在空旷的空间里就感到自我失落和恐慌。"如果我时刻准备好爬回去的话，"她会问，"那我在外面有什么意义呢？"

她花了几个月的时间才习惯整个白天都待在外面，但是晚上睡觉还是喜欢爬回以前的藏身之处。从她开始在双人床上睡觉后，我还是能撞见艾丽莎躺在地板上打盹，一只胳膊伸进以前的藏身处里。虽然她很不想承认，但是那个隔间就好像她的老朋友一样。

你不能说我是在伤害艾丽莎，我认为这都是在保护她。首先，我不认为她的父母或是内森还活着，更没有人来认领艾丽莎。很明显的是，艾丽莎除了我没有其他亲人。要是没人帮她藏起来，我都不敢想象会发生什么。再说了，我认为这是个非常合理、稳妥、公平的决定。她没有父母，我也没有，但是我们拥有彼此。我认为这种责任感让我有必要继续保护她。最重要的是，我爱她胜过爱其他任何人，所以就这样吧。

我忘了告诉大家我被通知回学校念书。不仅是我，所有和我同龄甚至比我年纪还大的人都收到了类似通知，说我们都缺乏正规教育，换句话说就是我们是一群文盲。这简直是在羞辱我们。但是去上学就意味着一周中的大多数时间都不在家，而且一想到出门我就非常不乐意，更别说要和外人接触了。我向社工夸大奶奶的病情，希望能让我不用去学校，但是她说可以找个护工过来看护奶奶，所以我又说了些什么，大致内容就是奶奶性格比较特别，无法容忍陌生人待在家里。

那女人看起来非常困惑。几秒钟之前我还把奶奶比喻成一个弥留在生死边缘的90多岁老太太。我补充说："我的意思是，当她醒过来的时候是那样的。"

"这都没事，"她笑道，"我们都习惯了。给我一份备用钥匙，我会派人过来看她的。"

"没必要派人过来。她还没病到需要人照顾的程度。"我说的每一句话都前后矛盾。那女人告诉我有两名护士随时可以派过来，所以我一边信口编出相互矛盾的理由，一边倒着退出门去。她的脸上洋溢着微笑，说："第一天总是最糟糕的。你会交到新朋友的。"

学校在圣阿基德教堂旁边，从家走到学校要十五分钟。虽然我可以闭着眼睛走遍维也纳，但是为了以防万一，还是带着奶奶的旧地图比较好，毕竟熟悉的地标建筑和街道名字都早已不复存在。我试图确定现在身处何处，小臂努力在风中撑着地图（也是为了防止地图被吹飞了），这时候一群衣着光鲜的法国女人从我身边经过，她们停止聊天，全都看着我。我在她们眼中看到了以下字眼——被征服者，手下败将，傻瓜的蠢蛋仆从。出了门，这些标签我一应俱全，因为周围没有墙壁和屋顶保护我。

我随后经过了美泉宫，它周围散布着几百个大大小小的弹坑。虽然看起来丑陋不堪，但是大自然用自己的方式做出了修补，小草在弹坑里冒出了头，不出三周就让一切看起来好像是一片高尔夫球场。因为美泉宫 1400 个房间没有在战争中受损，一个老人在那里布道，他的胡子就好像飞行员的围巾一样长，屋顶上只有一个洞，刚好开在一幅屋顶壁画上。猜猜看那幅画叫什么？《赞美战争》！这是上天降下的启示，战争马上就要结束了！我们必须停止手头上的事情，跪在地上忏悔。为了纪念圣徒史蒂芬，维也纳的守护圣人，而修建的圣史蒂芬大教堂在战争中也被击中了。这又是一个信号！有几个英国人驻足聆听老人的布道，但是他们并没有跪下来忏悔。英国人把美泉宫从苏联人手里拿回来之后，就一直当作自己的指挥部，而苏联人则一直想把它据为己有。我不得不夸奖一下英国人：他们总会把委托给他们的东西认真修复，不论是黄铜装饰还是旗帜或是什么别的，都不会借此大做文章。俄国人就不一样了，哪怕是一块水泥干了、拧好桥上的一截扶手都会说上半天。

我又路过了收容难民的医院和兵营。那些孩子比他们的父母更能适应周围的环境，为多了这么多邻居而感到非常兴奋，当然前提是他们运气够好，父母都健在的话。他们把两个头盔捆在一起当球踢，用废弃的炮弹壳当茶具开茶会。有些人还在睡袋里打盹，有些人在吃早饭，其他人忙着穿衣服，因为排队上学的学生会走走停停，将脑袋聚拢在窗子上咧着嘴朝屋子里看，这让屋里的人很是尴尬。等到这周末，他们就会习惯那些年轻人，而年轻人也会渐渐忘了他们。

学校没有提示上课的钟声，只有几个成年人叫喊着让我们上课，然后你就能听见我们匆忙的脚步。我们被安排进了一间教室，里面的孩子一脸困惑地看着我们，这简直是一种有辱人格的安排，我怀疑他们是有意为之。我们的老师是一个邋遢的女人，她让一个一米九的成年人站到讲台上去。他蹭了蹭自己的椅背，然后决定放弃这个点子，就对着老师摇了摇头。这就引发了一场关于众人平等、不能有特殊待遇的说教，然后老师坚持让他站到前面去。那人在自己的座位中挣扎，想把自己的腿抽出来，就好像一只跳腾的小动物，那场面让周围的孩子爆发出一阵大笑。

过了一会儿老师用手指着我，我跨过自己的课桌，把伤残的那条胳膊揣进口袋，但是仍然能感觉到它。我从老师手上拿过粉笔，全神贯注地写字，但是我写的 p 没有闭合，反倒是 c 变成了一个 o，然后给 i 写上一点的时候手又滑了一下，粉笔在黑板上划出了刺耳的声音。我能感觉到每个人都在盯着我糟糕的笔迹，我也能听到他们在想什么。我的书写有一定进步，但是在一个垂直的平面上写字还是头一回。老师根本没有注意到我是个左撇子，她当着所有人的面问我是不是从没有学过读书写字。

能看到自己家的房子屹立在山坡上还是一件很让人舒心的事情，但是等我走近一看，却诧异地发现前门敞开，根本没有上锁。我站在那里观察了一会儿，但是没有看到任何人进出，也没有听到任何异动，也许奶奶只是想换下空气？

"奶奶？"我呼喊着，但是她根本不在日常待着的地方。毯子的一角被掀了起来，沙发的坐垫也是凌乱不堪，我还发现桌子上有三个还没来得及用的茶杯。

我一边上楼梯，一边吹口哨，通知艾丽莎我来了，然后我听到奶奶从书房里喊："乔纳斯？是你吗？我们在这儿！"

我停下了脚步，心中想着她所谓的"我们"指的是谁，随之而来的恐惧将我吞噬。是不是艾丽莎和她在那儿聊天，两人成了最好的朋友？

实际上，奶奶是和两个陌生人在一起，他俩坐在我们家的古董座椅上，两条腿分得很开。其中一个人非常胖，我怕他的腿可能承受不住这重量，随时可能折断。他面色红润，想必是身体很健康，要不就是情绪激动或者喝多了。另一个人很年轻，有可能是他儿子，虽然二者相似之处不多，年轻人还顶着一头金棕色的头发，这让我心中咯噔一下。是科尔先生和内森!

奶奶看出了我的苦恼，叫我赶紧坐下。

"乔纳斯，我们现在要让这两位先生在我们家住几天。他们为了解放我们和盟军并肩作战。这是他们的文件。和他们一起来的军官不能久留，他还有别的任务。"她咳嗽了下说，"我们别无选择。"

我颤抖着手接过了文件。文件是用法语写的，但是上面盖着官方的章子，再往上写的是克日什托夫·鲍维兹克尼和亚努什·克瓦希涅夫斯基。我对文件的不信任溢于言表，我侧着光反复检查文件，怀疑他俩在凳子上不好意思地扭来扭去并不是因为凳子不舒服。我又打量了下那个年轻人。他和内森相比更加落魄一点，但是更加成熟，不过话说回来，没戴眼镜加之退役多年，尤其是如果他还在苏军服过役的话，一个人可以发生这些变化。

"你好，最近怎么样？"我对着其中年长的那位微微鞠了下身子，希望能留下点好印象，但这让他脸上一红，只好摸摸通红的耳朵。

"他们是波兰人，不会说德语，"奶奶解释说，"我早就把匈牙利语忘了个精光，尽管我也不确定他们能不能听懂匈牙利语。"

这俩人低头耳语，在我看来他俩说的是希伯来语。

我一有机会就去通知艾丽莎家里来了客人，而她必须执行最严格的规矩。让我生气的是每次她以为我说完话之后，就会提起马达加斯加的事。比如说，她会问我从哪儿得知的这些消息。我手上有没有东西可以借给她看看；能不能让她听收音机，这样就能和外界取得一丝联系。我别无选择只能用"是，艾丽莎。好的，艾丽莎。当然了，艾丽莎。别傻了。"一类的话来敷衍她。我不能冒险激起她进一步的怀疑。过去的五年里她什么都没问，现在突然间她却开始寻找证据了。

后来我和奶奶就保护自己私生活的问题大吵一架，因为我们对于保持当前个人生活隐私的问题多有龃龉。奶奶以上帝和他的信众为依据，晚餐只吃了几片面包。我最后只好退让，做了四个人的晚饭。当奶奶邀请两个陌生人一起加入晚餐的时候，他们友善地挥挥手，拒绝了我们的好意。我看出了他们的坚决，于是亲自邀请他们和我们一起吃晚饭，也算是冒最小的风险平息奶奶的怒火。他们两个人住在门厅，睡在自己的睡袋里，小凳和清洗桶反过来当桌子用，我们的家具碰都没碰。他们的晚饭是面包、苹果和硬奶酪，折叠刀就是他们的刀和叉子。他们自给自足，忙自己的事情。

我想让奶奶早点睡觉，好腾出时间摸清头绪，但是她正在聊天的兴头上。她说："你发现没？他们不和我们说一句话。就连他俩之间也没说几句。"

"全世界的人都没你话多，奶奶。"

"他们从来不用我们的任何东西。是不是和我们坐在一起太为难他们了？我们是他们的敌人。我看人靠的是他们的行动，而不是说的话。"

"我以为他们不说话来着。"

"你不觉得他们有点可疑吗？"

"你什么意思？"

"我不知道，乔纳斯，他们可能是……"奶奶低声说道，"间谍？"

"间谍能从我们这儿找到什么？你脚趾甲的真实颜色吗？"

"天知道你父亲都干了什么。他们对咱们房子里的什么东西感兴趣。我能感觉得到，他们从来不会出错，特别是我的直觉特别准。"她一边说一边抬起饱受关节炎折磨的食指凌空点了一下。

奶奶聊了很久，天色越来越晚，她终于困了。我也确认我当时的想法没有错：科尔先生和内森打算趁我睡觉的时候干掉我，再偷走艾丽莎。

因此，我采取了预防措施，在艾丽莎的门前建起了一个小小的营地。从三楼的栏杆可以看到一楼的走廊。我用毯子盖在上面，掩护自己的位置，打开走廊的灯，这样暴徒们要是上楼，我就可以第一时间发现。我戴上了旧头盔，抱着我父亲的猎枪，一听到响动就把猎枪伸出毯子，瞄着楼下。

我肯定是什么时候睡着了，但是这并没有什么关系，因为在我五点钟睡醒之前他们就已经走了。他们卷好睡袋，塞进桶里，上面压着自己的小凳子。他们的袜子搭在第一、第二条凳子腿上晾干了，好像是干瘪的兔子耳朵，穿了很久的内裤搭在第三条凳子腿上。我们的桌子上还有一袋他们留下的核桃。他们看起来不像是间谍或是杀手。随着太阳升起，苍白但是平静的晨光照进屋子，几小时前看似千真万确的想法已经显得愚蠢透顶。

第十四章 🪶

　　我在满目疮痍的城市里搜寻任何可以向艾丽莎证明我谎言的证据。但是每一条新闻的标题都让我产生挫败感，至于正文则是对我的无情控告。商店也让我备受打击，里面的小物件都在证明奥地利已经处于盟军的占领之下。货架上是一排排小丑玩偶，下面放着米老鼠，牙签上画着英国国旗，张贴的海报将斯大林比喻成"人民的父亲"。每家的日用品上都有别的国家的标记，不论是杯子、烟灰缸还是钥匙串，上面都有让人头痛的红白蓝图案。这意味着这些东西来自法国、英国和美国。只有苏联的标志稍有不同：红色加上一抹黄。一切有关第三帝国的东西都被移除了。任何人持有和第三帝国有关的东西最轻将被判处十年监禁，最重就是直接判处死刑。我最后只能两手空空地回家。和我一起回家的，只有我的谎言。

　　我回到家，发现年纪大点的波兰人在前厅擦鞋，年轻点的那位在读报纸，两个人都试图把彼此推开。我很好奇，想去看看怎么回事，但是报纸上的字和俄语一样难懂。

"你去哪儿了？"奶奶大叫，"你错过了一场大戏！"

奶奶给我描述这场"大戏"的时候，我一句话都插不进去。

"因为我还没给两位波兰朋友咱们家的钥匙，所以我就没锁门。随便一个小偷都能进来，而且你也知道我耳朵不好使，就是来了一群哥萨克人我也听不到。我想起来还有一副备用钥匙，但就是找不到放在哪里了。"备用钥匙是我拿走的，就是为了预防现在这种情况。"我想上楼找找，我真讨厌那些楼梯。你父亲的书房没有锁门，但是客房却锁上了。我想可能是我随手关上的，但是它实际上已经锁了。我扶着楼梯慢慢下楼，一次一级台阶，结果最后我砰的一声摔倒了……"

我一动不动，认真听她说。"然后呢？"

"什么然后？"

"然后发生了什么？"我问她。

"我说了呀，我摔倒了。"

"你没受伤吧？"

"你真该看看那场面。唧！从楼梯上面一路摔下去，全靠我自个儿的屁股做缓冲。"

"到底是什么大戏啊？"

"我可能摔断自己的脖子呀！"

我不耐烦地叹气，算是一块石头落地了。

"你明天就能看到我屁股上的瘀青！"

"我还真不想看到。"

"为什么门锁上了？谁在那儿呀？"

"奶奶，我把客房窗户打开了，这样就可以让新鲜空气进来了。客房门关不严，所以我只能把它锁上，免得风总是吹得门一开一关的。"

"啊，可能有鸽子在里面搭巢了吧？也许是个黄鼠狼，也可能是白鼬？不不不，一定是只貂！肯定是貂！我听到它们溜进来，到处咬电线，它们能拆了这房子。"

"我去开门，稍等一会儿。我昨天在那里待着，一定是忘了野生动物这件事了。"

"别麻烦了。我再也不会上去了。我受够了。"

"明智的决定。"

"这还要你说吗？这些台阶简直就是上天堂的直通车！你爸妈就不该改造那个阁楼。我们也不需要额外的房间，连原来有的那个我们都用不上。"

艾丽莎在等我，我靠着窗子坐下，她圆圆的眼睛看上去非常纯洁无辜，这说明她并没有在外面待太久，不然光线会让她的眼睛看起来更加明亮。她立即靠上来对我耳语道："今天又有人想打开房间门！我想是你奶奶！"

"没错。"

"我想她听到我了。"

"她是听到了，但是大家都知道她耳朵不好使。"

"我站起来，然后凳子倒了。我发誓我听到她摔下楼梯的声音。"

"你观察还真细心。"

"我什么都做不了。太可怕了。我听到她和你说话。她在那儿一直说：'乔纳斯小宝贝，你过来拉奶奶一把，奶奶就站起来了。过来拉奶奶一把……'"

我从包里找出一小罐橄榄，一些鱼干和半片面包。

"她知道我在这儿吗？"

"总是你。她怎么样？"

艾丽莎憋红了脸，泪水在眼睛里打转，说："抱歉，我有点糊涂。"

"你我有很多共同点。我最关心的人是你。你最关心的人是你自己。我们俩天生一对。这就是命运，是上帝的意志，你觉得呢？"我能感觉到艾丽莎羞愧难当，所以心里扬扬得意。"你刚才问奶奶怎么样。奶奶她很好。艾丽莎，这不用你担心。你自己要担心的事情已经够多了——你就照顾好自己吧。求你不要再考虑别人，心里只要考虑你自己就好。"

艾丽莎双手合十陷入了自责，但是我发现她低头的时候还是偷偷看了一眼我的背包。我知道她想说什么，但是艾丽莎明白这个问题最好还是不要直接说出口。

"艾丽莎，我奶奶的客人还在这里，你最好还是先躲起来。要是你能保持安静，我在家的时候就能让你出来。"

我很喜欢像过去那样在她身边，我们一起聊些天南地北的话题，但是在她开始问那些要命的问题之前，我得赶紧离开。所以我先把餐具拿去洗了，接着是她洗漱用的盆子，最后是夜壶，心里很高兴又度过了一天。

第二天晚上，我刚打开背包，手还没伸进去，艾丽莎就又问我那个问题。"哎，乔纳斯，你没忘了给我带报纸吧？"

"原来我还有这个没干！"我说，狠狠拍了下前额，"我就知道我忘了什么！"我的声音假得连我自己都不信，我也发现了她一脸狐疑。"现在都周末了，我真是太蠢了！我绝对不能让你等到周一。我现在出去怎么样？这个街区现在好像死了一样，下个街区一定有个报刊亭。我确定现在雨已经停了。"

也许是想起了前一天的事情，所以她决定放我一马，我越是坚持去为她找报纸，她就越感到放心。"你确定吗？"我说，"说真的，其实我不介意这时候出去跑一趟。要是动作快的话，奶奶不会介意的。我不会让她久等。"

她的眼神柔和下来，我们之间的互信再次建立。

我当时情绪很糟糕，我依靠虚张声势为自己又赢得了两天时间，但是这终不是长久之计。如果说我有整整一个周末思考如何解决问题，那我也有整整一个周末将自己困在一座没有出口的迷宫里，除非砸倒一面墙，不然就毫无出路。

周六潮湿而悲惨。波兰人早上四点就走了，他们的睡袋卷了起来，一个绿色的瓶子从一个睡袋里探出了一截。

"唯一需要抛光的就是你的脸了。"奶奶说，"出去走走吧。年轻人可不是都在家里给爷爷的闹钟扫灰的。"

"容我提醒您一句，外面在下雨。"

"那可阻止不了唐璜——不论是瓢泼大雨还是一千位女士的眼泪都不能阻止他。"

她弯下腰捡起我的掸子，装模作样叹了口气，说："我这可不是替你干活。我不过是想保持运动，暖和暖和罢了。"我试图和奶奶保持距离，但是不论我去哪儿，她都挥舞着掸子跟在我后面。有时候，我快走几步，却发现她也加快脚步跟在我后面，忙着给家具除尘。她一直用眼角瞥我，嘴里哼着我叫不上名字的调调。她哼的可能是匈牙利舞曲，也可能是《亨利一世》，我对音乐还有一些了解。

奶奶用一种很随意的态度说道："你忘了告诉我她的名字了。"说完又继续哼着小曲儿。

"谁的名字？"

"你女朋友的名字。"

"她还不是我女朋友呢。"

"所以在楼上等你的不是那个姑娘喽?"

"你当我是什么人呢?背着您偷偷带女孩子回家吗?奶奶,她又不是无家可归。"

看到她脸上惊讶的表情,我才反应过来奶奶不过是和我开玩笑,现在思考我为什么会有这么大的反应。"天哪,"她一边说一边摇着头,"我上次看到你这么大的反应,还是你3岁不想洗澡的时候。"

"等你再看到这个姑娘的时候,你就明白了。"

"我已经见过她了?"

"你对她有所耳闻。"

"那就是说她的家庭背景不错。"

"不错是什么意思?"我问,"体面还是赫赫有名?"

"她叫什么?"

"现在还不是告诉你的时候。"

"那告诉我名字缩写吧?"

"那也不行。"

"这有什么关系?得了吧,别那么迷信。她的教名首字母是什么?"

我犹豫了一下,告诉奶奶首字母是 E。

奶奶回到房间,打开书桌,小心翼翼地掀开筒状的盖子。精美的雕花剐住了她的蕾丝袖子,挣脱的时候一小片檀木被带了下来。看到此景,奶奶不高兴地撇了撇嘴,将木片放到顶层抽屉的位置以便使用胶水粘回去,然后从抽屉里拿出一本小册子。"让我看看,5月20号,艾尔芙莉德(Elfriede)?"

"不是。"我说,心里感到又气又笑。

"7月23号,艾德托尔德。这名字是不是很好听?艾德托尔德。宝贵的信仰。"

等我反应过来奶奶是在读天主教圣徒的日历时，脸都红到了耳朵根，我怀疑科尔夫妇估计不会给他们的女儿施洗，估计艾丽莎也没有接受过施洗——不不不，这怎么可能？"奶奶，得了吧，别念了。"

"我快找到了。过来帮我念念这个，这字印得太小了，我看不清。这叫啥？圣艾米丽，圣伊迪斯？"

"都不是。"

"没那么多 E 开头的啊。哎呀，这儿还有个：圣伊丽莎白。这是 13 世纪一个匈牙利国王的女……"

我把日历从她手里夺下，扔回抽屉，关上书桌，然后把钥匙扔到书桌顶上——奶奶根本够不着。

"看来不是。"她说，眼睛里泛着光……从那以后，艾德托尔德就是奶奶称呼艾丽莎的外号。

那个周末的每一幕对我来说恍如昨日。一切感觉就好像昨日与当下交织在一起，在所有的回忆被吹向远方之前，我怀念其中的每一分每一秒。倒计时已经开始了。如果我可以停止时间当然会毫不犹豫这么做，但是岁月是最伟大的神偷：不论真假，一切都将收入他的囊中。

我一边听着艾丽莎给我讲各种动物，一边听着雨水打在屋顶上的声音，这让我感觉和艾丽莎亲密无间。如果，人类变成乌龟的样子，那么我们的生活是什么样子？她让我想象背上一栋房子的样子：虽然不舒服，但还是有好处。我们不用再建房子，世界上也没有无家可归的人，每天窗外的风景都不一样。不论在地球的任何角落，我们都可以回家，国家之间再也不会有流血杀戮。当她说到"我们"的家和"我们"背上的时候，我感到心头一暖，就好像我俩共同拥有四条腿，成为一只龟，就算这世上就一只龟了……

她问我人的思想到底藏在哪里，是在心脏还是大脑。我说是大脑，心想这应该是个不错的答案。她说她的思想并不在她的身体里。她说，就在和我说话的时候，自己的思想看到了一栋三层的房子像洋娃娃房一样被切开，我们不过是两个朝生暮死的人，坐在顶楼右边的三角形房间里。

我央求她不要这么做，要是思想离开了身体，生命也将停止，更别说万一思想不再回到身体里会怎么样了。当然，我烦恼的另一个原因是她的思想和别的男人鬼混，不和我好好待在一起。她枕着我的腿很快就睡着了，我一动不动以防她改变姿势。等她抬起头似乎在看我的时候，我终于可以活动一下了。她的眼神迷离模糊，我在想我的脸对她而言不过是一道白色的痕迹，抑或是柔软的黏土，她可以把它捏成任何样子。她忽然伸出孩子一样的手，将我的头拉向她，慢慢地和我亲在一起，这个吻中感觉不到任何感情。

在这之后，空气中充满静谧，这绝不是因为我俩谁都没有动或者说什么。这是一种神圣的静谧，理应值得尊敬。当她用同样迷离模糊的眼神盯着墙的时候，我抚摸着她的头发，希望她的想法能和我更近几分。

当我正往厕所走的时候，遇见了那两个波兰人，你可以想象当时我因为那个吻开心得得意忘形，完全忘了我还拿着一个陶瓷的盆子。他俩皱着鼻子，发出了一串斯拉夫式的感叹词让我一下子回到了现实。多么神奇，我很自然地转而责怪起奶奶，我指了指她的卧室，耸耸肩，好像是说："没办法，这就是生活。"所有这些一气呵成，我自己都佩服我自己。看得出，他们很同情我，拍了拍我的肩膀，赶紧走开了，一个赛一个快。

我打扫了壁炉，点上了这个季节里第一把炉火，想象如果艾丽莎爱我的话，整栋房子都可以是她的，我会把我的一切都给她。奶奶注意到了我的情绪变化，问我今天有没有收到任何信件（通常周六会有信寄到）。我满脸堆笑，说今天还没时间去检查。

我不记得克日什托夫和亚努什是什么时候拎着他们那瓶伏特加，和我一起围坐在奶奶的脚凳周围。我们三个举杯祝奶奶身体健康，似乎是想起了之前我手里拿着什么东西，而且是我最先笑出声的，虽然我们努力克制，但是还是笑个不停。奶奶完全不明白我们在笑什么，她一个人坐在扶手椅上看起来很庄重，对我们的大笑毫无头绪，我替她感到难过，奶奶的样子又让我哈哈大笑起来。艾丽莎的亲吻和嘬上一口他们的伏特加一样让我醉得很快。

第二天早上我头痛欲裂，但我还是逼自己早早起床，让我惊讶的是，艾丽莎的眼睛不再空洞，而是充满了激情和活力。她接过装着早餐的盘子，根本没有注意到我用来做装饰的新鲜常春藤。她把脚伸进我母亲的睡衣里，衣服完美地衬出了她的身材。她完全没有注意到自己胸部的尺寸，每次身体前倾的时候，披在身上的母亲的披肩都会浸在茶杯里。

"乔纳斯，我一直在想，我能不能去马达加斯加？"

我脑子里能想到的就是：谢天谢地！还好昨天没告诉她真相！因为昨天她亲了我之后，有种想告诉她真相的冲动。但是她怡然自得地吃着面包，舔着茶勺的样子又引起了我的不安。我花了点时间略加思考，尽可能中立些，让自己更相信自己说的话："你总是很擅长置我和我奶奶的性命于死地。"

她颤抖了一下，用手指缠着一缕卷发。"你就不能让我晚上出去吗？告诉我要怎样才能登上去码头的火车？我会伪装自己，我把一切都想好了。要是我被抓住，我绝对不会把你供出来。我向上帝发誓。"

我拎起被茶水打湿的披肩一角。她拍了拍，抖掉了粘在指头上的面包屑，然后发现我不高兴的眼神，就从毯子上捡起面包渣塞进嘴里。

"每个人都在找犹太人。你会被当场打死。你等得越久，机会就越多。何不再等一年？"

她一副忧郁的样子，无疑是在侮辱我。她的反复无常让我火冒三丈。她可能会被抓住！她可能会被枪毙！我这是在保护她！我的家庭现在到了这步田地也是拜她所赐！难道不是因为我，她才能活到现在？在我们为她做了这么多，牺牲了这么多之后，她就这么对我们？为了她，我成了叛国贼！而她是怎么感谢我的？分明是恩将仇报！

我和她是一样的人，都是谎言的囚徒。

第十五章

周日晚上，我在床上辗转反侧，拒绝承认自己的失败。这时候，我忽然想到了一个点子。它非常疯狂，但远不及上一次战争那么疯狂。事实上，这个点子不过是以往逻辑的延续，就像一个树枝上长出一个新的分权，分权没有被砍掉而是变成新的树枝。我的计划需要做一些准备工作，所以我周一和周二都没去学校，在此之后，逃学就习以为常了。

我警告艾丽莎，真相是一个非常危险的概念，一个人想要活下去，真相不一定是必需品。如果她能幻想出一个比现实世界更美好的世界，那么放弃那个美好的世界无疑是愚蠢的行为。我把一个盒子交给了她，里面装的都是我精心挑选的简报，但是删去了所有谴责纳粹罪行的部分。标题高大的字体让一切看起来像是一种赞美。她一张一张地看着，看一张就抬头看看我。简报上可以看到堆成山的鞋子。没人要的眼镜则堆在一起闪闪发光。剪下来的头发乱蓬蓬地堆在一起。收缴的衣服更是数不胜数，在空地上堆出了一个山脉。饿得皮包骨的人光着身子，要么站着等死，要么被堆在一起活埋。我告诉她，有关马达加斯加的谎言，拖延许久才给她带来简报和断绝她与外界的联系都是为了保护她。正如她所看到的，对犹太人的灭绝计划组织高效，而且不论男女老幼，都是灭绝的目标。我告诉艾丽莎，门外就是希特勒梦想的"乌托邦"，同时我也承认，与其在他统治下的世界里自由活动，不如和她一起困守在这四壁之内来得快乐。

从某种程度上来说，我说的话不是毫无根据，因为剪报上的事情确有发生。我不过是阐述了另一种可能性——让事实向不同的方向发展。我们输了这场战争，但是我们同样也可能赢啊。筛掉事实，留给人们的都是假设。我不过让完全抽象的东西变得鲜活，让存在于现实真空地带的无形的枝条焕发活力……机会渺茫但不是不可能。再说了，艾丽莎的双亲和未婚夫很可能已经死了。这完全有可能。照片里的事情都是千真万确的。

艾丽莎连着四天没有显出任何悲伤的痕迹，就好像我给她看的那些东西对她完全没有影响。我在某种程度上感到很宽慰，因为最糟糕的部分已经过去，尽管我很讨厌她的冷漠，但是有可能是因为她本来就是和我一样冷漠的一个人吧。然后，她突然毫无怨言地开始绝食。以前她就会定期拒绝吃一些东西，所以我也就没在意，但是后来她就一周没吃东西，以后的更多天，绝食还在继续。

我开始想哄骗她不要这么不可理喻，但最后我只好把食物强塞进她的嘴巴里。虽然好几天没有吃东西，但是她依然很聪明，善于控制别人。她不止一次抱住我——准确地说，是像一个孩子一样挂在我身上，况且她还是一个成熟的女人——只要我一放松，开始拍她的后背，她就会把吃的吐出来。那段时间，夜晚的饥饿一定非常难熬，因为早上我能在她胳膊上发现青紫色的牙印。

这让我难以接受，心急如焚，我打算告诉她真相，但是真相本身阻止我这样做。这个大大的真相究竟是什么？我从各个角度进行了分析。我不能把她的爱人还给她，这也是她悲伤的原因之一。我能给她自由，但是她拿这自由又能干什么呢？回到她那单调的社区，看看她的老房子，听听她老朋友们的悲惨遭遇？她家的情况又如何了？她曾经告诉过我，她家的阁楼在漏水——那时候战争还没开始呢！她有钱吃饭吗？又靠什么维生呢？自由的定义仅仅是能够自由活动吗？

我不得不承认，我可以非常诚实。我自己的生活又会如何？她是否意识到我并没有必要向她坦白所有事情？她是会感激我的诚实，还是一直将我当作是一个怪物？她当然是把我当作怪物。我为了她，将个人幸福抛之脑后，而她只是摔门，让我一走了之。我的父母都是因为她而死。我现在这副样子，以后谁还会爱我呢？我只要艾丽莎，别人我谁都不要，最后这一条可以作为我当初欺骗艾丽莎时的理由。当然我最羞于承认的理由是我尊重艾丽莎心中的那个我，我并不想让她失望。

我从父母的保险箱里拿出最后一点现金，想去格拉本的一家珠宝店碰碰运气。让我惊讶的是，我在店里看到两个女销售员正在和一个法国军官打情骂俏，两个人都厚颜无耻地靠在玻璃柜台上。两个姑娘都看到了我在等待，而且那名军官还向我挥挥手，但是第一个姑娘一动都不动，第二个姑娘抓着军官的脖子，抬起了腿，军官在她屁股上狠狠拍了一下。很明显她俩在进行一场看谁比较瘦的比赛。另一个姑娘叫嚷着说该轮到她了，直到这时候，挂在法国军官脖子上的那个人藐视地看着我，就好像我是一个大麻烦，一只无趣的讨厌苍蝇，她问我："哦？怎么了？"

我应该直接离开才对，但缺乏经验的我以为我的直率能为我赢得更好的服务，所以我说我想为一位很特别的女士买一个礼物，但是不清楚女士会喜欢什么，究竟是项链好点还是手镯好点。我不得不说，如果买一个戒指的话，说不定会吓到艾丽莎，除非上面有象征友谊的宝石，比如说水晶——水晶是黄色的吧？或者我把它和琥珀色搞混了？她的嘲讽却让我无言以对，她说黄色的玫瑰不如红色的玫瑰有意义，对于宝石也是这样。

她傲慢地耸了耸肩，建议我去多学习一下女人喜欢什么讨厌什么，顺便多多了解女人。随后她和她的朋友交换了一下讥笑的眼色，继续和法国军官打情骂俏去了。现在比赛还是平局，意味着她俩得把鞋子脱了才能确保体重的真实性。我刚想好一句粗口，另一名法国军官就进来接他的同伴，同时提醒有关"通敌"的规定。那人的回答是："当然，通敌是不允许的，但没说不能打情骂俏啊。"

我走过玛利亚希尔夫大街和左维也纳大街的沥青路，对每一个和法国人搂抱在一起的奥地利姑娘嗤之以鼻，也许这样她们就不用因为战时所做的事而受罚了吧。我在心里咒骂这群虚伪的金发婊子，她们头发颜色甚至不是金色，很多人都是把棕色头发做了脱色而已。我从她们身边擦过，伸手就能给她们一个耳光，她们居然躺在那些击败了她们丈夫、父亲和兄弟的敌人怀里。婊子！我心里越发思念艾丽莎。

我从一个乞丐身上跨过去的时候发现走道旁摆了些半价出售的二手留声机，我挑了一台，选了一张当时流行的唱片，歌手是伊迪丝·琵雅芙。等到我付钱的时候，乞丐又漫天要价，他说因为这歌，所以大家都很感动并庆幸自己还活着，就给了他好多零钱。送礼物这个计划是一场彻底的失败。除了让艾丽莎泪流满面以外，这唱片和留声机没有任何作用。看到她浮肿的脸扭曲起来，我想如果毁容的人是她而不是我，那么事情就会简单很多。

老师并没有因为我缺课而找我的麻烦，因为我告诉他们我得了流感。因为我瘦了十公斤，所以他们也都没有怀疑我。但是同样的借口我不能拿来搪塞奶奶，她只要一坐下就会滔滔不绝说个没完。这是因为最近她的两位"面包冠军"——克日什托夫和亚努什——把她惯坏了，最近总是为她带来夹了坚果和葡萄干的鲜面包，以及奶奶常说的一种叫作维也纳面团的面包。我不清楚那时他们是如何搞到这么多面包的。奶奶隐隐约约觉得他们是在面包房工作，所以他们才会在黎明前离开。我很高兴他们和我们住在一起。他们能保证奶奶很开心，这样就让我能多花点时间在艾丽莎身上。

现在我要说说另一个不去学校的原因。在经过多次推敲之后，我决定去看看艾丽莎家里还有没有人活到了战后。当我在家的时候，这种想法毫无踪迹，但当我一离开家门，它就在我的脑子里阴魂不散。每一个老人都可能是她的父亲，每一个老妇都可能是她的母亲。内森可能是个高个子，可能是个矮个子，可能很瘦弱，也可能很健壮，年龄从20岁到40岁。他可以不是任何人，他也可能是任何人。他可能站在高高的空中，看着我的一举一动。

我曾经幻想维也纳会有那么一个地方能让我找到这些信息，一个专门负责这类事情的政府部门，但是这样的部门现在并不存在。纳粹在战争结束前销毁了许多记录，如果你想找一个人的住址或者下落的话非常困难。维也纳市内和外围有很多流离失所的人的营地，这些聚集在一起的人，有从劳动营和监狱里解放出来的劳工，也有来自集中营和灭绝营的幸存者。你得找到正确的名字和当初被送往的那个集中营，才能找到那个人，当然最好你还是亲自去找人。我告诉他们，要是我知道这些信息，我还要他们干什么。然后他们问了我一个问题："你知道在失踪人口里有多少人的名字里有'里维'这两个字的吗？"这简直就是大海捞针。有些人告诉我最好还是到幸存者中间去问，说不定有人知道答案。或者我可以去 IKG ——维也纳犹太人社团——但是它早在战争中就被消灭了！要不试试罗斯柴尔德医院？他们不是在世界各地都有分部，想必去的人也很多吧？为什么不去试试红十字会的记录，说不定可以找到正确的营地？但是这些做起来远比听起来要难。不是所有人都可以大摇大摆地走进去然后要求查询想要的信息。你得表明身份然后说清楚想找谁。我一次又一次冒着身份被揭穿的风险，告诉他们我父亲的商业合作伙伴的名字，解释这些人都是我父母的朋友。

查阅这些现存的残缺记录（直到今天也没人敢说自己的记录是完整的）就像是读一本号码簿。对于任何查阅号码簿的人来说，这种只靠名字就能找到一个人的感觉真是不可思议。我可以向各位保证：这事绝不轻松。我坐在另一名志愿者面前，试图鼓起勇气看着她的手指在号码簿上快速地下滑。忽然她的手指停住了。当这次找到的记录是我的仇敌，内森，一阵嫉妒的苦楚还是将我笼罩，我从没想到我会有这样的感觉。最后的搜索记录如下：

莫塞·科尔，死于1945年1月16日从奥斯维辛向毛特豪森的强制徒步行军。

纳蒂亚·格尔达·科尔，原姓哈格拉伯尔，毛特豪森集中营，1943年10月或11月死于毒气室。

内森·查姆·卡普兰，死于1942年1月6日，萨克森豪森集中营，死因：过劳。

这些年来我的仇敌，在我还没认识艾丽莎的时候就已经死了。这对于我来说是一个巨大的冲击，对于艾丽莎来说也是如此——我的意思是说这些人的死亡日期。整个下午我都坐在某个偏远的广场的树下，重整我的思绪，整理脑中所有的真相、半真半假的事情和彻头彻尾的谎言，再把它们和艾丽莎重新排序，让一切看起来再次合理。

奶奶试图与克日什托夫和亚努什两个人达成一笔交易，如果他俩能帮着在家里做些粉刷活，那么奶奶就可以让他们住父亲的旧书房和客厅。一开始，他俩只是对着比画着粉刷动作的奶奶微笑，但是奶奶非常固执，我感觉他俩答应奶奶的条件只是时间问题。

在我上学的日子里，早上和下午的每一分钟我都数得一清二楚。家里任何事情都可能发生，而当事情发生的时候，我完全无法到场控制它们，问题可能会反复出现。学校的生活只是让我的生活更加复杂，况且因为我总是担心会有事情发生，所以根本学不进去。我一想到各种糟糕的情况就会胃疼，但是后来发现，当我回家之后一切还是我离开时的样子。但是，我们五个人的命运绝不可能就这样顺顺利利地交织在一起，总会有意外发生。事实证明，想得越多，越有可能出问题。

每天早上我喘着粗气，满头大汗跑到学校的时候，教室的门刚好关上。下课之后，我得尽快跑回家，先跑一段下坡路，然后是上坡路，我早已把沿途地形记得烂熟于心。有时候，和我同龄的人邀请我和他们打一轮乒乓球（这样就会暴露出我一直以来揣在口袋里的残肢）。除了没有空闲时间以外，我感觉我的秘密正在让我和他们渐行渐远，是因为以下两个原因：首先，我必须时刻提醒自己要干什么；其次，我对于他们讨论的那些摩托车、体育比赛结果和姑娘们的大腿毫无兴趣。

有一天，我回家看到一辆军车停在我们家门口，一半车身藏在树篱后面，我马上朝家跑去，没多久腿上就力气全无。一名军官指了指房门，让我进去，另外五个法国士兵荷枪实弹，端着冲锋枪站在一旁。我马上举起双臂，告诉他们要找的人现在很安全状态也很好。

但是法国人并没有搜查楼上，他们也就是在前厅待了一会儿，当时克日什托夫和亚努什两个人正在修理水管。我永远忘不掉亚努什看我的表情，就好像我是叛徒一样；同时我听到克日什托夫一路冲进厨房，撞倒了凳子的声音，我认为他不过是垂死挣扎罢了。法国人想通过谈判让他出来，但在一阵寂静之后，我听到了打碎玻璃的声音。

"他要自杀！"一名士兵大喊，试着用冲锋枪托砸开门把手。军官命令一名还在屋外的士兵绕到房子后面去，我紧紧跟在他们后面。克日什托夫朝着葡萄园的方向狂奔，背后的枪声更是让他加快了脚步。我从远处可以看到他背后有血迹，所以我以为他被打中了。但是，我后来在厕所发现了血迹，我希望他背后的伤是破窗而出的时候留下的——毕竟枪响的时候他还在跑。

亚努什从始至终是一副恍恍惚惚的样子，听到了枪响才回过神来，但是还没等他跨出房门就被军官制伏了。我担心要不是军官及时出手，我可能就被他干掉了。他总是在用一个词叫我，幸好我听不懂。与此同时，奶奶大声斥责法国军官："他们不是罪犯！我不许你在我家这么对待我的客人。这是我家！"

亚努什满怀希望地看着奶奶和军官的争吵变成了正常的谈话。奶奶带着一种女王式的尊严穿过房间，全然不知自己的裙子侧面拉链没有拉好，大家都能看到她踩碎了自己特制的整形鞋的鞋帮。她从抽屉里拿出一份签了字盖了章的文件。因为奶奶把文件卷了起来，还用红丝带在上面打了个结，所以亚努什一开始并没有认出来，等到奶奶打开文件的时候，他的眼睛睁得圆圆的，又开始挣扎。原来那是他们来的那天带来的文件，文件获准我们收留他们和我们住在一起。奶奶认为这是她的权利，一心要证明这一点。她的法语说得很漂亮，别人会以为她在念路易十四签署的文件。

事实上，这两个人的真名是谢尔盖·卡尔加诺夫和费奥多尔·加里宁，他们都是俄国人，根本不是波兰人。这份文件是一个帮助俄国士兵叛逃的地下组织伪造的。主要内容是说，当时苏联人在召回他们的士兵，有些人竭尽全力想留在外国。当时这些西方自由国家和苏联人合作，把这些士兵都移交回去，丝毫不顾及这些士兵的想法。我们听说有些人宁愿自杀也不愿回去，现在的情况也是如此，自杀也好过在斯大林的统治下当一个逃兵。苏联的遣返政策在当时是个丑闻。

他们的东西我们放在原地一年有余。最终，奶奶和我翻看了一下，翻出了两双袜子，两条内裤，在一些信封中我们还找到了南瓜子，还翻出两个十字架和一个空瓶子。仔细翻找之后，我们还在他们的睡袋里发现了一摞纸。第一章上写着一些拼错的德语单词，边角还画着一个示意图。我依然记得 sein 这个词，相当于 to be 的动词不定式，旁边画着一个简笔小人，像是一个站军姿的士兵伸开双臂，更好玩的是，小人还在笑着，要不还真是白板一张呢。

第十六章

　　奶奶疑惑不解地看着我拿着油画颜料和画布回家，我快速穿过客厅，免得她问我任何问题，奶奶在楼梯上拦住我，狐疑地把我上下打量了一番。"这是你追求艾德托尔德的新招数吗？你要是这么绝望的话，过不了多久就会开始把自己的耳朵割下来。"

　　"才不是呢，奶奶，我这是给自己画的。"

　　"我们绝不会为自己做任何有创意的事情。我们的创意都是留给别人的，就好像我们脑子里还住着一个人。"她说完，就把装着颜料的木盒子从我手里拧出来，藏到了背后。

　　"好吧，我可以向你保证，楼上可没有什么艾德托尔德。"

　　我所谓的"楼上"指的是我的脑袋——这是一个常用的德语表达方式，oben 也可以理解为上方的某地。

　　"有人在吗？"奶奶抬手敲了敲我的脑袋，"哈啰？有人在吗？艾德托尔德？你在那片小地方里待了多久了？你要不要出来，呼吸下新鲜空气呀？他是不是把你关起来了呀？他还以为我不知道你在那里，以为他奶奶是个傻瓜。"

"有意思。"我退了几步，试图从绷着的脸上挤出一个微笑。

"你明白我什么意思。"

"我不知道，更不想知道。"我想从她身边绕过去，但是她又堵住了我的去路。

"你完全明白我说的是什么意思。"

"我晚点再和您聊天，奶奶。"我试图从她身边挤过去，结果她开始挠我痒痒，弥补了她的力量不足，闹得我手里的画布都掉了。

"我知道她住在那儿。"

"你确定吗？"

"哦，当然。"她很自信地点了点头。奶奶站在第一阶楼梯上，双手伸开，抓着两边的扶手挡在我面前，说："哦，不过这事也没什么，毕竟不是我的事情。"

我鼓起劲来，努力装作很感兴趣的样子，问："那么，艾德托尔德又住在哪儿呢？"

"就像你说的呀，住在上头啊。"虽然奶奶的脸饱经风霜，但是蓝色的眼睛依然犀利，闪烁着智慧的光芒，她嘴角带着微笑，用自己弯曲的食指先点了下我的脑袋，然后是天花板，每一次动作都是在试探我的反应。

我试图直视她的眼睛，但是一瞬间太多的可能性将我吞没，我渐渐感到紧张起来："楼上什么地方？"

她斜着手指朝着客房点了三下，当一切的真相在我们眼前跳跃，似乎要钻进我心里的时候，她又指了下我的眉心："在你的脑袋里。"

"原来如此。"

"你在楼上走来走去，你把自己的小秘密都告诉她，再就是你的初吻！虽然你可能亲的就是你的手腕，但是她在你脑中渐渐成型。我和父母住的时候，就是这样和梦中情人卢卡斯接吻的。"

我爆发出一阵大笑，几乎要笑弯了腰："奶奶，这是我听过最荒诞的故事。你以为我编造了一个不存在的姑娘吗？"

"你的尴尬情有可原，但是谁又说那姑娘是编造出来的呢？你肯定在什么地方能看到她。我的卢卡斯是个著名拍卖商的儿子。我周六下午经常看到他站在讲台上拿着拍卖品给大家看。我的眼里全是他，他有种女性的优雅，真希望你能明白我委婉的说法。这可不是我编造的人物，那可是我们的爱情故事。"

"我向您保证，我没亲过自己的手腕，我还真没喜欢的人。"

她弄乱了我的头发，一缕缕头发散在我的脸上。"你还是太害羞，所以你不知道怎么处理这些事。你经历了这些事，所以你觉得不会有人再爱你。但是你错了，我的小甜心。我一直在想这个问题，你何不去参加个天主教青年团体什么的？这样你就可以找到一些能够赏识你的优点的姑娘，她能让你忘了楼上那位。别担心，等你老了也和我一样满脸皱纹。你瞅瞅我。"她把自己脸上松弛的皮肤往下拉，做了个鬼脸，大概只有深海鲈鱼才会觉得有趣。奶奶说："时间会治愈一切，伤疤也能治好。皮肤的皱褶会掩盖它们。"

情绪的剧烈波动击败了我。首先，害怕奶奶如此接近真相；再发现事实并非如此而松了一口气。在她道出了我真实感受之后的自怜和突如其来的自觉：一个卑微的残疾人躲在一栋大房子里，没有父亲、母亲或姐姐。

奶奶坐在我旁边，一边用黄手帕给我擦眼泪，一边告诉我她为我专门留了一个银行账户，是从她的一个婶婶那里继承来的。那位婶婶年轻时的两位追求者死于一场决斗，这最后几场决斗本该发生在奥匈帝国时期。他俩背靠背各走十步后，转身向彼此开枪，结果两人当场丧命。奶奶的脑袋猛然向旁边甩去，模仿中枪的样子。岁月流逝，奶奶越来越老，房子越来越空旷，我也越发渺小。我哭得越来越凶，奶奶都来不及给我擦眼泪了。

那天晚上，我做了个噩梦，我梦见奶奶拿着一堆寄往维也纳1016号——建设者大街9号的信件，问我："他们找一个叫艾丽莎·科尔的人。你认识谁叫艾丽莎·科尔吗？"

我吓得心脏都停跳了。除了我，谁还知道艾丽莎在这儿？我想了一下，说："一定是寄错了，有人写错了街道。我明天早上就把这些信还给邮递员。"

"上面都是你的笔迹，又怎么可能是寄错了呢？"她一边说着，一边把信件都塞到我怀里，让我拿着。

让我惊讶的是，这些信确实都是我写的。我不仅蠢到把退信地址写成自己家，建设者大街9号，还在贴邮票的地方贴了一张上学时剪了蘑菇头的照片。我注意到这些信封不仅打开了，而且邮戳上的日期是三年前！我在梦中终于明白，这些年来奶奶不仅知道艾丽莎的存在，而且还把各种信件都藏了起来，但是却什么都没说。

第十七章

　　我把父亲在巴黎度蜜月时给母亲买的羊绒大衣给了艾丽莎。父亲买这件大衣的时候刚好赶上夏季特卖。这事成了他们两个人之间的笑话，母亲总会说自己是如何拽着一个行李箱一路从蒙马特高地走到圣日耳曼的酒店，况且当天还是历史最高气温。就算有了这件外套，艾丽莎还是觉得很冷。热量都从屋檐下溜走了，而且艾丽莎的房门一直关着，房子其他部分的热量也无法进入她的房间。木材的价格没有让我停止购买，我还告诉她，木材不是老有的，木材的供应断断续续，有时候也只能买到些碎木头和切成四份的木桩。后来她问我，既然法国人把所有的好木头都据为己有，那么我们自己为什么不去森林砍些木头回来。这刺激到了我的自尊心，所以我决定黄昏的时候去碰碰运气。但是斧子在我手上并不听话，在它完美地绕过树，精准地砍在我的鞋子上之后，我放弃了这个计划。

　　艾丽莎把画笔放在黑色的颜料里打转，颜料就像鱼子酱一样黏在刷子上。她的羞涩并没有持续多久。几天之后，她的衣服领子上也染上了颜料，画笔的木柄上也有染料，没有稀释的染料到处都是，足以装满一个牡蛎壳。艾丽莎很尴尬地看了看自己的大衣和周围，然后继续画画，而我则注意到了在她的大衣下摆和袖口也有不少颜料。

我想告诉她不要在画布上试颜色——画布不仅很贵而且非常难以搬动，我一次最多只能带两块上楼——但是我并不想让她觉得我小气。她一周要用掉大概 12 张画布。我觉得她不过是不了解价格罢了，毕竟她和外界隔离了那么久。这又是谁的错呢，我的还是她的？

有时候她太过专注，以至于忘了我的存在。为了让她注意到我，我会伸懒腰，故意打很夸张的哈欠，或者滚来滚去舒展背部肌肉。她紧锁的眉头让我明白，我对她来说就是"nudnik"——意大利语中是臭虫一样的东西。假装对她手上的工作感兴趣只能让她更讨厌我。"这种绿叫什么名字？""这一笔画得很妙，你是怎么做到的？"她的解释中包含着一丝不耐烦。唯一能够引起她兴趣的问题："你饿不饿？你渴不渴？要我去城里买点什么？"只有这个问题才能让她说话的腔调中带点温度，但是你不能在她产生任何需求前问这个问题，比如饿了、渴了，或是类似的需要。

尽管如此，我还是喜欢看着她。她坐在窗边，虽然窗帘已经放了下来，但她还是会做出不同的表情，就好像看到了不同的景色一样。她高兴的时候，乌黑的眼睛里就闪动着活力的光芒，这亮光也会消失，顿时眼睛里就好像一团死灰。虽然我在想她究竟看到了什么，但这种尝试甚至能将我逼疯，我也没开口去问她究竟看到了什么。是看到了一座繁华的城市？玉米地？孩子们在齐膝深的雪地里玩耍欢笑？还是一片被洪水吞没的世界，水天相接，人类的世界到此为止？我知道这个问题只是众多永远得不到答案的问题之一。

就算能辨认，艾丽莎画的也总是看不出是什么东西，一天下来，也没有将想要表达的事物画出个所以然来，这使绘画变成玩耍。她的自画像也十分夸张，眼睫毛高得离谱，下巴垂到了地上，鼻孔翻进嘴里，画完之后她又用啤酒一样的东西涂掉了一切。然后，就是我等待已久的一刻，她会为我搬一把椅子，然后把腿搭在我的大腿上，看着我。我的任务就是听她批评自己画画的时候画错了哪些东西。

我常去的那家小店由一对老夫妇经营，他们很快就认识了我。每当我顶着雨雪进店的时候，他俩就用胳膊肘顶顶彼此，示意我来了。我从不带伞，因为要拿的东西太多了，而且有时候还得用嘴叼着。他俩看我的时候眼睛里满是敬畏之情，因为在他们眼中我是个热情的、多产的画家，很快就会扬名立万。他们总会一脸虔诚地把我要的东西递给我，就好像他们也是某个伟大艺术作品中的一部分。我已经数不清在建设者大街和金箔叶大街之间的人行道上走多少遍了，重建城市的工作让这里吵闹无比，尘土飞扬。我很快就养成了走路时低头看脚的习惯，我看着鞋子一点点磨损，鞋尖和鞋掌分离，缝线一点点开裂，皮革渐渐磨碎。有一天，我发现渐渐习惯了法国占领军的存在，我渐渐不是很关注他们，可能是因为我忙着看自己的鞋子吧。但是，你还是无法忽略一队队坦克从你旁边驶过。法国人逐步从奥地利撤军，重新部署到亚洲的中南半岛去了，因为他们在那里还有仗要打。这时候，想要过街的人可得等上好一会儿。我们这片区域的基础设施越发糟糕，身份检查也变得越来越少。最终，我抓住机会再也没去学校，而且没有一个人来要求我回学校去，我感到非常开心。

我不能确定艾丽莎给我布置的事情是考验我对她的爱还是在折磨我。有一次，我看到她从窗帘的一角往外偷看。她的注意力全在雪花上，以至于没有发现我进屋，或者说她刻意无视了我。她央求我去阿斯普恩布吕克为她带回一大碗雪。从我们花园拿回来的雪并不能满足她的要求。

我可以从任何地方给她带点雪回来，她又怎么能看出区别呢？但是为了证明对她的爱，当然是千里迢迢去为她把雪带回来喽。等我回来的时候，我已经冻得浑身发红，寒气都渗进了骨头里，但她却说我把装雪的碗捧在手里太长时间，以至于雪都化了。我难道就不能用篮子装雪，这样等回来的时候，雪花还是洁白剔透，放在嘴里还是清爽可口？拜托，她是想亲手用阿斯普恩布吕克的雪花捏雪球！

她会定期派我去维也纳市中心的一个景点——马拉货车，让我用手去摸摸马脖子。我觉得我这个年纪还去摸马脖子实在是太蠢了，但是我还是照做了。她把我的手掌拉向她的脸，做深呼吸，这让我感到非常满足。但是，大多数时候这些任务都毫无回报。她让我去买厚重的教科书，而且一半时间我都得回去还书。她要的不是生物学，是植物学！要的不是拉丁语，而是拉丁美洲史！

我虽然一如既往地对她好，但是她开始抱怨我说话的腔调。有一次她把我母亲的一对耳环别在自己的嘴唇上，很快嘴唇就发白，诡异地噘了起来。我并没有觉得这多有意思。我只是叫了她一声，她就一挥手拿掉了耳环，大喊道："得了吧，乔纳斯！别对我大喊大叫！"她才是大喊大叫的人，我才没有大喊大叫。

艾丽莎终于对自己的一幅画感到满意了。她笑得非常甜美，我的希望在被拒绝一年之后终于又死灰复燃。她咯咯笑着朝我跑过来，胳膊搂着我的脖子，还没等我用右手搂住她，她自己拉住我的胳膊，放在她的腰上，跳起了芭蕾。当我明白她把我当成男芭蕾舞伴的时候，我感到非常荒谬。她忽然毫无预兆地向后仰了过去，我差点就失手让她摔在地上。我希望她能站好别动，但是她还是在我面前急不可耐地一蹦一跳。

"把我抱起来，乔纳斯！"

"怎么抱？"

"把你的手放在这儿，等我跳起来的时候把我往上举。"

我完全没有想到她会很认真地把我的手放在她的腰上。我才不会干这么愚蠢的事情呢。虽然，我早就想这么干了，想这么干的念头在我脑海里徘徊了好多年，但是我担心我要是不够强壮，不能把她举起来，她又会羞辱我。

"得了，别扫兴了！"她的背上全是汗水，闻起来甜甜的，就好像甚至有点辣辣的味道。她的头发披散，黑色眼睛充满活力。她的胸部一起一伏，就好像西瓜一样，我努力让自己不要一直盯着看它们。让我尴尬的是，我的欲望逐渐明显。

"求你啦。"她又向我走近几步，踮起脚尖，双手在头顶上摆出一副跳芭蕾的姿势，往后撅着腰，让胸部更加突出。

我试了试，她也不会感觉到有什么在挤压着自己的胯骨。当我把她举到半空的时候，她柔软的肚子压在我的脸上，我快喘不上气了。她按住我的肩膀，努力抬高自己的身体，我的腿在重压之下快要坚持不住了。突然，我听到什么东西撞击的声音，随之而来的就是艾丽莎的尖叫。我以为是奶奶推门而入，然后与艾丽莎四目相对，艾丽莎还指着屋外。但事实是，安丽莎不过是头部狠狠地撞在了屋顶上。她的身体渐渐放松，我把她放了下来。如我所料，她并没有哭，反而是笑出了眼泪。我甚至还因此得到了一个拥抱。她很久没有这么开心了，她能关注我五分钟足以驱散之前的各种冷遇——那些冷遇在我今天看来是一种无法理喻的特殊情况。这才是我认识的艾丽莎。

第十八章

很长一段时间以来，我都要用伤残的左臂保持餐盘的平衡，但是后来我只用右手就可以保证平衡，同时我的左臂还能像服务生一样放在背后。我还学会如何用脚开门把手，推门的同时膝盖不会顶到餐盘，这样餐盘里的餐巾就可以吸收更多奶奶或者艾丽莎洒出的茶水。

"早餐来啦……"我全然一副服务生的样子嚷嚷着。

当我走进奶奶的房间，眼前的景象让我一惊：奶奶下巴歪向一边，就好像是脱臼了一样。

"奶奶！"我扔下餐盘，心中暗自担心她对餐盘摔在地上的巨响都没有反应。我冲到她的身边，解开她睡衣领口上的扣子，拿出她嘴里的假牙。在我的晃动下，奶奶渐渐醒了过来，眼睛微微睁开了一条小缝。

"我就在这儿。和你在一起呢。"

她看向我的左边，说起话来含含糊糊。

"威廉？威廉？"

"我是乔纳斯。奶奶？你能听见我说话吗？"

"哦哦。"

"深呼吸。就像我这样……"

我在奶奶身边坐立不安，等了很久之后，她终于能说话了，我不得不凑上去才能听清她说了什么，因为她总是在咳嗽，而且说话声音很轻，就好像是在叹气一样："我的小可爱，别对我抱什么希望了，出去找份工作吧。我鼓励你画画是一个错误的决定。你继续这样画画，最终将一无所有。"她抓着我袖子，我只能继续弓着身子听她说完，"你需要一份工作，一份能养活自己的工作。做点有用的事情，给自己赚点钱。我一直以来都太自私了，愿上帝能原谅我。我希望你能待在我的身边，身边没有亲人实在是太孤独了。但是你得去找个工作。把其他的都忘掉吧。"说完话，奶奶就倒了回去。

我瞬间被困惑、痛苦和苦恼所包围。

"您不会有事的，奶奶。"

"他们在上面唱歌，手拉手围成一个圈，那里有你的爷爷、妈妈、爸爸和姐姐。我必须把这副皮囊抛之脑后了。等我走后，你要记住，我永远爱你。"

"您还能活好久呢。"

"我看到了一个影子。一切很快就会结束。"

"什么？"我问道。

"它打开了我的房门，站在门口，直勾勾地看着我。看来没错，死神正在挥动他的翅膀。"

"一个影子？"

"午夜时分，它就会来到我的身边。它会看看我，然后离开。这是一种预兆，是最后一次祷告了。"

"你晚上怎么看到影子的？"

"我能看到。你离开书房的时候没有关灯，乔纳斯，所以我才能看得很清楚。"

"我才没有开灯，"我说，"我睡觉前检查了屋子里所有房间。我睡觉的时候关掉了所有的灯。除非是你起来把它打开的？"

"如果不是咱家的灯，那就是上帝的光辉了。哎，永别啦。"她抚摸着我的脸颊，闭上了眼。

"您这是神志不清了。"

"嘘，别说话，不要让我分心。我的灵魂现在该升天了。"

"我向您保证，那可不是什么天使。"

"让我安安静静地走吧。"

"您哪里也不能去。"

"要坚强点，小甜心。"

"事情不是你想的那样，奶奶。"

"随便你怎么说吧。一个实体存在。一个形体。"

"那是个女的。"

"不论是男的还是女的都无所谓了，死神是没有性别的。"

"是个女的！绝对是个女的！"

奶奶缓缓地睁开一只眼睛，问："谁？"

"她下楼来拿书。我说晚安的时候没有给她拿书。该死。她该清楚自己不能下来的！"

"你到底在说谁？"

"艾丽莎。"

"艾丽莎？"

"她叫艾丽莎，不是艾德托尔德。"

奶奶惊讶地双手合十，咕哝道："乔纳斯，你是不是不太舒服？答应我去看看医生。"

"听着，奶奶……"

"你才是那个该听话的人，小家伙。你已经病了。我不是说你的身体——它好着呢，所有的伤痛都已经治好了，从这个角度来说，你好得很。我的意思是你的心理，你受到过巨大的心理伤害。"

"还记得和乌特一起练习小提琴的女孩子吗？"

"不，我不想再听你胡说八道了。"

"父亲和母亲在战争期间把她藏在家里了，你难道不知道吗？"奶奶盯着我，脸上写满了恐惧和疑惑，不知道是否该相信我，又或者不愿相信我。

"她现在还在楼上。我还没告诉她我们输掉了战争。"

真相或是道出了真相，让奶奶认为我在撒谎，她很震惊，她慢慢地打量着我，你可以看到她的眼中写满了恐惧。"要是你没有说谎，这些年她是怎么活下来的？靠空气和灰尘吗？"

"母亲在照顾她，父亲有空的时候也会照顾她，我也一直在照顾她。"

奶奶动了几下，抓着我，努力想坐起来："这些年都是如此？"

"是的。"

"乔纳斯，盖世太保会发现她的——他们知道你父母。你把小姑娘藏哪儿了？"

"她不再是个小姑娘了，已经是个女人了。"

奶奶擦了擦眼泪汪汪的眼睛，说："她从不存在，也不会变成一个女人。"

"你在客房里听到了她，你从楼梯上摔下去了。"

"别无中生有了。那不过是鸽子罢了——还不是你没关窗户。我记得可清楚了，就是鸽子。"她用自己长着老年斑的手在脸前挥来挥去，好像是在驱赶无数的鸽子。

"她还活着。"我说。

"只是在你的记忆里。"

"就在这间房子里。和你我生活在一起。"

"你病了，注意你的言辞。你再这么说的话，下半辈子都会被关起来！"

"谁又能囚禁我呢？是我保护了她。我不过是比别人坚持的时间久一点。你无法信任这个世界。"

"这不过是你的内疚在替你发言罢了。也许你希望你当时可以帮助她。你是因为你的不作为而感到愧疚，那些你没有付诸行动的事情才是你内疚的原因。"

奶奶又花了点时间想和我讨论，哪些事情是真，哪些是假。一切简直太疯狂了，我都开始怀疑自己了。千真万确的事实都显得虚假，就好像战争从没发生，奥地利从没被占领，希特勒和他的情妇宣誓结婚后又戏剧性地自杀了。我幻想着爱娃·布劳恩吞下了毒药，希特勒开枪自杀，还有马丁·鲍曼一边冲出掩体，一边大喊："希特勒任命我当下一届元首啦！"一头冲进柏林的废墟之中，从此消失不见。一切都太疯狂了。我的生活已经如此不真实，那么艾丽莎的生活又能如何呢？

我慢慢地一步一步挪动着，感受着腿部的重量，以及脚下坚实的木地板和木质扶手的真实触感。门把手坚硬无比，门非常重。我一打开门，一股油漆和松节油的气味扑鼻而来，我睁大了眼睛，想看清怎么回事。她躺在那里一动不动，嘴上还有一层厚厚的油漆。她的胳膊舒展着，一只手放在脑后，另一只手抓着一只空的颜料管，耷拉在一边。她不是真的，这一切都未曾发生，我站在一边默默数数，但是她并没有消失。哪怕我用脚推她，她身子翻了过来，她还是没有消失。她是真实存在的。

我抓着她的胳膊扶她起来，绿油彩从她嘴里流了出来。天知道我当时做了什么。我扇了她几巴掌，按压她的肚子，想抓着她的脚把她倒立起来。地上的绿油彩越来越多，然后从她嘴里又流出了橙色油彩，黄色油彩，蓝色油彩，我在上面走路都会打滑。地上很快就变成一团混沌的黑色，艾丽莎也在地上打滑，看上去就像是用黏土做的一样。

此时此刻，她的存在与否完全取决于我。她就好像我做出的人偶，我从一团黏土中捏出她的身体，用手指按出眼睛，用大拇指画出嘴巴。我可以把她重新揉成一团黏土，也可以让她变成一个完整的人，赋予她各种属性。

我不能弃她于不顾，我一天二十四小时都陪在她身边，周末整整两天寸步不离，帮她吐出油彩，解毒，喂饭。等到周一早上，她终于可以自己活动了。她一下睁开了自己的眼睛——我的人偶复活了——但是她一言不发，傲慢地盯着自己的脚抖来抖去。因为这段时间里我在她身边寸步不离，房子里很脏。床单上，墙上和遮光帘上的油彩已经干了，装食物和饮料的容器到处都是，在家具上都留下了痕迹。她光顾着玩自己的脚，最后打翻了我放在床头箱子上的一罐牛奶和为了中和气味放在那里的蜡烛。我把剩下的牛奶拿给她，她一口气全喝光了。这下污渍更多了，我还得再清理打翻的牛奶和一块凝固的白蜡。

等艾丽莎睡着之后，我振作起来，思索着接下来要做些什么。我得打扫卫生，付账单，写一些信，再问问奶奶，要不要我去邮局的时候帮她带什么东西……奶奶！这几天我连一杯水都没给她送过去。

我三步并作两步冲下楼梯。她的房门半掩着，一切都静悄悄的。我向前走去，恐惧和希望在心中翻滚，每一步走起来都摇摇晃晃。她满是皱纹，石膏一般的脸上表情安详，她的双手合在一起，摆出一副祈祷的样子，就好像她的一生都汇聚成了一尊雕像。

　　奶奶的葬礼并没有按照她的计划进行，不仅是她的结婚礼服不合身材，而且原本预想出席葬礼的人也没有出现。她的哥哥，艾格特，在我还小的时候就死了；而她的弟弟，沃尔夫冈，在南非做传教士，十年之间我们就只听到两次关于他的消息。我从她的日记后面找到了一些老熟人的名字，但是不想联系他们，害怕他们发现我现在孤身一人，就会不请自来看看我过得如何。他们也许会让自己的儿子或者孙子住进来陪我，也可能想租家中的一个房间，不管怎样，他们认为我为什么要一个人住这么大的房子呢？

　　我一个人要负责安排葬礼，所有的花费贵得离谱。棺材要镶边吗？好木头还是普通木头？普通木头可比好木头烂得更快。把手是用黄铜的还是普通金属材料？我真希望我能做出理智的选择，试着告诉自己，奶奶已经死了，把手用什么材料对她来说又有什么区别呢？总而言之，钱的问题让我心情沉重，就好像花钱多少与我对奶奶的关心程度挂了钩一样，而且那些处理葬礼的人总会利用你这种心理。不得不说，不能埋葬父亲或母亲的悲痛让我做出了不理智的选择。

　　圣安娜教堂在十九区，周围都是树林、葡萄园和鸟类保护区。出席葬礼的人只有我和驼背的牧师，但是还有剑兰装点着奶奶的棺材，按照她的遗愿，还演奏了巴赫的曲目。虽然没有按照她的遗愿请来男中音和风琴手。尽管没有声势浩大的乐队助阵，但最起码还有双音阶的风琴。牧师虽然年事已高，但是依然像侍僧一样有力地甩着香炉，把洒水器蘸进圣水里，然后把圣水洒得到处都是，以至于活人身上都沾了不少。不幸的是，他说的都是拉丁语，所以听起来像自言自语。

　　一群美国游客走进教堂，看起来像是当地人的远房亲戚。相对于牧师的拉丁语祷文，我还是可以听懂他们参观木雕（"你看他们在座椅上刻的这些小可爱"）和挂毯（"他们还有这些古董纺织品"）时说的话。我听到一个母性十足的女人说："你看，那儿有人正在举行葬礼。"

教堂外，挖掘工已经走了。对他们来说，这不过是另一份活罢了。奶奶的名字和出生日期早就刻在爷爷的大理石墓碑上了，因为奶奶早就打算死后和爷爷葬在一起做伴。在夏日的阳光下，我见证了他们最后的团聚：

汉斯·乔格·贝泽勒尔，1867—1934

莉奥诺·玛利亚·路易斯·贝泽勒尔，原名冯·罗斯滕多夫·艾肯，1860—1947

我暗自心想，一对夫妇能一起埋在一个普通的坟墓里是多么美丽的一件事啊。它赋予我一种快乐的幻觉，让我能够暂时忽视世上的其他事情。

经历了奶奶的离世和艾丽莎自杀未遂，我一晚上要失眠好几次才能睡一两小时。再次发现艾丽莎昏迷的念头纠缠着我。她的牙齿上还有残留的油彩，我用大头针为她剔了一遍之后还能看到残留。她还抱怨时不时的腹痛，关节有时候也有僵硬的感觉。眼睛下方的血管像树叶的叶脉一样清晰可见，而且让她看起来总是很疲惫。

她并没有给我一个合理的理由：她也不知道为什么要这么做，事情就这么发生了。她坐在床上，看着墙壁、天花板和地板，但是在我对着她大吼"为什么？为什么？给我一个理由！"的时候，看都不看我一眼。

"为什么不这么做呢？我还有什么权利活下去？已经死了上百万人，我爱的人也离我而去，我还活着干什么呢？"

我可以问她任何问题，得到的是更多的问题。她是个回答问题的专家，不想讨论某件事的时候就装傻，想讨论某件事的时候又显得很聪明，当她背靠墙的时候，又变成了引经据典的大师。她可以把那些死语言翻译成任何她想表达的东西，要不就是引用古代傻子在没有科技的几千年前想出来的难懂的数字定律。

我在房间中徘徊了好一会儿，用脚踹一堆堆脏衣服和床单——艾丽莎用这种办法提醒我该为她洗衣服了。我忽然发现了一个闪亮的小东西：是我给艾丽莎的一个家传胸针，它还别在一件女式上衣上。我不知道还能朝哪里走，墙壁向我逼近，不论我朝哪里走，都会看到它。然后我停在房间中央，感到头晕恶心，说："艾丽莎，听好了，我要向你坦白一些事情。我说完之前不要插嘴。"

我看着艾丽莎充满智慧的黑色眼睛，越发感到自己处于劣势。"现在，艾丽莎，与其和我待在屋子里，我知道你更想到别的地方去，你以前说不定也是这么想的。我试着让你开心，尽可能讨好你，但是我想我做得还不够。你并不开心。"

我暗自希望她能否认这一切，但是并没有，所以我只好俯身捡起一些脏衣服，把它们都扔进篮子里，同时思考着下一步说什么。"你无法想象我每天早上打开房门的时候在想些什么。我的心脏都快爆炸了。我变成了两个人——一方面我是一个愚蠢的小跟班，服从你的每一个命令，另一方面我也想抱着你，爱护你。我爱你，艾丽莎。我爱你胜过爱我自己，我会向你证明，为了你，我甘愿牺牲自己的幸福。我知道这不会让你做出任何改变。对你来说，我可能只不过是为你提供食物的人，为你提供容身之所的人，你觉得你需要我才能活下去……"

她举起手，示意我停下，说："我必须打断你一下。"

"不要打断我！实际上，你根本不需要我！一点都不需要我！但是在我继续之前，我希望你明白我为你做这么多，是因为我爱你，尽管一切都是基于谎言之上。实际上，我并没有帮到你。我正在摧毁你。自从那天的事情发生之后，一切都不言自明了。我早就该告诉你……"

她冲上来抱住我："不，别说了。这不是你的错。"

我那时已经快喘不上气了："不，是我的错，因为……"

"不，不！"她捂住了我的嘴，"你一直对我很好。而我却怀疑你。在一切陷入黑暗之前，我想如果你告诉我战争的一切都是假的，如果能逃出去，我早就走了。如果可能，你一定会带我去医院，尽你所能救我。我脑子里能想到的只有我自己。"

她的眼中充满了同情，而我的眼中则翻腾着苦恼，我一边摇着头，一边措辞沉重地罗列自己的罪行，但她用手紧紧捂住我的嘴，以至于我都开始觉得疼，她还用尖利眼神示意我不要再说了。

"这些年来我都很自私，"她说，"你说得没错，我沉迷于自己的痛苦，丝毫不顾及你的想法。"她用另一只手抚摸着我的伤疤，"看看你！你自己还有这么多痛苦和困难要面对，但却没有沉溺其中！这些年来你从没想过去找医生，你为了满足我的每一个愿望花了那么多钱。别反驳了，乔纳斯，你一直都那么好……"

我从她的手中挣脱出来，想反驳她的话，但是她却非常认真。"不！别说了！我让你说过话了！现在该我了。"

我从没有见过她如此地激动，这让我感到震惊。我想她一定发现自己向我展示了以前不为人知的一面，因为当她再次开口的时候，她的声音更能引起我的注意。

"和其他人相比，最起码我毫发无损，不是吗？多亏了你，我才能躲在这里，活到现在。我又能为你做什么呢？你可以把父母的死归结于我。除此之外，没有其他的事情了。我在这里的存在除了这件事以外，没有任何影响。我的过往和未来也不会产生更多的影响。实话实说，我完全不知道我能干什么。我在这里花了那么久思考这个问题。我完全不可能做个无私的人。你知道我在想什么吗？这个念头一直困扰着我，就好像一片羽毛一直在挠我的耳朵和眼睛。我是一只杜鹃！我把那些热乎乎的毛茸茸的小鸟都扔出了自己的窝。我冷酷无情，铁石心肠，毫无感情，因为大多数时候我很庆幸我能活到现在。"

"艾丽莎，事情不是你想的那样。"

"嘘！"她用一根手指压在嘴唇上，假装对我怒目而视，"你真的以为我什么都看不到？你真的以为我什么都不知道？我不会听？我不会看？哦。乔纳斯，愚蠢的乔纳斯。这是上天对我判下的监禁。我待在这里活到现在不是一个巧合。"

"你什么时候能让我把话说完？"我哀求道。

"永远不会！"她紧紧地贴着我，双手捧着我的脸，盯着我的眼睛。她感觉到我在挣扎，于是头向后倾，闭上眼睛，张开了嘴。

虽然我此时完全被她迷惑，但是我决定在说完心里的话之前保持距离。但是艾丽莎似乎能读懂我的想法，因为她撕开了我的衬衫，踮着脚亲吻着我的下巴，就好像要努力阻止我说话一样。这一刻，天堂和地狱好像同时降临到我的身上——她向我展示了我长久以来所渴望的美好，但是觉得这并不是免费的。我的所有感官都受到了干扰，因为我知道我并不是她想亲的那个人。更讽刺的是，我还有一点不信任她，认为她一直都清楚我在骗她，所以说她确实在欺骗我。我不带感情地审视着她的脸，寻找任何能给我线索的痕迹，但是最终只看到浓浓的真诚。她抚摸着我的头发，重复着自己是一个多么糟糕的人，她幡然悔悟自己以前对我有多不好。我想亲她的脖子，但是她却用下巴阻止了我。现在她成了反抗的人了。不，我告诉自己，不要错误领会。她是想让你亲她的脸。

我亲了上去，但是太过热情，她把脸扭到了一边。或者说她是让我亲另外一边的脸？

我俩跪在地上，就好像要陷入地里一样，我俩就好像一起相爱赴死的恋人，而死亡能让我们更长久地深爱彼此。我没有见过她这个样子——事实上，没见过任何姑娘这样——但是我一眼就认出了她。她是那么柔软。我们的手脚纠缠在一起，我努力想把她拉开，但是她穿透了我的皮肤，我的肌肉和我的胸骨，她现在在我的身体里。

"我爱你，我爱你。"我大声说。

"我爱你，我爱你。"她的声音如歌声般美妙，但是我确实听到了空气中还有一股弦外之音，在它消散之前将一丝疑惑留在了我的心里。

第十九章 🦜

　　自从我认识她开始，她就蜷缩在墙后的狭小空间里、地板下和楼上最小的房间里。在我认识她之前，她已经在那里躲藏了很多年。想必这就是为什么我俩时间观念不一样的原因，她从不按照星期、月和年的方式计算时间。很多时候，她只有天亮和天黑的概念。对她而言，一切都是人生的一部分。虽然她以前蜷缩在一个狭小的空间，犹如被关在一个笼子里，但是现在完全不必如此。也许她被困在那片方寸之内，但是她的精神一定已经漫游四方。她的生活和我恰恰相反。我行动自由，但是我的精神和她待在一起，囚禁于这狭小的空间。我嫉妒她精神的自由，她也同样嫉妒我行动的自由。我的想象力渐渐受到影响。我幻想着可以去看她，但是她却不能出来看我。不论我怎么尝试，只要放她出来，她就会死。她只要一迈出门就消失了。艾丽莎在我的记忆中逐渐消亡，因为我和她在隔间外一起相处的时间太少。只要关上她的房间门和唯一一扇窗子，我会开始感到墙壁向我逼来，甚至在开阔的空间里都会产生幽闭恐惧。

在一个闷热的夏夜，我告诉她可以在整栋房子里走动，只要她能避开所有的窗户，不引起别人的注意就好。我带着她逛遍每个房间，像一个向导一样介绍房间的用途，汗水像珠子一样流过她的太阳穴。每当我走四步，她就要停下来赶走脸上和腿上的蚊子，但是我想，其实是因为能一下拥有这么多的活动空间，而太过兴奋罢了。随后她就会加快脚步，但是每到一个拐角就会停下，好像她和某人打了个照面一样——又或者这只是她自己那么认为而已。如果外面有人看我们，能看到的也不过是我的剪影在房间里游荡罢了。

她的羞涩并没有维持多久。在一楼参观一圈之后，她直接爬回我的身边，用头对着我的小腿又是顶又是蹭。她的头发垂在脸上，一边往回跑一边从喉咙里发出咯咯的笑声，开始用食指和拇指挑逗我。我一半希望她能继续，另一半还得维持镇定，期望她能收手或是弄疼我。伴随着笑声，她脱掉了我的裤子，就剩下袜子了，还把我放倒，但是还没等我压上去，她就逃跑了，留下我一个人光着屁股，穿着短上衣站在寒风中。等我伸手去找自己衣服的时候，却发现它们不见了。

先是从楼上传来她的声音，接着又从楼下传来她的声音。我很快就后悔做出这样的决定，开始担心她会不会溜出去。我想起来只有我才有钥匙，而钥匙还在裤子口袋里。当很久没有听到她的声音之后，我便开始叫着她的名字，却发现家里只有我一个人。很快，我就听到咯咯的笑声和我说不出从哪里发出的奇怪声音。

我走到大厅，走过奶奶的房间，发现浴室的门开着，她一半身子躺在水里，大脚趾搭在水龙头上，水从她的脚上流了过去。让我欣慰的是，我的裤子被揉成一团垫在她的脑袋下面，我装作担心裤子会被弄湿的样子，把裤子收了起来。钥匙还在口袋里，心中的忧虑也就烟消云散了。

月光照进窗子，水将光反射在她的小脸上，她的大笑就好像是在海浪中一条跳跃的小船。我在一旁看着，就觉得她非常开心。我为什么要如此肯定她做过的那些子虚乌有的事情呢？我为什么就不能相信眼前的一切呢？

"给我梳头！"她命令道，我得到的奖励是她的一个飞吻和帮她擦身子的特权。

她的头发上有太多疙瘩，我为了省事，用一副剪刀剪掉了打了结的头发。当她低头打量那些掉在脚上的头发时，我不得不唠叨几句让她把头摆正。我试着把两边的头发给她修齐，在注意不剪到她耳朵的时候，我忽然想起来从没看过她的耳朵。于是我剪掉了耳朵附近的头发，她的耳朵就像两个纤弱的问号，更能衬托出她的美丽。她发现自己的耳朵暴露出来，于是对我的工作指指点点。我则回答说："这有什么关系？只有我能看到你。"

我知道你可能觉得我像一只发情的兔子一样疯狂，但是被发现和被处决的风险极大促进了我们的生存感。因为我不能总是拉着窗帘，免得引起别人注意，所以艾丽莎只能像士兵一样匍匐前进，就好像身家性命全都靠这个动作一样。有时候，她还得待在原地，等到一切风平浪静之后才能继续前进。其他人日常生活中忽略的微小细节，对我们来说性命攸关。我们活在一片可能性的乌云之中。万一我不在家，有人站在门口偷听怎么办？万一有人控制我们的用水怎么办？万一有人翻查过我们的垃圾怎么办？万一有邻居看到只有我一个人从窗边走过，但是嘴巴在动，其实我是在和艾丽莎说话怎么办？这种可能性是我们的敌人，但也是我们的朋友。多亏了这种可能性，每次去倒垃圾抑或趁着夜色去把艾丽莎洗好的衣服晾起来，这种事都能让我感到肾上腺素在血液中奔腾，而她也会在房间里屏住呼吸等我。那些让其他夫妻感到无趣和心烦意乱的日常琐事，让我们的生活更有活力。每当完成这些家务，我俩都会抱在一起。

我俩都是先后上完厕所，才会冲厕所，所以我提议我们也以这种方式洗澡。但是，凭借着无懈可击的逻辑，她问我："为什么我们不能同时洗自己那一半的澡？"

我认为这是拒绝的意思，所以感到自己受到了冒犯，我希望是她提议我们一起洗澡，我回答道："抱歉，我不是很习惯洗一半的澡。"

她说："你看你那么大块头，洗四分之一个澡可能就是半个澡盆，半个澡可能就是四分之三个澡盆，而一位绅士不会和女士讨论分数。"

和她吵架没有任何好处，因为她知道如何包装贬损之词。简而言之，我已经习惯照顾她的各种需求——就好像照顾一个婴儿，不过是一个特大号的婴儿——她现在完全可以照顾自己，这让我感到很开心。

我抚摸着镜子中的艾丽莎，从她的脸颊摸到了锁骨，随后是她丰满的身体。在我的抚摸下，她努力把身子往前挺，紧绷着扣子。我用手去挑开扣子，但是镜子里的衣服却纹丝不动，所以艾丽莎自己把衣服都脱了。她的脸因为赤身裸体而在颤抖，我就在镜子上哈气，想用水汽盖住镜中的她，我用想象力给她穿上了一层薄纱。等她放松下来，脸上因为欲望而散发着水汽，我的手指在镜子上来回滑动，我跪下来亲吻镜中的艾丽莎。我反复擦拭着镜子上的蒸汽，一次次将欲望的屏障打开，心急如焚地刮开冰冷的镜子，我俩都渴望着彼此，深切感受到了那种想要但却得不到的痛苦。

还有一次，我紧紧地盯着她，眼中充满对她的渴望，她躺在床上做出各种她以为我想让她做出的动作。我们是如此地渴望彼此，我的眼睛从没离开她一寸，但是已经将她的一部分深深地植入我的心中，切口上流出了甜美的汁液。

渐渐地，艾丽莎开始进入家庭主妇的角色。她会把我的脚抬到她的膝盖上帮我系鞋带，然后系上围裙，在冰箱和案板之间来来回回，没有人会觉得这和正常家庭有什么区别。为了防止自己在做菜的时候四溅的油脂伤到眼睛，她在奶奶的抽屉里翻出了老花镜。眼镜是阅读功能极强的镜子，她只能一路摸索回去做饭。在做菜的时候，她有时候开玩笑说："我要是个矮人的话，生活就简单多了。"

　　有一次，她从烹饪书上学习怎么做我最喜欢的奥地利菜，我的意思是那种最纯真的，还没有被奥匈帝国剽窃的那种烤猪肉和紫甘蓝。她在做饺子的时候，做出了一个面球。我的意思是她用不新鲜的面包做饺子，盖上了一个茶巾放进水里煮。我们俩捧腹大笑，因为她觉得这有种美式风格的感觉，开玩笑说这就像一个棒球，还做了一个要打的动作。我知道她非常努力，一方面做饭非常用心，另一方面是在努力做新的花样上，特别是烤猪肉上花费的工夫更多。但是，她一旦吃了自己做的饭，就会忘了要减肥的事情。所以，我们总是从同一个锅里吃同一道菜。我很喜欢这种浪漫的发展，虽然最后我俩都胖了不少。

第二十章

在我们家门口停车道的路口有一个邮箱，倾斜的箱子顶上盖着一层白雪，好像毯子一样，遮阳棚上垂下一条条冰凌，就好像一排极地怪兽的牙齿。我把靴子上的雪跺干净之后进了家门，惊讶地发现早餐的盘子还在桌子上，浴室还像刚起床时那样乱，我们的床也没收拾。我放下装着杂货的篮子，感叹自己最近真是懒得出奇。

等我到了书房，发现艾丽莎看着我，就好像在等待我，仿佛我是她的猎物，她的画架立在一边，分节式的木质支架完全撑开，就好像一只忠诚的宠物。她压低下巴，给我一种虐待狂式的笑容，你可以理解这是一种厌恶也可以理解成一种渴求。我给她剪的头发毛茸茸地蓬着，更是在她的眼中增添了几分贪婪。艾丽莎已经很久没有碰画布了，已经久到我以为她只要有我就能很开心的地步。

我慢慢地靠过去，你很难分清她到底是想打我的脸，还是想摸一摸而已。在她还没来得及做任何事情之前，我抱着胳膊，一脸不满地问她："我能问问你在干什么吗？"

"猜猜？"她倒了点什么东西，手腕绕着小圈圈。她没有低头看手头的活计，反而一脸不屑地看着我。我看不到她在画什么，但是我怀疑她在画我的眼睛，因为有那么一会儿她盯着我或是仅仅盯着我的眼睛，手里的画笔却在蓝色颜料里不停地蘸来蘸去。她知道我在想什么，这让她笑出了声，所以要么是我猜到了她想干什么，要么就是她成功误导了我。

"你在画画。"我冷冷地说。

"是的。"

"在发生了那么可怕的事情之后，你还敢画画？"

"我不是因为痛苦而画画，我画画是为了快乐。"她说着拿起了一管黑色颜料。

"我不许你碰它。"

出于对我的禁令的抗议，她不停扭转着颜料管，直到最后一点颜料掉进了她的调色盘里。她又狡猾地看了一眼我的眼睛，把画笔摁进颜料蘸来蘸去，突然在画布上笔锋一转，我想她是画完了我的瞳孔。我受够了这一切，就抓起几张她铺在一边还没用的画布，扔进了壁炉。直到这时，她才显得不是那么自信，在我用脚把她的画架踩碎，把画布团成一团后，看起来像是一面被风暴蹂躏的风帆。

"你没权利这么做！"她大喊着，双手合十，举起来盖住了自己的鼻子和下巴，好像是在祈祷一样。

"这是在我的房子，我有这个权利！"

"你要知道，我又不是在监狱！我完全可以走出去！"

"出去送死吗？"

"我有去死的权利！这是我自己的死亡，我自己的，不是你的！"

"请便吧。"我表现得完全不在乎的样子，把多余的注意力都拿去翻找口袋里的东西——火柴、蓝色鹅卵石以及收据——同时希望她能冷静下来。我意识到她用无法相信我的眼神盯着我，但却一动不动，正当我松一口气的时候，她虚张声势地直接冲向前门。我跟在她后面，抓住她的胳膊，我把她顶在墙上，但是脑子里完全不知道我想干什么。我不想吓唬她，但是我非常绝望。

"你不是孤身一个人！你要是死了，我也会死！你的死期就是我的死期！你的命就是我的命！我们连在一起，该死，你难道不明白吗？我们就像连体婴儿一样！只要分开就会死！"

她在我的铁腕中不停挣扎，但是力气不够，只能不停地重复："让我走！我不想待在这个监狱里了！"她不过是想让我以为我需要她远胜于她需要我。

最后，我给她最需要的东西——用一个大大的拥抱来控制住她，最终她渐渐停止了挣扎，最后我们相拥在一起。

她在顶撞我的时候显得刁钻、任性和独立。现在她完全变了个样子：温柔，顺服，依附于我。她抬头看我的时候眼神里是满满的温情，泪水在她温柔的棕色眼睛里打转，我不得不问自己究竟哪个艾丽莎才是真的。

"我想给你一个惊喜，"她说，对着自己的画架点了点头，"是给你准备的一幅画。你要是想要，它还是你的。"她抽了抽鼻子，眨了眨眼泪汪汪的眼睛。

我看了看她，再看了看画架的后面。她到底在画什么？是我的画像吗？她是在嘲笑我吗？我害怕我要是上去看画，她就会夺画而跑，所以我抓着她，让她陪我一起看画。当我站在画布前的时候，我整个人都惊呆了。

画并没有画完，画风简单得好像儿童的简笔画，但是我还是可以发现它和我们俩有些关系。在一间线条简陋的房子前面，站着两个人，肩并肩面对着观众。我恰好站在较高的男性人物面前，她恰好站在女性人物面前，这究竟是巧合还是她的安排？第一眼看上去，两个人物好像手拉着手，但是仔细一看，事实却不是如此。两人的胳膊在手腕处交会，但是手并没有握在一起，而是用手铐铐在一起。这多多少少反映了我的所作所为——紧紧攥着她的手腕。我的脸还没有画，依然是一片空白，唯一画上去的只有一只眼睛，一只大大的、刨根问底的蓝眼睛。我在看着它的同时，它似乎也在打量着我。它有什么意义？是意味着我是个暴君，靠暴力将她留在我的身边？又或者她才是那个真正的掌权者，让我从感情层面附属于她，就好像一只宠物狗？

"你……喜欢它吗？"她率直地问我。

过了一会儿，我冲进浴室，看到她又躺在浴缸里，看起来粉红滑嫩。她用了半瓶洗发水，好让浴缸里漂起一层泡泡，虽然我已经无数次警告她不要这么浪费洗发水了。虽然通过厚厚的泡沫，她显得很尴尬，她还是抓起一把泡沫涂在自己的头发上。大量泡沫高高地堆在她的肩膀上，就像羊毛一样，我想起来奶奶给我念过的《伊索寓言》里披着羊皮的狼，眼前此情此景更让我心中腾起了几分怀疑。

其他的蠢事我就不说了，因为都挺尴尬的。总的来说，就是我又拿她的画说事，指责她是一个操纵别人的人，然后我们的吵架变成了一场持续两小时的煎熬。单单是她的回答就让我觉得以前的指责有多么不理智。她说犹太人从来就没想过偷窃日耳曼的血脉，犹太人只和犹太人结婚，要是谁不这么干的话，她或他的父母就会伤透了心。她用性命发誓自己说的都是真的，要不是我和她在一起，我才不会相信她说的都是真的。讽刺的是，她还提到《纽伦堡法案》禁止犹太人和雅利安人通婚的事，但是那时候犹太人也只会在自己的群体内部通婚。她滔滔不绝地讲自己所掌握的知识，比如她还提到犹太人使用的是阴历，一年有十三个月，远远比公历要古老（哦，公历恰好是我们使用的那一套），已经有5707年的历史了（她掐着指头算出应该是5706年和5708年左右）。又如基督教被分为天主教、新教、浸礼教、公谊会以及其他教派，犹太教也分为东正教、保守派、虔敬派和改革派……另外再说一点：基督教和伊斯兰教都源自犹太教！最刺激的是她还说基督、圣母马利亚、约瑟和十二门徒都是犹太人！我不知道她以前还撒过什么谎，但是这个我一定要纠正一下，虽然我对于宗教不是很热心，也不想过度深入这个话题，但是还是爆发了一场激烈的争吵。她列举了详细的历史细节，以至于我后来都不想再听这些陈年旧事，对错与否也无所谓了。

要理解她说什么需要花点时间。毕竟，我们在小时候学的东西总会牢牢地在你心里扎根，很难将它连根拔起，一个人只能在此之上进一步延续发展，以这一点作为原点起步。一个人一生的信仰就好像树的年轮，他的信仰，他心中的怀疑和相信的东西每一年都会进一步加深。大自然不会在意相互矛盾的思想，一切都会被记录封存，最后形成了我们的树干，成为记录我们过往历史的坚实见证。

第二十一章

我终于迎来了这痛苦的一天，我不得不卖掉家具以支付遗产税。因为缺乏经验，我还是一如既往地犯了太过诚实的错误，我应该告诉市长这些东西都是父母在世的时候给我的，或者利用家族关系获得更低的官方估价。这种手段（关于遗产继承这种事有很多小技巧）有个讽刺的意第绪语名字"Chuzbe"，要是翻译过来就是精明管理的意思。我没有事无巨细的概念，所有东西都要进行记录，从我父亲的黄金袖扣（我现在戴着）到奶奶 16 岁时的衣服画像。因为我把母亲的一些首饰给了艾丽莎，一些贵重物品则幸运地逃过一劫。我的另外一个选项是抵押房子，但是奶奶遗书的公证人说要是我不能付清款项的话，银行就会把房子卖了。

拍卖定在周六举行，地点选在多诺森姆拍卖行，它可是世界上历史最悠久的拍卖行。当大门打开时，人头攒动，拍卖厅的凳子都不够，三分之二的人都像沙丁鱼一样挤在后排，他们心中的嫉妒越攒越多。和其他家具——巴洛克式、新古典式、维也纳桑纳式、青年风格派、

20 —— 30 年代风格，以及包豪斯和比德迈式——这些是我们家的家具，全都堆在展示厅里，显得格外突兀，就好像是在这场鸡尾酒会中初来乍到的新人一样。

恰好我离爷爷的皮革扶手椅不是很远，我很想坐上去，但是想必是因为偷看它太多次的原因，一个胖女人也想坐上去，于是就推开了我，直接将屁股砸了下去。第一件拍卖品是我们家路易十六的带拱形盖子的豪华装饰书桌，这东西是奶奶留给我的。几个人举手出价，价格比拍卖册上标的贵三倍。这让我对奶奶的衣柜最终成交价很抱希望，但是拍卖师的花言巧语并不能吸引任何人举手报价，当他把起价砍下一半之后，引发了一阵竞价，马上他就击槌宣布成交了。

突然之间，家里的每个房间都看起来大了不少，就好像墙壁向外移动了一样。房子里没了那些家具，显得格外空旷，以至于一个咳嗽、一句话或是脚步声都显得格外洪亮，但却异常空洞。缺失的玻璃柜、书桌、穿衣镜和盔甲在地上留下方形的痕迹，看起来就像不知通向哪里的门廊。地上浅色的方块代表这里曾经是我们铺地毯的地方，等到了晚上，在想象力的助力下，它们就变成了幽灵陷阱，神秘地召唤我踩上去，走向那不知道会通向哪里的地方。硬币大小的圆形痕迹是沙发和椅子留下的，三个圆形痕迹标志着原来钢琴的位置，我试图避开那个角落，因为没了钢琴之后的寂静让人感到抑郁。我无法忽视房间里的各种问题：脱落的油漆，松落的墙纸和掉下来的印花窗帘。

如何摆放家具也成了一个问题，房间里没了床，亚麻的床上用品堆了一地，而柜子、桌子和衣柜的缺失更是让地上堆满了各种杂物。拍卖师向我保证，为我们家书房特制的书架能卖个大价钱，他说得没错，但是我们家的皮面精装的书只能堆在地上。

冬天来了，房子里越来越冷。炉子里除了冰凉的炉灰什么都没有，所以我别无选择。我砍倒了后院里的一棵树。为了找点没用的物件点燃潮湿的木头，我爬上了阁楼。阁楼的尽头垂着几条像破布一样灰色的碎絮，想必那里曾经有一张紧绷的织工精良的大蜘蛛网。我终于找到了那个盒子。等我擦掉了上面的灰，开始在里面翻找母亲当年整理出来的"违禁书籍"。我得让房子暖和起来。

我知道我必须去找一份工作，不然就只有死路一条，但是我不知道如何去找一份工作。我和我的双亲，以及他们的双亲都以为我会继承家族产业。我父亲从我儿时就告诉我，等他退休以后，我将接过家族产业的大旗，就如他从他的父亲手里继承工厂一样，我也会把工厂传给他的孙子。

当然，工厂早就不复存在。战争期间，工厂因为生产战争物资遭到了轰炸。按照惯例，不在场的人将要为那些无法证明的事情负责，这是为了保护幸存者，而我父亲也是其中一员。他的车从废墟里彻底消失，奶奶认为是他的员工偷走了它，将它转手卖到匈牙利去了。就算事情不是那样，我也永远不可能找回这辆车了，因为现在工厂是在苏军占领区。

虽然车和工厂都有保险，但是保险合同里的条款表明公司可以不用赔偿任何因为战争所造成的损失和破坏。马歇尔计划让我短暂地燃起了一点希望，虽然我无法忽视这项计划也要帮助许多人，对我而言没有直接的好处。

我坐在一个咖啡店里，翻找有什么工作岗位我可以胜任，我点了一杯棕咖啡，里面的牛奶少得可怜，但是我只能喝得起这个。工作机会并不多，甚至没有占满一页报纸，但是权衡利弊却是很费时间的一件事。大多数工作是建筑和重建工作，我的身体条件不符合要求。排版员是进入新闻行业的第一步，但是正常人怎么会雇佣我这种残疾人？而且我作为一个行李员或者玻璃工学徒的话又太老了。

我在大街上胆子更大些。我去了六家工厂，希望能在流水线上干活。但是没人会雇佣一个没有经验的一只手的残疾人。所以，我提议只要支付我最低工资的一半就好，我几乎是用一种谄媚的语气向他们表示："只有一只手的人，就算半个人的工钱。"但是这也不能让他们改变主意。我提议我可以免费干活，等他们觉得我合格了之后再付我工资也行，但是他们摇头说，如果我受伤的话，责任都在他们头上。接着我又去邮局和市政府试了试运气，我觉得他们就是不能付我赔偿金，但最起码他们可以给我一份工作。我还真是错得没边。但是，市政府有人建议我去维也纳再就业办公室碰碰运气。

我从办公室外面看到走廊里面人头攒动，差点转身就走了。但是进去才是更可怕的事情。虽然大家同为人类，但是里面的体味比美泉宫动物园的味道好不了多少。找个能写表格的地方都得费好大的力气，但是下一步更困难：去投币机拍一张自己的照片。这意味着要把自己当成公共场合的一件展品，我努力揉揉脸，使劲挤出个微笑。

玻璃窗后面坐着的女人用手揉了揉眼睛，她浅黑色的头发梳成了两个大辫子。她睁开眼的时候，眼睛水汪汪的，刚好看到我在盯着她身后的共和国双头鹰海报。原本它是哈布斯堡的会长，但是当奥匈帝国覆灭的时候，奥地利保留了它，并给它加上了锤头和长柄镰。等等，也许那是短柄镰？我对农业一无所知。我开始感叹，连它都有份工作，但是那女人打断了我的思路。

"你的申请表没有写完。你有什么资历？"她抓起一支笔，笔尖在横线上快速地跳动，就好像缝纫机的针头一样。

"嗯，我工作努力……"我说。

"你要是以前从没工作过，我怎么知道你工作努力呢？"

她的笔还在那里一上一下，让我越发动摇。

"我在家里干活很卖力。做饭，打扫卫生。你懂的，各种活。"

她笑了下，当我注意到她门牙上的缝隙时，她的表情又变得酸腐起来："谢谢，下一个！"

我站了起来，但是走不动路。我想留下个好印象，但是另一个人已经占住了座位，而且那女人似乎已经完全无视了我。

与此同时，还要交税，还要面对各种账单。我收到了来自法警的信件，信里说他们会上门来找我，要是我不开门，法院令有权要求一名锁匠来开门。我无法想象艾丽莎会怎么想。恐惧催生了我的下一个决定。我把家里所有的橡木镶板、石雕和进口的佛罗伦萨地板都拆了下来。大门依然紧锁，黄铜制成的狮子头门环却拆掉了。所有这些都拿去拍卖，赚来的钱都用来偿还债务，我的焦虑暂时离我而去。

檐板搬走后，墙上的伤疤在向我皱眉。空荡荡的门廊好像无牙的巨口，对我的所作所为感到震惊。前厅和起居室看起来还没完工，当然，整个房子现在看起来都是这样。整栋房子毫无舒适可言。我感觉艾丽莎和我好像是偷偷住在别人家一样。

艾丽莎对这一切的反应都很镇定，她叉着腰，和以前责备我的时候一模一样。"乔纳斯，别指望我在一旁袖手旁观什么都不说！我知道你破产了。我现在就是个累赘。你还得负责我的衣食住行，所有这些费用都是因为我！"

"我？这么一栋房子的主人？怕不是大半个维也纳都想破落成我这副模样呢。"

"房子越大越花钱。"

"这不是你一个女人考虑的事情。"

"我的脑子和你们男人的一样！"

"你早就向我证明了这事，但是数学不是财务。"我平静地说道。

我去斯塔德公园碰碰运气，看看能不能卖掉一些书，毕竟我们的存书还是不少的。公园里有不少音乐家在演奏弦乐器挣钱，其中有些人演奏几小时，他们面前的天鹅绒盒子里也只有几个硬币。世道艰难啊，相比之下，我的运气好多了，因为我卖了两本皮面书，一本关于神圣罗马帝国的书，另一本关于哈布斯堡。两本书一共赚了14先令。我来给你们讲讲这大概值多少钱，如果没记错的话，1.75先令可以买半升啤酒，1.8先令可以买电车的往返票。买书的人都是英国占领军，要么是他们对书感兴趣，要么就是他们家里人对它感兴趣。

一对情侣手挽着手，沿着小路向我走来。虽然自从童年之后就再没见过他，但是我一眼就认出了他——安德列斯，参加当年母亲为我举办的生日派对的双胞胎之一。他带着漂亮的奥地利女朋友，姑娘看上去端庄有教养。因为羞于被别人看到我为了赚几块钱落到这步田地，我收齐了所有没卖的书，选了一条没人走的小道，低着头向着公园后面走去。我的毛衣很快就刮在了灌木上，我对自己也很生气，毕竟在这么大一个公园里，遇到同一对情侣两次的概率有多少呢？但是当我抬起头，我简直无法相信：安德列斯和他的女朋友就在我前方十米处。我的鞋上都是泥，安德列斯也努力踮着脚尖走路，让自己的鞋子保持干净，但是都是无用功。他的女朋友抓着他的胳膊，地上的泥水让她站都站不稳。

我俩四目相对，我才反应过来其实安德列斯在我们第一次见面的时候就已经认出了我，并且花了不少力气躲开我。他脸上的表情还是难以捉摸，我们马上就要在这条小道上撞到一起了，我们离得越近，眼睛在彼此身上就锁得越死。他的反应取决于我，我的反应取决于他。我想假装不认识他，脑子里的呐喊声简直要飞出来了。

"走啦。"他女朋友显得有些不耐烦，拉着他从我身边走过。

我再也没有回到斯塔德公园，提了一篮子家里的纪念品准备去跳蚤市场碰碰运气。一个季节里我会带着二手衣服去卖，换一个季节就是带上小饰品、人像、小雕像、唱片、药盒以及迈森瓷器，家里有什么纪念品就卖什么。跳蚤市场的日子可不好过，现在它是个找乐子的好地方，但是那时候可是挤满了饥饿且努力求生的人。老妇们在那里卖蛋糕，要是卖不掉，那些就是她们这一周的食物。我看到一个人连续三次卖同一个银质烛台。他的同伙会跟踪买了烛台的人，等到了月底，那个烛台又出现在那个人的摊位上。跳蚤市场还因为你可以用低价买回自己丢掉的手表而出名。你现在可以把自己的雨伞扔在卖鱼的摊子上，想扔多久都可以。但是那个时候，人们带着雨伞走进跳蚤市场，离开的时候也带着雨伞，但是雨伞却不是同一把雨伞。偷窃是一个周而复始的过程，就连那些诚实靠谱的人也是如此。

在纠结之后，我决定放下顾虑去卖乌特的小提琴。我希望一小时左右就能卖掉它，但是直到跳蚤市场快要散场，摊位都撤走，垃圾在地上越积越多的时候，我还是没有卖出小提琴。整整一天，孩子们对着小提琴如同胃酸消化食物一样发出咯咯的笑声。他们的父母就会把小提琴还给我，向我道歉，因为他们只想逗孩子开心。有些还在离开的时候大哭大闹，一想到乌特，我就感到伤心，和这个世界渐渐脱离。

第二天，两个美国士兵看了看我的小提琴，一个人试了试琴弦然后调了调弦轴，他演奏的曲目里没有任何匈牙利吉卜赛音乐的元素。但是人群在他们周围聚集，还有人开始鼓掌叫好。那个士兵的朋友退后几步，用手指戳了戳太阳穴，示意他的朋友脑子不太正常。我回以会意的微笑，但是当那个美国人演奏完毕后，日子还是一如既往地平淡，对他来说好像一切都没发生过一样。他躬下身子，戏谑着说："谢谢，谢谢，拜托，不要签名。"

为了展示小提琴的质量，我自己也会拉上一曲。我赢得了一些人的

200

好奇心，他们停下了脚步看一看我。一个女士走上前，有什么东西掉进了我的小提琴盒里。紧接着，一个男人也向里面撒了一把外国硬币。我因为这种误解而感到羞愧——他们以为我是个因为战争而无法演奏的小提琴家。忽然，我在他们眼中看到了自己。我不过是个来自另一个时间和空间的被放逐之人，一个废物，在外面乞讨求生！

这简直无法容忍，我感觉我成了他们想象的那个人，公园里的那些甜美悲伤的乐曲让我越发进入角色。我心烦意乱地离开市场，打算把小提琴卖给当年把它卖给父亲的那个琴师。我花了一小时在狭窄的街道上穿行，在附近的街区里奔跑，但是他的小店早就没了。那片地区里许多人也都不见了。阴沟里的水静静地流淌着，直到一个趴在阴沟里的人将水流咕嘟咕嘟地一分为二。我以为是有人在那里溺水了，于是扔下小提琴冲过去帮忙，但那不过是别人扔在那里的一件黑色外套罢了。等我回去拿小提琴的时候，地上空无一物，我巡视四周，还是不见小提琴的踪迹。我在附近找了几小时，还是不愿相信这个事实，但是地上的光滑鹅卵石上并没有黑色小提琴盒的踪迹，只有那条阴沟里的水仍在流淌。

第二十二章

那个 7 月，我们遭受了这几年来奥地利少有的洪灾，多瑙河漫进了维也纳，在某些地方船比车好用多了。即便是某些住得远离河边的人也陷入了齐膝深的洪水中。洪水流进人们的房子里，热情地帮助大家重新布置了家具的摆放。住房和酒店都能看到水景了。我看到葡萄酒瓶像一群鸭子一样在大街上漂荡，球场变成了湖泊，鸭子们在里面游荡，就好像这些水塘打从一开始就在那里一样。

艾丽莎连续五天溜出去欣赏洪水，就好像那年冬天喜欢雪花一样，只不过她要过很久才会很不情愿地回家。我没有强迫她回来。实际上，她把这场洪水看作一个期待已久的迹象以坚定她的信仰，很快她说话的时候都要带上"上帝"两个字。她认为所有事情都是上帝的旨意。她浑身湿漉漉的，冻得浑身发抖，只能裹着毯子坐在地板中央，仰望天空等待上帝。她让我想起了虫蛹，我很期待有一天她背后能够长出翅膀。最后，上帝终于变成了我们俩关系紧张的导火索。他变成了一个入侵者，我们俩关系中的第三者，一个必须认真对待的竞争者，一个情敌——慷慨，爱人，完美，全知而且爱管闲事。

我明确告诉她，天上没有上帝，地下也没有恶魔。我不是完全相信上帝，他对我来说和相信有鬼差不多。这种情况持续到有一天晚上我听到奇怪的声音。艾丽莎说有一道光让我们能够区别对错，识别真假。她相信当我们死去时，我们就能看到这道光再次照进我们的人生。那时候我们就能一次获得所有的真理，所有的精髓，一点一滴全不放过，就好像上帝看见了一遍草地并且熟知其中每一片草叶一样。她让我痛苦万分，宣称我们的房子中充满了上帝之光，还问我难道就看不到吗。

我四处寻找她所指的"上帝之光"。确实，周围较之往常更为明亮，一种柔软的光芒充满了房间，但其中的真实原因却非常乏味：那年冬天的暴雪压垮了一些屋顶板，所以有些光透了进来。除此之外，屋子里的天花板全都裂了，所以雨水顺着墙壁流了进来，光线反射在上面晶莹剔透，让房子里有了一种平日里看不到的光芒。虽然我对于这种情况非常郁闷，但是我却束手无策。

为了能看到往日的艾丽莎，哪怕只是一秒钟，哪怕只是一个微笑，我想尽了办法。我通常会拿着买日常用品的钱去富裕的美军占领区为她买一些点心，等我回家的时候她就能吃到裹着糖霜的杏仁、软糖和焦糖爆米花。我还为她做了点缀着棉花软糖的巧克力，你用点热开水就能做出来，又或者用黄油给她做煎饼。一盒子巧克力能让她心花怒放。巧克力盒子背面没有写明巧克力的内馅，所以未知的惊喜让她脸上放光，巧克力的内馅可能是椰子、核桃、奶油、太妃糖和覆盆子酱。她非常喜欢这些东西，能吃下好多，最后她的肚子会胀得像一个孕妇，只能在地上打滚。

每当她看到我拿着纸袋回来的时候，她的脸上就会放出光芒，花上一大把时间吃光袋子里的东西，随后她又回到以前的样子。我不得不承认，我是一个懦夫，一个傻瓜，不停地屈服，明明知道长期这么做的后果，但是却选择忽视它们，只是为了能获得一丝慰藉。她没法穿进旧衣服里，腿塞不进去，更别说把胳膊塞进去了。

然而，我还是翻箱倒柜，把家里最后一点东西卖掉，给她买新衣服，衣服的款式一如那些富裕年月里给她买的一样。我这么做只是为了让她以为我还有一些存款。当然，这可能也是因为我的自私吧。尽管毫无希望可言，我还是想让她能看起来像以前一样得到了很好的照顾。但没有什么能够掩盖她油腻的脸、长着斑点的皮肤，以及因为吃了太多的糖而留在牙上的斑痕。

事实上，看着她一点点变丑，我的自信心却逐步增强了。她开玩笑说我起码还有英俊的一半，而她则是从里丑到外。她越发频繁地说我的伤疤越发好看起来。我发现我的身体更加健壮，肌肉更加发达，注意到街上的人们不再用一种厌烦的眼光看我，我也不会因为他们盯着我的眼神而感到难堪。不知怎的，人们还很为我陶醉。我依然深爱艾丽莎，但是我一想到别人不会像几年前一样从我身边贪婪地掠走她，就感到很安心。我知道，虽然艾丽莎现在不漂亮了，但是她还是知道我爱她的。这种感情不需表达，但是确实存在，你能感觉到它就在空气中，垂着它大大的、害羞的脑袋飘在空中。

我选择卖了自家房子不是仅仅从经济学角度进行考虑。如果要说真正的动机，发自内心地说，经济问题不过是自我欺骗的谎言。我其实想卖掉房子，我就可以不必去工作，待在家里好好看着艾丽莎。

不久之后，我就和一家房屋中介签订了独家合同，中介在周中期的某天下午带来了客户看房。第一个显示出对房子有兴趣的是一个建筑师，他让中介印象深刻，因为他对房子的了解比我对房子的了解还多，毕竟我还在这儿住了这么多年。他能指出哪些部分是初始结构，哪些是后期改造的，每一个地方都说得很清楚。他在房子里到处走动，而中介开心得合不拢嘴。当他上楼的时候，我难以掩饰自己的抵触情绪，警觉了起来，因为他一定会看出来艾丽莎的隔间是怎么回事。

而当他看到隔间墙壁的时候，我心中的恐惧更是无以复加，因为他开始用手摸隔间的墙壁。他感到很困惑，但是不论他想到了什么，他都没说出来。

艾丽莎能察觉到我的压力。那些日子里，我会毫无理由地大发雷霆。要是牛奶洒了，水龙头没关或是一盏灯还亮着，我就会教训她说，这种粗心大意就是浪费钱，就是这种粗心大意让我不得不把房子拿去卖了。说真的，我说的话我自己一个字都不信。真正让我心烦意乱的不是钱的问题而是我们未来的不确定性。尽管如此，我每次发火还是能持续很久，把一切都怪在她的头上。我管她叫一个自私，以自我为中心，浪费成性，毫不负责的泼妇。有时候，我表现得就像一个暴君，看到她浴缸里的水升至超过一半的高度时，就去把水切断。要是她说太多关于上帝的事情，我就去打开保险盒，关掉电力总闸。要是上帝能给她光明，那我完全想不出原因为什么要给她支付高昂的照明费用。

有一次，她没有因为自怜而退缩。她说我就像一个满心嫉妒的大笨蛋，把上帝当作敌人，以为自己能和他平起平坐。"总而言之，"她说，"我觉得你为了我已经牺牲得够多了。现在该我为你牺牲一下，用我去换取你的自由吧。"她的用词充满讽刺，但是她的声音却很严肃。

"你刚才说什么？"

"你可以随意处置我了。"

"你什么意思？"

"用你的想象力忘记我的存在吧。让我从这里出去。这是最简单的办法。命运对我自有它的安排。"

"你这是说什么疯话呢？"

"这是我能证明爱情的最好证据。我自愿牺牲自己换取你的自由。这就是爱呀，给自己爱的人空间和自由。爱不应当被占有欲支配，不能为了自己的欲望控制另一个人。爱不是把两个人捆在一起。爱像空气一样自由自在，犹如风，对，就像上帝的光辉。"

我知道她对上帝的赞美就是对我的攻击。这些年来，她一直在教导我的行为，批判我，深知我明白她想表达的意思。我把她紧紧地抱住，就好像我心里所有的占有欲全都化作了抱她的力气。

"那根本不是爱！"我大喊道，"爱是让两个人不论如何都待在一起。爱是胶水，越强大，就越能让两个人待在一起！一个人不会因为两条腿跑得比四条腿爬得快，就放弃另一半。想让自己的所爱和自己待在一起根本不是自私！是爱！你必须爱你所爱。你必须和他待在一起。爱是一种紧密的联系，让两个人变成一个人，而不是一个敞着门的猪圈。"

直到这时，我才反应过来，她在求我赶紧松开，免得被我勒死。

她弯下身子喘气，大喊道："你才是猪！猪！你当然不会理解是怎么回事！我怎么能认为你会明白？简直是对牛弹琴！只有当你面对一百个选择，千万种可能性，随缘选择了与所爱的人待在一起的时候，你说的话才有意义。"

我们整晚都在吵架。她要是想不洗漱就睡觉，我就去打开电闸，再用台灯照她的脸。我那时候表现得非常孩子气，但是她也没好到哪里去。她会管我叫"schlemiel"。等等，也许是"schlimazel"？（我记不清是哪个词了。我记得前者意味着干坏事的人，后者则是倒霉蛋。）她说我是个被毁了容的傻瓜，让我滚到别的地方睡觉去。她试图用自己胖胖的大腿把我推下床。但是我不停挪动屁股，不停地拿她开心，最后她把一杯水倒在我睡觉的那一边床垫上。我冲到她那边，然后把她推到湿的那一边。她爬下床，拿起她一本关于哲学或是其他什么玄学的教科书。我可以看出来她并不想看书，这不过是表达态度罢了。目中无人的表情已经说明了一切。像她这么聪明的人完全不该在我身上浪费时间。于是，我又把电闸关掉了。

我们俩就这么僵持着。直到我听到她开始转动楼下门锁的时候，我才冲下去跪在她的面前乞求她的原谅。那天晚上剩下的时间里，我躺在湿湿的床垫上，用胳膊环抱着她，但是我还是能感觉到她还在生我的气，虽然每隔五分钟左右我就会问她一次，而她也说自己不生气。

太阳终于升起来了。我觉得她也在假装睡觉，因为她不知道该怎么办，说实话，我对此感到很高兴，因为我也不知道该怎么办。房子里一团糟，房间里的每一件东西都见证了我们的争吵，不停提醒我那些努力想忘掉的细节。她的书还留在原地侮辱着我，满地是我们用来擦眼泪的纸巾团，就好像纸花一样，等着插进花束里。

因为睡眠不足，我感到头痛欲裂，但是我还得出去买点面包。当我经过花店的时候，想去买一束雪绒花给她，但这让我想到了一个更好的主意，于是跳上电车去了闹市区。

结果一切证明是一场惨败。当她看到桌上放着的美丽小鸟的时候，脸色马上阴沉下来。虽然小鸟在栖木之间欢快地跳来跳去，欢快地唱着歌，她的脸色还是没有变。她认为这是新一轮争吵的导火索，而不是我所谓的和平的象征，她反复责怪我，说我把鸟儿关在笼子里是一种罪，因为它们本就该在天空翱翔。

"我买来的时候，它就在笼子里，它在笼子里还是在宠物店又或者是在别人家有什么区别呢？"

"这是一种可怕的罪行！"她大喊着，忽然用手盖住了脸，把小鸟都吓了一跳，小鸟不停地用光亮的羽毛顶撞白色的顶棚。听到小鸟的声音，她的哀号更夸张了。

"它在外面可能会被猎鹰或者猫吃掉！它根本就无法生存。它还是在这儿比较好，起码有人保护它。"

"它在这里永远都不会知道生命的真谛。它只能是一只宠物，永远都不会成为一只鸟。你难道不明白吗？"她的话里语气分明，我们都知道彼此争吵的真正原因是什么。

"如果你觉得被撕碎和折磨就是生命的真谛，那就请便吧。我个人认为那是死亡。你这么喜欢上帝的造物？那就自己动手放了它吧。"我亲自把厨房窗户打开，上面锈迹斑斑，"我会把它死后的尸首拿给你看的。但是我警告你，场面血腥，女士不宜。"

一开始，艾丽莎表现出了恶心的表情。小鸟唱着歌，一脸无辜地扭着头看她，她一点点把笼子门打开到一半。小鸟在栖木之间越跳越快，还以为要给她喂食。犹豫了好一会儿之后，艾丽莎完全打开了笼子门，小鸟却一动不动。

一阵清风吹开了窗子，就好像上天在提醒小鸟快去寻找自由。小鸟还是一动不动。艾丽莎把手伸进笼子，小鸟扇动着翅膀跳来跳去。等她抓着小鸟，把它拉出笼子的时候，小鸟啄了啄她的手，又跳回了笼子里，蹲在它的水碗边上。胜利属于我，我情不自禁笑了起来。

她慢慢地把手又伸了进去，这次是用双手轻轻地抓着小鸟，把它放在窗台上。她先是用手捧了会儿小鸟，而后慢慢松开手，想让小鸟自己飞走。但是小鸟还是留在原地，不过是羽毛看上去乱了一点。窗外已是春天，空气非常温暖，深吸一口气，刚刚修剪过的草坪沁人心脾，让你的灵魂和肺部瞬间舒展。突然，小鸟就飞出了窗外，就好像上演了一曲胜利大逃亡，而不像是有人放走了它。

我对她这种越来越过分的行为感到厌烦，所以，我做了一件非常丢人的事。我去维德尔夫人家的废墟，从里面挖出一副鸟的骨架，塞进笼子的鸟窝里，一只翅膀还极具戏剧性地戳在笼子外面。虽然相较于买给艾丽莎的那只鸟，这副骨架显得腐败程度有点太高了，但是艾丽莎并没有走近研究。她捂住脸，表现得非常歇斯底里。

第二十三章

我和房屋中介的合同在春天就要过期了，我在中心区寻找下一个合适的中介。正当我想去申肯大街的一家中介碰碰运气的时候，我听到从雄狮大街上的另一个街区的豪华酒店里传来了叫喊的声音。因为手头的事情并不着急，我就走过去看看究竟发生了什么。

结果当这一天结束的时候，眼前这一切也变得稀松平常。有些占领军终于要走了，回到他们自己的国家去了，走的同时还要带走点纪念品，或者是他们三年来逐渐培养出感情的东西，又或者是他们认为在这里工作这么久，值得当作奖励的东西。言外之意就是，没有用钉子固定住的都搬走。不，让我纠正一下：钉子钉住的都能被搬走。我看到几个苏军军官，在士兵的帮助下，搬走了古董床、书台、古画、台灯、狮爪装饰的鱼缸和大理石洗脸盆。更让我意想不到的是，美国人也干着同样的勾当。当地人非常生气，骂个不停，但是却被当作一群毫无感激之心的小人，要是他们太过激动，就会被冲锋枪托砸几下，免得他们忘了自己是谁。

　　我看到一个美国士兵——以下场景听起来可能荒谬，但绝对没有夸张——正在搬运几个世纪前的战争物资：大炮、盔甲、长枪以及中世纪旗帜。虽然我不知道他们从哪里找到的这些东西，也许是从某人的别墅或是博物馆里，不管什么，除了这种地方，想不出哪里还能找到这些。或许大众的情绪并没有我描述的那么糟糕，毕竟不是每个奥地利人都有值得被洗劫的东西。

　　等我回家，还有一个更大的惊喜等着我。一扇窗户上挂着一条黄色的横幅，上面用黑色粗体字写着"已售出"。这简直太棒了，我希望这不是法警为了偿还欠款替我把房子卖了吧。这时候两个人从后院出现，我认出了他们，是好久不见的房屋中介人员和那个建筑师。

　　"看到那个好消息了？"艾歇尔先生的语气非常随意，就好像我们昨天才见过面。

　　"看到了。"我的语气中带着一点点敌意。

　　"如果你真想知道的话，我之前劝过他，但是他完全听不进去。你有你的想法，他有他的想法。等大家都知道再过几年占领军都会撤退的时候，这一切还有什么意义呢？我向你保证，到时候俄国人会在还没等你反应过来的时候，就占领一切。到时候咱们什么都没了。"

　　建筑师发现了这番话中的笑点。"别听他胡说，"他用一种富有吸引力的语气说，"别相信大家的胡言乱语。"

　　艾歇尔先生一脚踢断了一只蘑菇，这玩意儿已经在我们的花园里到处都是，然后对着建筑师微微一笑："维持这么一大栋房子，要是到时候年月又不好了，对你可是很不利的，你难道不害怕吗？"

　　"是啊，我当然害怕，你这些关于苏联人的笑话真是吓死我了。"

　　"你知道有句老话：强按马头不喝水。贝泽勒尔先生，明天来我办公室一趟，我们把手续都办了。这房子很快就不是你的了。"

最终的成交价格，要是我还是个孩子的话，会觉得我们已经是百万富翁了，但是生活用残酷的方式告诉我数字都是相对的。我去寻找新家的时候才发现了这件事。实话实说，卖房子赚来的钱能让我买一个状况不错的小房子，但是我当时没有意识到一个问题。如果我把所有的钱都拿去买新房子，那么我手上就没有多余的钱去支付日常开支。经验告诉我，日常开销日积月累也是一笔不小的数目。所以，我只好放弃买一栋房子的念头，转而去寻找公寓。大一些的公寓和一小套独座差不多一样贵，根据所处位置不同，公寓的价格可能更贵。

我经过再三计算，不停地压缩各种开支。住在精装的公寓里，我们的日子只能过得紧巴巴的。选择一个坐落于糟糕的街区里的普通公寓，不仅能让我们拥有财务自由，而且能让我有时间找到新工作或者重新振作起来。那些老房子看起来黑黑的，而且俄国人在上面留了不少弹坑，新近修建的那些，实在是成本低廉，看起来像个盒子一样，毫无美感，看着它们，你眼睛都疼。穷困的移民坐在门口，靠着窗台，抽着烟，看着日子一天天过去。孩子也看起来不像孩子，他们像一群失去了理想的成年人，像去上班一样在门外玩耍。就连窜来窜去的猫狗看上去都那么狡诈。

我除了空间和美学考虑，还有更重要的一个考虑。每当我走过一栋公寓，我都会非常仔细地透过窗子好好打量一番。很少有几栋公寓对面没有房子，就算对面没有房子，估计过段时间也会盖起新楼。在我看来，你从你的房子望出去能看到别人，就好像是和他们住在一起一样，这对艾丽莎来说是不可能的。有一栋楼挨得太近，以至于我伸出手就能和对面的女人握手了。

我对于这种生活——提防过于好奇的眼睛和好听闲话的耳朵，敌人在暗处潜伏，只等一个机会就把艾丽莎从我身边夺走——已经过得太久了，我渴望和艾丽莎过一种普通的、平淡的生活。是时候让我们从年少心灵的幻想里走出来了。

艾丽莎看着一堆堆的盒子，就好像是一个等着雪崩的孩子，而成年人都躲在避难所里。

"你真不打算把我扔下？"她非常激动地问我，就好像她希望我把她扔下一样。

我抚摸着她乱糟糟的头发，说："我希望我们未来的关系中只有真相、真诚和相互信任。"

"哦，那太无聊了！别和我说这个！摩西在上！我也和你说过谎，那都是以前的事了，你以为呢？你觉得一个男人和一个女人之间能不说假话？只有真相和更加无聊的真相？你打算怎么做，干掉所有的秘密吗？"

当她说这些话的时候，我都认不出她了，更看不懂她的一举一动。她的双手夸张地摆动着，更别说她的下巴，现在已经是个双下巴，看起来好像一个被宠坏的天使。她的脸上挂着充满愤世嫉俗的假笑，眼皮低垂，一副浪荡的样子。实话实说，这种态度在那些寻求所谓解放的女人身上很常见，但是我从没见过艾丽莎这个样子。尤其是她的话让我感到羞愧。

"你以前撒过谎吗？"

"当然撒过谎。"她一边大笑一边眨着眼睛，"你以为我一天到晚在那儿嘲讽你靠的是百分之百的事实吗？你能想象那样的生活吗？你昨晚睡得如何？我根本睡不着，你呼噜打得像猪一样，我简直想杀了你。你想我吗？一点都没有，我脑子里全是我的前任。你能想象那种被真相的刀锋逼着喉咙过日子的生活吗？如果你能在任何时候读懂别人的想法，你觉得我和你睡觉的时候，我还在想着别的男人，你会是什么想法？"

我的谎言在她面前显得微不足道。我甚至可以说，我的谎言和她的谎言相比，简直是爱的证明。

她接着说："我相信你也干过同样的事情，这点你无法反驳。"

"绝对没有，我以我对母亲的记忆发誓。"

"哦，得了吧，乔纳斯。这就是人生的残酷真相之一，整个世界都知道，一代代相传，大家都知道，不过不想承认罢了。所有人都撒过这个谎。也许人类的定义应该从工具的制造者改成谎言的制造者才更贴切。你现在可以承认这一点，我不会生气的。你就没把我的胸部当作是别人的？当你闭上眼睛的时候，你是否想象对面是个护士还是个学校的老师？"

"从来没有，你就是你！你还是艾丽莎，你还是你！"

我那时候已经因为愤怒而面色苍白，这看起来似乎让她非常开心。我忽然好像是从某种魔咒下得到了解脱，能够俯视着她对我动手动脚且完全没有任何反应……我正打算转身离开，但是一种好奇心却让我想回头看看她之前的一切是否都是发自真心。我像一个妇科医生在检查身体一样抚摸着她，这可能是她浑身上下唯一不会撒谎的地方了。她的欲望是真的，这倒让我没想到，而我那近乎冷静的纯医学角度的态度，让她对我的欲望更加强烈，最后我用充满仇恨的眼睛盯着她，问："告诉我，我现在是谁？"

她咬住我的嘴唇，指甲抠进我的身体里，好像整个人都疯了。她以一种虐待狂的风格向我施加痛苦，但是我努力不颤抖。"这才像个男人，一个好男人。"她一边说着，一边挤压着我。

如果我自甘堕落的话，那也是为了考验她，当然疼痛也许起到了一定作用。我冷静地观察着她，她一边闭着眼睛一边继续折磨我。

"把眼睛睁开！"我命令道，她睁开眼睛，脸上光芒四射，带着那

种我所讨厌的放荡表情。"看着我！这儿，看着我！不许转头！"我让
她盯着。

与其说这是一次做爱，不如说是一场摔跤，一场斗殴，一次相互伤
害。等到这场虐待似的丑恶行为（或者随便称呼都可以）接近尾声，艾
丽莎拨弄着我的一撮头发，说："你知道我是爱你的，乔纳斯。我有时
候认为我配不上你，因为我是个很糟糕的人。"

我因为听到了期待已久的道歉而挑起一边的眉毛说："哦？是吗？
此话怎讲？"

"嗯，我觉得，有时候，时不时地……"

"嗯？有时候，时不时地……"

"就是……"她停了一下，手指在地板上来回滑动，没有了瓷砖，
地面看上去像一块巨大的棋盘，"如果，嗯……鉴于你为我牺牲了那么
多，冒了那么多险，做了那么多事，以及我一直以来折磨你，你我都知
道我一直在折磨你。"

"我的身体对此记忆犹新。"

"就是，如果真相大白，我到底是谁，你内心又是什么样子，所有
美丽的真相和所有糟糕的真相一起冒了出来。还记得有一次我放弃全部
的希望和理由继续活下去的时候，你对我说过什么？你说真相是一个非
常危险的概念，一个人想要活下去，真相不一定是必需品。"她反复提
到真相两个字，发音在我听起来就像美酒一样甜美。

她到底知道多少？又有多少她拒绝知道？她是否为了我能承认我撒
过的谎，于是就先承认了自己说过的谎言？又或者事情完全相反，是让
我不要承认自己的谎言？作为她的保护人，我让她感到快乐。作为她的
朋友，我让她哭泣。从英雄到暴君，我变成了一个需要她的普通人。她
需要我保持对她的渴望。但是，我为了自己，还是需要隐瞒真相。

我嘀咕道："我说这话实在是太蠢了。谎言就像你暂时的朋友，能帮你摆脱麻烦。但也只是短期的。长期来看，它们都是叛徒，只会毁了你的人生，把它变成一片废墟。"

"很多生物都栖息在废墟中，把它当作自己的家。你以为我要是不撒点谎，能活到现在吗？我觉得不行。我为什么不直接飞走呢？我的意思是，干脆一走了之，就像那只小鸟一样飞出窗子，一直飞到世界的尽头，不用说谢谢你，不用其他任何东西，不用回头，更不用做什么尝试，直接拍着翅膀一直飞。"

她拍打着自己的胳膊，伸展着好像要飞起来一样，眼睛里还放出一种锐利而狂野的光芒。"但是在外面，现实是那么残酷，自由也需要付出代价。一个想法太多的大脑，一个满负罪孽的灵魂。我只会疯掉，从天上直直地摔到地上。"她的口哨声越来越小，胳膊重重地砸在两侧的身上，"砸在地上，只留下一地碎骨和羽毛。乔纳斯，我警告你，你要想留住我，就把真相留给自己。"

箱子终于做好了，里面铺了羽绒被，还钻了足够多的孔，让她在里面呼吸。我例行公事般地扶着盖子，好让她钻进去。除我之外，没人能用他肮脏的眼睛看艾丽莎。她除了我以外，看不到其他任何男人。从她鬼鬼祟祟的眼神，我可以看出她钻进去之后有多么不安，她也许在测量空间大小，也许在思考我会不会把她扔进多瑙河。她在箱子里并不舒服，特别是她现在还那么胖。她的膝盖只能缩在胸前，而且还得别着脖子才能钻进箱子里。我告诉她不许担心，暗自想着再也没有回头路，扭动钥匙，关上了盖子。

搬家工准时准点到了我家，等到了中午的时候，除了这个由我亲自看管的箱子，他们把所有的东西都搬走了。从他们偷偷看这个箱子的频率来看，他们一定以为这个箱子里装的是从君主时代流传下来的金币。出租车很快就到了，司机看到我费劲地搬着箱子，就赶紧上前帮我把它装进后备厢。因为箱子和后备厢尺寸不符，司机用方言咒骂着把它推到了一边。我们都听到箱子里的声音。

"里面没什么易碎品吧？"

虽然心里一阵恐惧，但是我还是摇了摇头。还没等我坐进副驾驶座，我就听到箱子里传来刮擦的声音和瓮声瓮气的猫叫。我感到非常紧张，于是和司机讨论起了天气，但是司机忽视了我的话茬。

"去哪里？"

我喘了口气，说："麻烦开到第十区，图书大街6号。"

第二十四章

司机拉起手刹，我下了车，发现人行道上到处都是坚果壳，一个老人坐在门口忙着剥坚果吃。我赶快付了司机车钱，还给了一笔不菲的小费，他看了我一眼就绝尘而去了。只留下了呆站在原地的我和脚边的箱子。新的公寓在四楼，而我的搬家工还不见踪影。

"嘿嘿嘿。"老人一边笑着，一边模仿着做出把箱子扛在肩上的动作。我反应过来他并不讲德语，仔细一看（另外闻了一下），发现他甚至不住在这栋公寓里，他可能甚至都不住在这附近。

搬家工们终于出现了，其中一个人拿我的钥匙在手指间玩着杂耍。等到他们拿起箱子的时候，猫叫声又一次响了起来——这是一种微弱的，让人可怜的哀号——几个人互相看了一眼，眼神里满是挖苦和戏谑。一直以来的谜题终于解开了。原来，我是想往一栋不允许养宠物的公寓楼里偷运一只小猫。

"闪到一边去，小家伙。"一名搬家工大喊着，让一个在楼梯间里的小孩赶紧挪到一边去，小孩的尿布看起来就像大鹅的屁股一样。

终于又和艾丽莎独处一室了，我在口袋里疯狂地翻找着钥匙。不在这个口袋，也不在那个口袋。让我感到担心的是，自从搬家工从一米的高度把箱子扔到地板上的时候，箱子里的猫叫声就停止了。

"说点什么！回答我！艾丽莎！"我哀求着，但是她却没有回答我。我的上帝啊，我是不是把钥匙扔在老房子里了？我是不是需要锤子或者螺丝刀？是的，但是那该死的工具箱我又放哪儿去了？我有没有足够的现金支付往返的出租车费？我打开钱包，听到了一枚硬币落地的声音，是我一直寻找的钥匙——我把它塞在钱包里，免得弄丢了。

我一边颤抖着，一边把钥匙塞进锁眼里，打开了盖子，掀掉了盖板。我的第一眼反应是艾丽莎的脑袋不见了，因为不知道怎么了，她在里面变成了趴着的姿势，腿蜷在后面，脑袋以一种很不自然的姿势弯了下去。她的胳膊伸向不同的位置，一只胳膊缩在胸前，另一只胳膊别在身后，她看起来就像一个胳膊脱臼的洋娃娃。

我每动她一下都会让她感到疼痛，但是几分钟后，不论我的手放在什么位置，她都会咯咯地笑，我不禁在想她之前是不是都是在假装很疼的样子。

"安静点！有人会听到你的！"我告诉她。

"轻轻，小小，看不见，就像一只小老鼠……"她的低语就像一首摇篮曲，"轻声慢步，不然脑袋搬家。"

她关于老鼠的歌谣忽然唤起了我的记忆，我问她："你弄出那些响声，你以为你在干什么？！"

"别那么神经兮兮的。我的天哪，那不过是让你知道我还没胡言乱语！也没出现尸僵！你是要被吓死了吗？我是说，担心我死了？"

这个问题不像看起来那么简单，我一点也不喜欢。"你以为呢，"我说，"我该高兴得跳起来？"

"我想……"她开始咬自己的大拇指争取时间，"我想的和你想的一样。"

带着一种过分的小心谨慎，她在自己的新公寓里转了一圈。她的每一个举动看起来都很反常、诡异而且奇怪。她踮着脚尖尽可能轻轻地走路，食指抵在嘴唇上。地板的每次响动都让她捂住耳朵闭上眼睛，就好像踩到了一颗地雷。通过窗户的时候，她会蹲下来用胳膊抱住头，就好像有人向她开枪一样。透过窗子，你看到的基本全是天空，因为这种窗子大多和屋顶斜着相连，而不是像她以前房间的屋顶和窗保持垂直，所以她这当然是在挖苦我。我只能抱着胳膊，与她怒目相视。

这间公寓只有两个房间，但是尺寸不小，而且房间的天花板要比她之前藏身的房间天花板高出很多，老房子的天花板会和你的脑袋亲密接触好几次，直到你记住了它有多矮，才不会撞到头。墙壁刷成白色，给人一种空旷，无人居住的味道。小厨房在西屋的角落里，而浴室在东屋的角落里。不论厨房还是浴室都没有窗户，而当艾丽莎只能站着洗澡的时候，我忍不住笑出了声。洗澡一直是我们两个人吵架的一个话题，现在这个问题不复存在了。房间里只有一个衣柜。她把头探进去，只看到一个衣架在杆子上晃来晃去。等她把毛衣脱下来挂上去之后，衣服的肩膀无助地垂在那里，大概她此时的感觉也是这样吧。

住进新家之后，有一段时间的适应期，艾丽莎让我一天三次地往五金店跑，而她却坐在家里无所事事，最起码我回家的时候，水槽里没洗的玻璃杯和咖啡杯验证了我的推断。我为灯座买的螺丝钉太短了，等我第二次从商店回来的时候才反应过来我其实需要的是螺栓，但是我要是不带上那些螺丝钉，我又怎么能比较出哪种螺栓最合适呢。

我的注意力不能集中，部分原因可以归结于这里的工薪阶层太过随意的举止。好几次，等我回到家里，艾丽莎给我当头一棒——有人趁我不在的时候敲门。有人从门缝下塞进来小字条，字条是用碎纸片写成的，原来这些是住在一楼的贝尔太太的杰作。她总是让我下楼帮她做各种各样的事情。要么是她需要用鸡蛋做蛋糕，要么就是她不小心弄坏了开罐器，或者帮她看看体温计是不是被她搞坏了，因为她丈夫的体温高得吓人。根据我的观察，每当我不在的时候，她就来找我帮忙。

起码楼下的坎彭夫妇还没给我们惹麻烦，最起码是没有直接惹麻烦。他俩天天吵架，就好像猫狗打架一样，而且如果我们恰好在他们上面那个房间的时候，就能听到他们吵架。当他们吵得太凶的时候，他们就会把音乐音量放得很响，我不得不用扫帚砸地板以示抗议。我的行为和我的邻居并没有什么区别。

现代科技每天都会发明全新的电器。你要是去玛利亚希夫尔大街，就不可能错过被围观人群围得水泄不通的展示台，换在过去，只有木偶戏能达到这种效果。过去，女人的头发只能自然风干。现在，有一个非常吵闹的机器，长得就像一个膨胀的兜帽，用以往一半的时间就能吹干头发。人们再也不用亲自去搅合面糊了。现在甚至发明了一个专门打鸡蛋的机器！谁还自己动手打鸡蛋呢？我向你保证，这些都和战争中伤残的一代毫无关系，因为他们才不会去买这些新发明。我们的邻居都买了这些新发明，也多亏了他们，艾丽莎并没有错过这些通电的新玩意儿——最起码听到了它们的各种噪声。她的脸上挂着一丝讥笑，编造出了自己的一套理论：那些噪声想必是因为战后重建吧。

有一天，我刚进入体面的公寓大门，贝尔太太手里拿着拖布，迎上来找我。

"哦，贝泽勒尔先生？"她笑着对我说，"我一直想问你点事。"

她用拖布的手柄指了指我装在邮箱上的白纸卡片——我写了好几张才把我的笔迹写得完美无缺。"我会帮你打印一张和我们一样的。你知道的，毕竟要遵守公寓的统一性和规定。我只要写贝泽勒尔先生几个字就可以了？"

我审视着她的微笑，胖胖的肚子，带着金色扣带的便鞋，手指上戴着的金戒指和拿着拖布的保养良好的手。她想干什么？要是她写乔纳斯·贝泽勒尔先生是不是更好点？或者用我的首字母缩写？她的重点是在我的姓上，不是吗？我在脑海里重复着她的问题。不，她想说："只需要把你的名字写上去就好了吗？""不需要把和你一起住的那个女人的名字也写上？""你替她代收吗？""你觉得你能瞒着大家你俩还没结婚的事实吗？"她脸上写满了让我否认艾丽莎存在的表情。当我回复她的时候，我自觉很粗鲁："写贝泽勒尔先生就好。"

还没过两天，当面包师给我一条面包的时候，说："我们什么时候能看看你家夫人？她喜欢我们家的面包吗？"我回答说这面包是我一个人吃，面包师马上回以戏谑色彩的惊呼："哎呀天哪，那您的胃口还真好得不得了！这些你都一个人吃哦？您没胖成我这个样子，还真是奇迹！"他拍了拍自己的肚子，又狐疑地盯着我平坦的肚子，"你是不是把所有的面包渣都拿去喂鸟了？是不是？哈哈哈哈。"他的一举一动像野火一样在其他店主之间蔓延，就连鱼店的老板都为我称上两条鱼，而不是一条，再问我的"夫人"最近如何。从那之后，我决定去城市外围没有人情味的大型综合超市买东西，你可以在那儿找到所有你想要的东西，这主意是从美国人那边传来的。那儿的面包没这么好吃，鱼也都是冻鱼，但是最起码没人会问东问西。

🐦 第二十五章

　　周末的时候，我买了一只猫。在我挑选小猫的时候，艾丽莎肯定还是一个人消磨时间，或是看门下塞进来的小字条。小猫咪们两只爪子抠在地上，它们带粉色条纹的后背看起来就像几个世纪前女人的小扇子，玻璃窗上还有它们的小胡子刚刚擦过的水汽印记。我选了一只最大的猫——白色和橘色相间，眼神哀求着让你带走它。我从大笼子里把它抱了出来，要不是我领养了它，三天之后它就要被毒气毒死。以后我不在家的时候，邻居要是听到任何声音，我都可以用它做借口搪塞他们。我以前怎么没想到这一招。在我回家的时候，我遇到了霍夫乐夫人，从她的脸色可以判断，她从没见过装在篮子里的小猫，大概是因为小猫的叫声又像饥饿的婴儿又像哀号的女人吧。在我们短暂的谈话中，她抱怨人们进来时鞋子上还带着树叶，我借机插话说，这猫是我从兽医那里刚接回来的，所以她也就不会怀疑这猫是我刚买回来的。

　　艾丽莎给这只猫起名叫卡尔，但是更多时候称呼它是亲爱的、我的爱、我的宝贝、我的一切。她会花费几小时抚摸小猫，欣赏它毛色对称的小脸，后来我开始渐渐讨厌这只猫咪了。她每天起得很早，给猫咪准备早饭，而给我们自己准备早饭的时候，则是抖着腿一副漫不经心的样子。她迫不及待地用打结的袜子做成玩具蛇，或者用纽扣和扫帚条做玩具老鼠。她每隔一小时就会给猫的饮水碗里换水，猫窝打扫得比我们的卧室还干净，我在盆子里还能看到她的头发；猫吃饭的碟子被她刷得一尘不染，而我还得提醒她把肥皂盒里的水都倒掉。

她胳膊上全是猫爪留下的伤口，这都是为了把袜子套在卡尔的腿上，卡尔只能发出大吼，咬自己后腿。她说这些袜子是保护自己免受猫爪的攻击。但是袜子保护的应该是我的脚才对！而且，更糟糕的是，猫糟蹋的还是我的袜子！要是我抓着艾丽莎挑逗她，那可就犯了大忌。"哎呀，你知道我这个人很容易瘀青的。"要是我想把头靠在她的胸口，我只能听到她大喊："乔纳斯，不！你都有一吨重了！滚开，我喘不上气了。"

最糟糕的是她并着脚叉开双腿站着，卡尔就可以从她两腿之间走过，还在她腿上蹭来蹭去。它发出非常开心的声音，后背高高拱起，毛发竖立，尾巴也硬邦邦地立着，就好像从中获得了某种性快感似的。我曾经和她说过这件事，并抱怨她屡次拒绝我的示好，而她不置可否，可能事情真的是那么回事。然而，她还是让卡尔蹭来蹭去！有时候，我觉得能保证和平的唯一办法就是和卡尔做朋友，但是每当我靠近它，它就哼哼唧唧地溜走了。一个月之后，我终于失去了耐心，把它逼到了卧室的一角，抓着它的脖子后面的皮，让它坐在我的大腿上。我放手然后想摸摸它，结果它像疯了一样，用爪子狠狠教训了我一顿。

从这以后，我们怎么找，都找不到它了，艾丽莎指责我是故意放它出去。等到夜幕降临，我们才听到一声微弱的猫叫，就好像有人捂住了它的嘴巴，后来艾丽莎从水槽后面的狭小空间里发现了卡尔。它看起来毛发脏乱，不论艾丽莎怎么靠近它，它都对艾丽莎发出咝咝的声音，你对它晃动猫粮的盒子都没用。用它的喝水碗效果更好一点，但是它却不知道感激我，一点诚意都没有。她没有对卡尔生气，反而一连好几天没和我说话，唯一的交流限于一些单音节词，比如哦、不、嗯。

到了周末的时候，我不得不做出一个艰难的决定来解决卡尔的问题，因为它从我们的被子里把羽毛扯了出来，大半夜玩弄铅笔，还在我没来得及晾起来的衣服上撒尿。不论你洗多少次，都洗不掉公猫身上那种尿臊味。

"听着，"艾丽莎许诺，"我会看着它，如果它再犯错就处罚它。"

"我都快等不及了。"我一边说着一边小心接近它，卡尔瞬间浑身紧绷在一起。

"停下！你要是现在动手惩罚的话，它完全不清楚是怎么回事。你得抓个猫赃俱在。"她想了一下，"再说了，应该由我处罚它。要是我来动手的话，它更能明白怎么回事。"

为了能够顺利完成对卡尔的训诫计划，我把一件夹克放在它睡觉的地方，紧紧地盯着它。我的耐心终于有了回报。当艾丽莎忙着把它咬下来的玩具老鼠的纽扣眼睛重新缝回去的时候，我坐在一旁看着卡尔溜走，机警地坐在那里。"你要是想在活动中抓住它最好先赶它一下。"我冷冷地说道。

她连看都没看我一眼，只是低头忙着缝扣子，咬断了线头。随后，她不紧不慢地摇晃到我的桌子前，骄傲地摆动着自己的大胖屁股。她拿起公寓所有权资质证书，慢慢把一端卷出一个尖，用一种温和得让我吃惊的语气说："卡尔，这样不行哟。"又在它的腿上拍了两下。做完这一切，她把证书扔回我的桌子上，都没有把它重新展平，转身又去做活了。

"它在我的衣服上撒尿，难道我得到的就是在后背上拍了两下以示鼓励吗？"我咆哮道，"你破坏起东西来和这只猫一样！我觉得你俩都在戏弄我！"我抓起一把尺子，但是她完全无视了（以她最熟练的方式）——我要"把卡尔四条腿都扯下来"的威胁。

她抢过尺子，在膝盖上把它掰成两节："你简直就是个原始人！应该用噪声而不是疼痛惩罚它。"

"你很快就会明白训诫式痛苦是怎么回事了！"我大喊着，但是猫远比我跑得要快。不管怎样，我的鞋子砸在墙上的声音远比艾丽莎挥动纸筒的声音有效。

"你这个野蛮人！"她大叫，用拳头捶打我的胸口，而她却连小猫的毛都不想伤到一根。我们的争吵让楼下不得不敲地板，这让我们马上停了下来。我和她面面相觑，仿佛被冻结，无法动弹。等了几分钟之后，我看着墙上的凹坑，从牙缝里挤出一句话："看看你都让我做了什么。"

我的话打破了时间冻结的魔法，艾丽莎瘫坐在凳子上，两条腿很没有教养地分到两边。没过一会儿，卡尔就跳到她肥胖的大腿上，艾丽莎挠着它的肚子。卡尔抬起一条后腿，直直伸到空中，舔了起来。它暴露着自己引以为豪的睾丸，这是一种赤裸裸的挑衅，这时我有一种被艾丽莎阉割的感觉。

天还没亮，我为它打开了门，卡尔溜了出去。我带着篮子一直跟着它，最后终于在楼下的邮箱抓到了它。等我回来的时候已经快中午了，艾丽莎一个人在厨房里背对着炉子，憔悴地站着。等她看到我手里拿着什么的时候，脸上瞬间又有了自信。我把篮子递给她，她把猫拿出来，放在肩上，亲了亲它昏昏欲睡的小脸。她又看了看我，这次她发现了剃过毛的地方，知道我找兽医给猫做了绝育。她脸上的女孩子气一扫而空，反而是忽然多了几分和她的真实年龄不符的苍老。

之后的几周，猫长得和艾丽莎一样胖，玩具老鼠扔在房间中央，根本吸引不了它的注意力。要是艾丽莎抓着玩具老鼠的尾巴逗它，它也不过是抬抬爪，嘲讽地眨眨眼。它用一种消极的眼神看着窗外的鸟飞过，让人难以相信它还是一只猫。同样，到了晚上的时候，它就毫无情绪起伏地看着墙上的影子。从那以后，当艾丽莎手上戴着我的袜子去逗猫的时候，卡尔看上去觉得自己是被她的把戏所侮辱了。要是她坚持如此，卡尔就会高傲地站起来，换个地方继续睡觉。就连她的狂吻现在也只能换来猫咪的惺忪眼。猫允许她这么做，但是对此毫无兴趣。

　　艾丽莎和我之间的话题越来越少，就好像我们用尽了所有的谈资。我们还在继续对话，不过是重复往日的话题罢了。我听了她关于去维也纳音乐学院试音的故事，大概有一百遍了。第一轮的时候，她表现得非常棒，就好像有个音乐大师的灵魂在帮助她一样。第二轮的时候，她有些紧张，为了发挥出上一轮的水平，她手指尖移动的距离拉大了一些，就像在演奏小提琴这样的乐器，这举动足够把她拉回初学者的行列。同样地，我估计她也听够了我和奶奶奄奄一息，直到我们俩挤在一张床上，情况才慢慢好转的故事。

　　我们都厌倦了彼此。就连猫都对我俩感到厌倦，只是靠睡觉度日。不可否认，它的生活也曾刺激过，它也曾害怕过我，担心自己的未来如何。现在，要是艾丽莎从桌下给它喂点吃的，我又同时出于愤怒举起胳膊时，它只会抬头看看我手里有没有什么东西可以吃。它再也不去探索周围的环境，毕竟一切都已经熟记于心。我知道它的感受。日常生活已经让我们的世界逐渐缩小，就好像我们住在一个盒子里。我觉得气味可能最能缩减空间感。你从床上，可以闻到几小时前厨房里豆子的味道。从厨房里，你可以闻到浴室里剃须膏的味道，猫什么时候要干什么，我们都一清二楚，说不定猫也早就把我们的作息烂熟于心。一个人要干什么，其他人一清二楚。

我和艾丽莎不再渴望彼此的肉体，我相信是因为我们大多数时候都能看见彼此。在床上，我俩背对背睡觉，忠诚地抓着自己一边的床沿睡觉。有的时候，我会伸出手去，不过那也是因为梦里某个从没见过的女人。如果我是她的亲弟弟，她就不会这样羞辱我了，我伸出去的手，会被她猛扇两下，接着像园丁的脏手套一样被扔回来。

艾丽莎可以一个月不需要我的爱抚，也许女人就是这样吧？然后有一天，她会对我如饥似渴，但也仅此一天，而且还有各种限制。她有极小的可能会用我的腿给自己暖脚，但是我觉得她可能用毛绒玩具，就能达到同样的目的。正如我所说，我要是先动手，那我就太愚蠢了，因为那样肯定会被她拒绝。我能做的就是等待，等她转身，任她摆布。我发誓，下次一定要让她过来先挑逗我，但是每一次当她吹响哨子的时候，我都像一只狗一样跑过去。大概这就是男人的用途吧。

我忘了说，她是几乎不脱衣服的，随着时间的推移，她对这种事情越来越不关心。要是能将衣服稍微扒开一些，那又何必脱掉呢。她对于做爱越来越没有兴趣，用她的话说，她不过是想"借我的腿用一用"，给自己按摩一下，又或者只是按摩她的一部分。出于公平，让她先求我。这就让我陷入了一种糟糕的激动情绪之中，我却不能对她做任何事情，不然她就会恶语相加。我的职责就是躺在那里，胳膊伸直。我能从中获得的回报就是，她也能让我"借她的腿用一用"。

厨房水槽的水滴声可能是唯一能够告诉我们时间流逝的东西了。但是，一滴水和另一滴水之间并没有什么区别，就好像昨天也可以和今天或是明天互换位置。一天早上，发生了一点点小变化，我一言不发地开始切面包，她耸了耸肩，艾丽莎开始煮咖啡。我把东西放在桌上后，就先去了浴室，等我出来的时候，发现床已经收拾好了。我们相视一笑。

因为通常早上是我照顾猫，她打扫厨房。等到她在浴室的时候，我就把豆子泡进水里，我知道她知道我会这么做。然后等她从浴室出来的时候，看到了我所做的一切，我们俩第二次相视一笑——中午前能有两次相视一笑，简直就是创纪录了。

猫，发现了新动向，自然感到很好奇。它跳上了灶台，低着头到处闻，胡子不小心碰到了火焰，烧出来一股难闻的味道。艾丽莎冲过去想看看发生了什么，等她把烧焦的胡子拍掉之后，她发现胡须就像沙砾一样在手里粉碎。这就引出了另一个惊喜，可能是有史以来最大的惊喜——她居然没有责怪我。

那天的午饭，我们并没有单纯地低着头看着盘子，毫无胃口地吞咽着自己的午餐，我们真的聊了会儿天。我告诉艾丽莎不要担心：卡尔的胡子就像我的胡子一样都是无所谓的东西。"才不是呢。"艾丽莎说，"猫的胡子就像走钢丝的人手里拿着的横杆。"我觉得这很可笑，但是她说这就像我们人类的平衡取决于耳朵而不是脚一样。我发誓说，要是卡尔的胡子真有那么重要，它这会儿应该歪在一边或者原地绕圈呢。我虽然不知道为什么，但是我们都笑得像个孩子一样。每当我们看到卡尔等着吃饭时，它一边胡子长一边胡子短地就像一把用了太久的牙刷一样，我们就会爆发出一阵大笑，特别是当我们的举动让卡尔把头扭向胡子完好的那边的时候，情况更是如此。最后它似乎也生气了，就自己走开了。然后艾丽莎打开了窗子，我不像往日那样害怕穿堂风，我允许她这次这么干。

那天的午睡，我们似乎是第一次认识彼此。我们忘记仇恨，彼此曾经所爱的东西，因为我们仍然是原来的我们，而不是因为我们互相远离彼此太久，这很让人称奇。其实很难让新鲜感保鲜，无非是彼此在熟悉的面孔下分享安逸。我抱着艾丽莎，暖风将所有的恩怨都吹走了，为我们的灵魂带来了活力。有只小鸟在唱歌，我在睡梦中飞进了彩色的天空和甜美的摇篮曲中。

我醒来后，直到我下床时才发现地上到处都是水，浅浅一层，看起来就像刚刚偷偷冲上沙滩的海水的薄唇。水并没有退去的意思，反而伴随着孱弱的涟漪一点点地上涨。艾丽莎毫无缘由地试图躺进一个塑料盆里，我通常用那个盆子洗自己的腰带、袜子和其他东西。她仅仅把自己的身子和脑袋先后塞进盆子里，但是她的腿和一条胳膊还在外面，另一只胳膊弯下来试图捏住自己的鼻子。淋浴喷头卡在她身下某个位置，水管肯定已经被压裂了，因为水柱喷出了好远。水面逐步上升，她的头发在水中漂荡，越来越多的水溢出了盆子……卧室里的水已经泡了两堵墙，而且积水越来越多。

"邻居随时会上来！快起来！"我对着她大喊，把她拖出了盆子，不管她是否赤身裸体，身上滴着水，就把她往衣柜里塞。"进去待着。"

她发生了一些变化，但是依然非常平静；她站在那里站了好一会儿，盯着我的眼睛，用她渴求的眼神看着我，寻求着真相。在那一刻，我知道我已经没有机会了。

"别玩花招了。我会处理这一切，你要是听到了声音，不要乱叫。"我告诉她，周围一片混乱，我完全没有兴趣知道她到底哪里发生了变化。我只管把她推进了叮当作响的衣架下面，把铁门砰地甩向她的屁股，把她关在里面。

已经准备就绪，我冲下楼梯，发现几个邻居正在指责彼此应该担负责任。一名丈夫在与另一个人争执，为自己的妻子辩护："我给你说，我的好心人，这可不是我们的错。这都是从贝泽勒尔家漏下来的，他住我们家楼上。也许他这会儿要把自己淹死了。"

"你好啊？"他们尴尬地和我打招呼。

230

"我希望你把水都擦干净了？"坎彭夫人犀利地问我，指了指天花板，充盈的水滴掉下来之前足有河床上的卵石那么大。

我还没说完话，他们就拿好了抹布和桶子，我还没来得及抗议，他们就已经冲上楼，闯进了我们家，我只能跟在他们后面。我想我那时候一定是在做梦，因为我看到艾丽莎赤身裸体直挺挺地坐在西屋中间的椅子上，姿势僵硬。她有权利赤裸裸地坐在那里，头发还在滴水，丰满的乳房垂在肥肥的腹皮上，臃肿的肚腩下面是又粗又短的大腿（可以说大腿根儿肥得足以遮掩那最隐私的部位），就像听话的小学女生，双手压着呈现了酒窝的膝盖，不过呢，粉红丰满的脚趾头就像十个小猪崽一样扭来扭去。她的姿势还有一点不协调之处就是，她的头低低地垂着，就好像因为违抗命令而感到羞愧一样。

我站在邻居们的身后，所以看不到他们的脸，但是我可以清楚地看到艾丽莎的脸，她抬起眼睛，将眼前的一群人尽收眼底。我看到坎彭夫妇很快地扭过头，发出惊呼的同时捂住了嘴。我感到口干舌燥，喉咙里的血管子一跳一跳的。他们马上跪下开始用抹布吸地上的水，再拧进桶里，但多数人都避免看艾丽莎那个方向。贝尔夫妇听到了动静，急忙进来，就好像来参加派对一样，他们也见证了这一幕。艾丽莎和贝尔先生四目相望的样子，就好像他俩之间维持了一段时间的特殊男女关系，看起来让我心如刀绞但是却千真万确。我觉得贝尔夫人肯定也发现了这一点，因为她也扭头去看自己的丈夫——应该是狠狠瞪了他一眼。而贝尔先生，凭借自己随机应变的殷勤和随意，脱下自己打猎用的背心，扔给了艾丽莎。背心以一种奇怪的姿态落在艾丽莎身上，就好像一个无头的情人想扑向她的乳房，再乖顺地滑向她的脚面。

我能感觉到女人们不停地对我翻白眼。而男人们，虽然看上去都很难为情，更多的是同情，他们口干舌燥的样子好像这一切都不是我的错，而是他们共同去面对的自然灾害。贝尔先生安慰大家的生活还将继续，没人会死，保险公司会派专家来。我能感觉到他让所有人都精神紧张，希望他赶快闭嘴。

我用眼神示意艾丽莎赶快穿上衣服，但是除了眨了一下眼睛以外，她完全忽视了我。她坐在那里的样子就好像是在隔空抗议，但是却没有做任何说明，这简直糟糕透顶。当然，在场的女人们都把她当作被害者。但是，艾丽莎已经很久没有见过别人了，也许她不知道该如何应对？

"我妻子不是故意……"我结结巴巴，但是声音低沉，每个字都像是被逼出口的，听起来就完全不像是我在说话，我用力吞了吞口水，继续说道，"她不是总能控制住自己。"

坎彭夫人停止拧手中的毛巾，只能听到水滴掉进水桶的声音。他们看着彼此，一脸茫然，也许艾丽莎对他们而言非常正常。也许他们不相信她是我的妻子？又有什么关系呢？结婚与否，是我自己选择和一个疯女人住在一起的。

"她没法控制自己。她不能控制自己的身体。"我只能听到自己说话。我想现在艾丽莎应该抓住了我递给她的棍子，慢慢爬出流沙……但是除了疯疯癫癫叨唠个不停或是敲打着自己的脑袋以确认我说的观点以外，她只是冷漠地打量着我。她在反驳我！她不仅看起来完全清楚自己在干什么，而且还让周围人感觉她智商很高，意识清醒，甚至还同情我的愚蠢表现。我看了她最后一眼，低下头，在众人面前，我的最后一道防线崩溃了。我根本没有计划下一步要做什么，但是我一旦开始，这就是我拯救颜面最后的机会。

我抽泣着说："你们根本不知道和这么一个妻子在一起过日子是个什么感觉！你得想尽办法把她藏起来。所有那些因她而起的尴尬和耻辱！我从来不知道自由的滋味，不能自由地出去，不能自由地生活。我得把自己关在屋子里，就好像我做了什么错事，就好像我是一个罪犯，只能一辈子在监狱里忍受折磨！"

　　贝尔先生上马上走到了我的旁边，拍着我的后背，其他人也加入他的行列，借给我手帕擤鼻涕。只有艾丽莎迟迟未动，对我摇着头。她的眼神非常好理解：我就是个耻辱。她悄悄地站起来，藏进了衣柜，因为我第二次看她的时候，椅子上已经空无一人。

第二十六章

等他们走了之后，我大发脾气，嫉妒笼罩了一切将我吞噬，我越是想到她的背叛，心中的嫉妒就越发可怕。她是不是有一套密码，通知贝尔先生我已经走了？窗外挂个丝袜，再在地板上敲三下？也许每当我离开之后，他俩就在床上玩了个开心？他的脏屁股就坐在这儿，然后脱掉他的袜子？他是否看到我从街上走来，胳膊挎着装杂货或是干净衣服的篮子时，就会哈哈大笑？我真是个蠢货！这个浑蛋为了能和她在一起费尽心机。而艾丽莎，这位女英雄，会告诉贝尔先生，自己之所以和我在一起完全是出于同情。她淹掉自己的房子只是为了见他吗？也许是因为他想终止与艾丽莎的关系，再次回到他老婆身边？她无声的抗议是否就是为了此事？也许这就是为什么贝尔夫人总是在我离开之后马上来我家——她一定是想抓个现行。

艾丽莎并没有否认认识贝尔先生或是其他任何邻居，我出于愤怒把她扔到床上的时候，感到胸口一阵疼痛……她跨坐在我身上，让我喘不上气，这时才解释说，没人知道她的任何事情和真实身份，对他们而言，她就是贝泽勒尔夫人。我又有什么理由好担心呢？然后她俯下身子，拨弄着我的头发，用一种开玩笑的态度问我："你是不是怕我们可爱的邻居们以为贝泽勒尔先生是个疯子？"

到此为止！我受够她了！我换了锁，所以她就不能自己打开门了。只有拿钥匙的人才能打开。但是，直到我出门前她都用一种似笑非笑的表情看着我。

在闹市区，我周围的一切看起来那么熟悉，但是又那么陌生，就好像它们不再属于这个时间或者空间上的地球一样。闪亮的金属结构从老房子顶上延伸上去，就好像银行把收集到的硬币都熔化了一样，收集硬币最多的银行就能造最高的金属塔。涂着各种颜色的奇怪的汽车在城市里穿行，每当红灯亮起，十几辆车就会停下，四十几米宽的街道就会被堵塞。汽车的尾气让我感到头晕目眩，发动机的噪声盖住了鸽子甜美的叫声、秋日落叶的低语和多瑙河安静的流水声。安静也是一种声音，就好像停顿也是音乐的一部分。

两名警察开车送我回自己的街区，他们一边开车，一边讨论如果两个超级大国，苏联和美国，开始互相发射原子弹，那世界就真的完蛋了。只要一发射原子弹，那么一个巨大的蘑菇云就会冲天而起，强烈的光线会把人们的影子刻在墙上和人行道上。辐射会向四周蔓延，焖熟你的内脏，甚至扭曲母亲子宫里的婴儿。这简直太可怕了，我要回家！回家！回家！

当我认出了街角的修鞋店，他们就让我下车回家休息。以往让我感到讨厌的一切，现在却让我感到舒适：人行道上的坚果壳，从建筑里伸出来的管子，从窗户里冒出的炊烟，就好像既熟悉又温暖的呼吸。

我看到一群人围在我们的公寓前面，男女老少都一脸阴沉地盯着地面。我没去看贝尔先生是不是在那儿。我反而抬起头，看看是不是腾起了一团蘑菇云，结果我看到我们公寓的天窗大开。一个小孩在哭泣，他的母亲在一旁告诉他，所有人终有一死。这时候我才想起来我锁了门。我锁了门！这是我的错。她自杀了，我的天哪，她为了报复我，采用了最糟糕的办法，最糟糕的办法。

我大喊着："艾丽莎！"冲进了人群。

躺在地上的不是艾丽莎，是我们的猫。

第二十七章

之后的几个月，艾丽莎从早到晚躺着看天。她看着每天第一缕曙光将黑夜驱散，天空从黑色变成灰色，再变成蓝色。然后，她会等着天空变成粉色、红色、橙色，最后蓝色的天空变成灰色和白色。当一天结束的时候，天空的调色盘也收了起来，只留下她苍白的脸的轮廓倒映在窗子上。

我问她脑子里都在想什么的时候，她就会一五一十地解释给我听，但是我觉得她的话毫无逻辑。"你看，乔纳斯，当我看着天空的时候，隔壁的人也会看着天空，但是他们从窗子里看到的天空是独一无二的。这片天空就是我的生活，我小小的天堂。这就好像是上帝给我一个人的礼物。你明白吗？"

抱歉，不懂。

你可以从窗子下半截看到树冠，它们也是艾丽莎对生活的理解的一部分。她看着叶苞长出绿叶，上帝的画笔再把树叶涂成红色、橙色和黄色，树叶就开始纷纷脱落。从此以后，她就得出了天空和树的关系，二者在凋零之前都会大放异彩，除此之外，还明白了生与死的奥秘。上帝不会夺走生命，他不过是回收颜色罢了。

我完全不明白她在想什么。我可以听到窗外每隔几分钟就有一辆汽车或者摩托车疾驰而过。楼下的坎彭夫妇在为女儿裙子的长度而吵架，因为那裙子坐下的时候会很不体面地露出膝盖。但是艾丽莎并没有住在现代社会。对她来说，天空连着天空，思想连着思想。对她而言，她并未一动不动，她的速度和地球自转得一样快，在宇宙中翻着筋斗。像我这样的普通人并没有发现自己的速度究竟有多快。

我没有空去想这些愚蠢的事情，因为我的生活里要处理各种文书、烦恼和家务事。我最近收到了一封信，通知有关下一次业主会议的事情。但是我一想到要和一群人围坐在厨房里，我就觉得恶心，于是决定不参加会议。过了几天，我又收到一封让我惊讶的信，信上说业主们投票决定要粉刷一下被汽车尾气熏黑的外墙。这简直是无用功，因为隔壁建筑也做过粉刷，但是过了这些年又被熏黑了。他们还决定用脚手架顺便修一下屋顶。我敢肯定，这不过是想弄出一个我无法支付的账单，好让我滚蛋的阴谋。

我没法睡在艾丽莎身边，她轻柔而又有规律的呼吸，就好像一件折磨人用的刑具，让夜晚变得无比漫长。在那些夜晚里，我的人生好似拼图，碎成无数片不相连的记忆碎片，飘进我的脑海里，杂乱无章地排列在一起。家里人死后的这些年发生的事情，重重地压在我的身上。我会因为想起小学时认识的女孩而难以入睡，并突然惊醒，想着她后来怎么样了。我能在接下来的几小时里想如何和她取得联系。这让我感到一切是那么急切，我必须马上知道结果。等到天亮，我已经把她再次遗忘，脑子里的闹剧看起来是那么可笑。

没有合理的缘由解释我的失眠。我在床上辗转反侧，想念家里的老房子，就好像是我想念自己被炸飞的手。我想出了万全之策，如何找到拿着乌特小提琴的人，以及如何利用政府资金和道歉重建爷爷的工厂。

　　最后，我在糕点厂找到了一份工作，一边赚点钱，一边为自己赢得一点喘息的空间。一座生产糕点的工厂，真是个古怪的概念。机器会搅拌好面糊，倒进模具里，再在面团上加点配料，最后配料会陷进面团，变成里面的馅料。面团会被送进巨大的烤炉进行烤制，之后巨大的风扇会给它们降温，在流水线上再走五米，就可以再加上粉色的糖霜。我认为用"Punschkrapfen①"称呼这种用机器做的蛋糕，简直就是对维也纳传统糕点的侮辱。不管何时出炉的，每个蛋糕都是一样的尺寸，和用心的糕点师做出的东西完全不一样。

　　我们这些工人必须时刻监督机器运转，因为有时候传送带会卡住，要么就是糖霜会忽然掉出来，场面就像雪崩一样。我的工作就是在关上盖子之前，确认六个完整的糕点已经装进了塑料罐子，每一个都配上了它的装饰纸垫，这样它就不会黏在罐子上。我后面的工人会用带子固定盖子，下一个人就会贴上工厂商标。

　　这简直就是地狱。我感觉我就是在努力工作保证自己处于贫穷。要不是我之前去银行抵押了公寓以偿还债务，那么我第一个月就辞职了。我发现我在嫉妒艾丽莎，她永远不必经历这种劳苦的工作或是面对那些可怕的人。当我向离我最近的三个座位上的人问好时，他们最多只会对我点点头。我以为这是因为机器太吵，他们听不到我说话，所以第二天我决定用握手的方式问好。我的手停在空中，感受到了我有史以来最轻微的接触。鉴于她手指的僵硬程度，看来她还真的是不想和我握手。

　　在有足够的时间远离艾丽莎从而可以想念她之后，我发现回家能看到艾丽莎成了一大乐趣，我唯一的欢乐。我给她带她爱看的书，枯燥

---

① 维也纳传统蛋糕之一。

的书，就是那种下面全是脚注的书，但是自从卡尔从屋顶掉下之后，她就再也不看书了，就好像发呆也能给她各种知识，而且还不会让自己的眼睛感到疲劳。她长期的冷漠催促我从工人休息室的旧报纸堆里带回一些报纸，放在房间的各个角落。我希望这些报纸可以替我用现实为她驱散抑郁。我还记得在工厂，因为紧张而四肢不适，每当我想到艾丽莎看到新闻的时候，心里就会猛地一沉。我下班第一件事就是看报纸是否还在原地。它们还在原地动都没动。艾丽莎并不想让报纸完成我该做的事。

"我多大了？"有一天，她盯着窗子上自己透明的倒影忽然问我这个问题。

我想用幽默搪塞过这个问题，回答道："一百岁了。"

"我住在哪儿？"

我告诉她地址，还得重复两次，告诉她怎么拼写。

"我为什么住这儿？"

她需要再听一遍这个故事，这个故事我已经重复太多次，几乎无法完整重复每一个细节。

这一刻还是来了，我从报纸堆里随便挑了一张报纸，对着题目做了个鬼脸，然后用假声念道："一道想象中的铁幕正在成为现实。一道顶部装有铁丝网的高大金属栅栏正在将一座伟大的德国城市一分为二。在某些地方，栅栏一夜之间出现在建筑物前，所以当第二天早上人们看向窗外，想看看今天天气如何时，只能看到曾经的天空已经被囚禁他们的铁笼所取代。不止一对父子被囚禁在栅栏的东侧，寻找有什么可以充当早饭，而母亲和女儿在西侧忙着为他们煎鸡蛋。"

艾丽莎挥挥手，让我赶紧走开。

"好吧，好吧，我们换个故事。嗯哼，'沃纳·冯·布劳恩，从 V-2 火箭到太空火箭梦'。"

　　我用滑稽的语调，一字一句地念着新闻，当然我也跳过了一些内容："1945 年春天，随着苏军的逐步逼近，沃纳·冯·布劳恩和他的科研小组向美军投降。布劳恩的兄弟，另一名火箭工程师，对着一名美军士兵大喊：'你好！我叫马努斯·冯·布劳恩！我哥哥发明了 V-2 火箭！'1945 年 6 月 20 日，美国国务卿同意将布劳恩和他的专家小组作为回形针行动的一部分迁至美国。从此以后，那些曾经被认为是战犯或是安全隐患的德国专家开始为美国人工作。"

　　我站起来，做了个轻轻跳动的动作。

　　"你知道吗？他们说在外太空是没有引力的。"

　　她大笑着朝我扔了一个枕头，叫我不要再说了。

　　"你可以想象咱们俩跳舞吗？你终于可以踩不到我的脚了。"我在她的床垫上跳来跳去，让我的动作看起来女性化一点，这让她笑得更大声。"你要是觉得我们住的环境够糟糕了，那么想想这个……所有的东西都得用钉子固定，就连你的肥皂也是如此。洗澡时的水是向上飞的，你得做好准备，飘在它们上面才行。当你梳头的时候掉了头发，你抬头看，会看到天花板上都是你的头发，到时候看起来就像是打了一把雨伞！"

　　这时候艾丽莎已经笑得捂住了腰。受到此情此景的鼓舞，我指着第三个标题，装模作样地念了起来："男人窝藏女人。从前，有个奥地利男人非常喜欢一个奥地利女人，就把她藏了起来，又或者说为了那个女人而藏起了整个世界……他为了这女人可是冒了生命危险。"

　　艾丽莎抄起第二个枕头，朝我做了一个威胁的眼神。

　　"但是，事情并不是她想的那样。实际上，奥地利已经被战胜国占领了四年。整个城市就像柏林一样被一分为二。"

　　我大气不敢喘一下，心脏又开始了它的三步舞，跳得越来越快，转得越来越圆。我挑起眉毛，指着报纸，模仿着漫画里的动作说："此处有说明。"我说话的声音并不好笑，但是听起来很洪亮而且鼻音很重，就好像一个小丑努力想让事情有趣，但是深知自己并不有趣。

艾丽莎胳膊悬在空中，手中的枕头掉在地上，她颤抖着身子笑完了最后一通，流露出一丝解脱或是一场酝酿已久的骗局。她盯着我看了很长时间，脸上的表情既有失望也有关切，就好像关心的不是她会怎样，而是关心我的命运会怎样。

第二十八章

　　第二天是周一，粉色点心的生产线从我身边经过，它们合成的香气每隔十秒钟就会扑面而来。我已经习惯每天上万个粉色的小点心从我面前经过，而不用在它身上花费一丝心思的感觉。实际上，我要是认真想事的话，整批的点心都可以从我面前经过，如果恰逢我在思考，还真不会看它们一眼，而我今天确实想了很多事情。点心很迷人，一块块粉色晕的圆点，在传送带上堆在一起，上下颠簸，重重摔下去，接着又来了一拨粉色晕的圆点。这难道不像我做决定时的情形？二话没说，我脱掉白色外套，将它和帽子一起挂在衣钩上。我没有点头问好，也没有点头说再见。

　　我心中非常开心。经过了那么多不切实际的方案，我终于想到了一个真正有用的点子。我要带艾丽莎去一个几千公里外的异域小岛。我会卖了公寓，带着钱去和她远走高飞，这些钱在开发成熟的地段，价值要比这里高十倍。这才是我们要的生活！我再也不用工作了。太阳将照耀着我们，海浪在我们身边轻轻地拍打，棕榈树在我们上面摇摆着自己的脑袋。等我把这个消息告诉她的时候，她一定会很开心的，等到她能把脚埋进温暖而真实的沙子里的时候更会欣喜若狂。我们的新生活会让我们焕然一新。世界上像这样的地方多的是，我还在等什么？我没有家庭拖累我，也没有对祖国的挂念。我怎么以前就没想过这种可能性呢？

我在一家旅行社浏览目录，选择多得令人眼花缭乱，这个世界实在是太大了。单单是波利尼西亚群岛能提供的选择就让我浮想联翩：鲁鲁土岛、阿帕塔基岛、默凯莫岛、加勒比群岛、巴巴多斯、格拉纳达……那里有绿松石让你不必去考虑大海和天空在哪里交汇，也不必去考虑自己的过去如何终结抑或是未来在哪里开始：一切都忽然看起来就像纸板一样脆弱。

这种世外桃源的幻景，在我发现每一座岛或是一群岛都是独立的国家之后，证明离现实还有一定距离。哪个国家能让我们去移民？在哪儿能让我的资源价值最大化？旅行经纪人为我提供了航班时间和票价信息，并催促让我买票，但是却不能回答我太多问题。但是，他为我细心地复印下了一串大使馆和领事馆的信息。

一名多米尼加共和国的领事馆工作人员打消了我的美梦，他告诉我，去他们国家必须有两张护照，一张是我的，另一张是我同伴的。其他的领事馆也告诉我类似的答复。艾丽莎的护照，如果我能找到的话，也早就过期了。那个护照照片上的她还是个孩子，再说了，护照上还有个黄星。我要是去更新护照，难道不会引起怀疑吗？

回家时，吹拂着脸颊的新鲜空气让我非常惬意，我想到了新办法。与其去弄一张新护照，不如直接换掉旧护照上的照片，再用黑笔改下日期。如果我们能顺利出国，在遥远的塔拉波托岛，谁又会知道那个黄星代表什么呢？我对此深表怀疑。他们说不定还以为那是一种外交荣誉呢。

但是如果有人在我们离开前，就在施韦夏特机场检查我们的护照怎么办？我得回家再仔细想想。最糟糕的情况下，我只能把她藏在行李箱里，虽然这次我们要去很远的地方，她有可能在路上就死了。我一边爬楼梯，一边思考各种潜在风险。当我看到门上的缺口时，吓了一跳。门上的木头缺了一块，我的第一反应是我们被抢劫了，现在这群匪徒知道了艾丽莎的存在。本世纪刚刚翻开了中篇，他们绝对想不到会发现一个女人在公寓里，我发现艾丽莎不见了。

那一刻，我就知道自己被宣判了没有她在我身边的无期徒刑。她会去找警察吗？这是最糟糕的情况，他们会把我带走，根本不给我机会和她做最后一次推心置腹的谈话。我告诉自己这并不公平。她和我一样有罪！我没有证据证明这一点，但是我知道她明白这一点。每当我想告诉她这一点，她就会冲上来，警告我或者直接制伏我，不让我说出来，这样一来，所有的错就全都在我了！她将置身事外，她当然知道这一切。我痛斥因为年轻犯下的错误和懦弱，但是很快我就期望警察快点把我带走，因为待在家里而艾丽莎不在身边，也是不可理喻的一件事。

但是，强烈的求生欲将我吞没。在警察来之前，我还有机会逃走，搭顺风车的话，我只要一天就能到意大利，坐下一班轮船去南美，去马里的廷巴克图，谁又在乎呢？和即将迎接我的命运相比，这又不算什么。我把随身的东西装到了一个袋子里，快速奔下两层楼，又冲回来草草写了一个字条，让警察转交艾丽莎。我寻找着恰当的词汇，忽然感到心烦意乱。要是她回来了怎么办？要是她需要我怎么办？没人能够照顾她了。会有人相信她的故事吗？

我要是因为这些几乎不可能的事情被抓，我就是个蠢驴。但是，不论她回来的概率有多小，如果她确实回来了，而我因为逃到了另外一块大陆上而错过了彼此，那么这将是我的终生遗憾。我一直想着这件事，几乎为此发疯。所以，我就打开了包，稍做停顿，把包里的东西都放回了原位。

　　白昼渐渐退散，而我毫无心情去开灯。我只是躺在床上，透过窗户盯着外面苍白的天空渐渐变暗。她究竟从这儿看到了什么伟大的真相？我想象着她在屋里随意地走动，挥着手，晃着屁股，不用担心任何事情，为自己给我的各种惊吓而吃吃发笑。我能看到她态度坚决地大步朝前走，眉毛拧在一块，穿过公园，拦住路过的年轻人疯狂地询问。阿道夫·希特勒还活着吗？他们都会躲着她走，认为她是个疯子，这时她会因为惧怕一个独裁政权而误判这种恐惧。这些年轻人是我唯一的机会。我也见过和她知心地聊过天的警察，最糟糕的假设在我心中扎根发芽，我看到了她遇到的第一个人。他会觉得艾丽莎很对他的口味，于是他就确认了我对她说过的每一句话，还说了所有她想听的话，并向她保证一切都是真话，就带她回了自己家，把她占为己有。

　　从第二天早上等到中午，她还是没回来。很难相信不仅她没回来，连警察也没有上门。这时我才想到，她可能不是自己决定离开的，而是被别人怂恿的。一定是贝尔先生这个浑蛋，或是业主委员会的所有人。他们知道我不在家，于是敲掉了锁。也许她先砸门寻求帮助？我挨家挨户问我的邻居，甚至连贝尔先生也没有放过。但是他和其他人一样，都诚恳地说不知道艾丽莎去了哪里。但是，我可以看出来他的妻子和坎彭一家对艾丽莎的一走了之暗自高兴。

　　因为我口袋里空空如也，账户里也没有多少钱，甚至连瓶啤酒都买不了，我试图申请一些奇怪的工作，但是就这样也让我花费不小。信纸、信封、复写纸和邮费加起来也是一笔不小的费用。我到大街上向两个商人提出用一个硬币作为报酬，替他俩洗车。他们接受了我的提议，并支付了我一个硬币作为洗车费。这很公平，生意就是生意。老妇人们就不是很乐意接受我的服务，就连一个硬币的价格都不肯，尽管我提出，为她们拎杂物或者遛狗可以确保双方受益。她们的拒绝，以及因为紧紧抓住手提包而发白的指节，远比那两个商人给我的一个硬币更加羞辱人。

我只剩下一个选择，在恐慌和试图做出微小报复的心理作用下，我决定卖掉两间房子中的一间。我在卖哪一个房间的问题上仔细权衡了一下。她的房间有浴室，而我的房间有厨房，这意味着我以后要么在厨房里洗澡，要么在浴室里做饭。两者听起来都不是很实际，但是后者听起来没那么丢人。我并没有钱去租房子，也没有足够的信用让银行再借我一笔必要的启动资金。我买沙浆和砖头的钱还是多亏了一家美国公司的新玩意儿——信用卡——才买到的，这种外国的舶来品在保守的奥地利还颇有争议。我建了一堵墙将我的房间一分为二。我前后花了四天才砌出一堵坚固、平直的墙。

一个年轻的女佣买下了这套单间公寓，但是在签合同之前，又加了一条规定。我得再建起来一堵墙，也砸掉另一堵墙的一部分，这样就能创造出一个连接楼梯间和浴室的走廊，堵住从我的房间进入浴室的通道，两家人就能共用一个浴室了。我毫无选择，而她对此非常清楚。我现在得把原来房间里的所有东西都拿出来，才能使用我自己的厕所。更多时候我躺在床上，膀胱里满是尿，但却不想起床上厕所。

不仅如此，我渐渐怀疑我是作为一个展品，活在一个小盒子里。虽然没人知道我的存在，但是从某种更高的层面上来说，我就是一个现代人类的标本，一件人类奇观。我不论干什么都感觉得自己被监视。我的盒子越缩越小，我也变成了一个侏儒。我在这个小小的角落里吃饭、睡觉、洗漱，在一个小水槽里喝水和清洗自己。这个小盒子变成了一个笼子，一个高大的巨人在看着我。我能感觉到一双巨大的永不疲倦的眼睛不分日夜，透过天窗窥视着我。它是我的神吗？

　　我完全失去了家的概念，还没等我反应过来，我就已经身处艾丽莎的笼子里了。是艾丽莎将我带了进来，我在她的领地之中，我自己一无所有。她的墙壁太过洁白，我必须赶紧躲开，所以我藏在衣柜里，我每次转身，脸都会碰到柜子。她把我关了起来，她把我困在这里，让我躲在她当年的藏身之处。她会很高兴看着我一点点发酵，直到我的灵魂腐烂！再也没有"见鬼去吧"，再也没有飞吻，只有拍着翅膀飞走的鸟儿。我害怕所有的可能性，为所有的可能祈祷，直到最后被关在这个小隔间里腐烂。

　　是时候振作起来了。我刮了胡子，清理干净，收拾起所有的脏衣服和黏糊糊的盘子！为什么我不去看看信箱呢？也许答案就在里面。情况真的有我想的这么无望吗？为什么是我像个原木上的木瘤一样，等待她走出第一步？我早该像一个男人一样行动。为什么这么说呢，为了能够让她回来，我将搜索维也纳的每一间房子，直到找到她，求她再给我一次机会。用我的真情实感将她挖出来，带走她。我的决心是真实的！这将会变成我的新叶！无数的新叶！我为什么不将真相写下来呢？她大可以自己看后再做决定。这样做能够证明我的爱吗？如果有必要，我会将叶片撒遍维也纳。某人总会遇到她，某人总会知道我说的是谁。

　　在这一片有限的空间里，我起码可以将感受和记忆诉诸文字，起码可以让她永远停留在纸面上。也许它能帮助我发现她，抑或是找到她。想要在这样的人生中找到一点快乐，需要付出极大的努力，不是吗？即便树木都需要时间才能钻透石头，不是吗？它们难道不是向下钻得很深，才能找到一点点水吗？同时不是还要被现实的狂风所弯曲？难道不是将自己大半的根系深入黑暗陈旧的真相之中？而这里根本没有干净的土壤！

　　我已经浪费了太多时间。我还得去买一摞纸和一台打字机，把所有的真相都写下来。不论在此期间我要花费多少力气都没有关系。我还有什么可以失去的呢？我最后的房子？没有房子，没有家庭。我如果在大街上游荡，那么找到她的可能性也许更高。不，如果我战斗到最后的话，就一定可以把她找回来。老天在上，我发誓会给她一段更加深刻的关系，更好的生活，一个阳光明媚的家。我会买一台粉色的拖车，这样我们就可以用余生穿过一座座大桥，从一个小岛开到另一个小岛。我们的生活就会像乌龟一样，她不是自己也曾说过这样的话吗？我们的背上就背着自己的房子。

*

我已经写完了所有内容，又全部通读一遍以防万一。文字有时候会自己偏向不同的方向，所以难免有不雅之处，但有可能不过是陈词滥调罢了。我忽略了一些场景，因为它们不是我所关注的重点。我只是书写，就完成了这部作品，它有自己的生命，就好像我们的记忆一样不完美，而且还残缺不全。我认为从字里行间可以读出我这份爱情的真挚，就好像在动物园里看一只悲伤的大猩猩。我因为缺乏睡眠而疲惫不堪，但是我也从未如此清醒。我放开了自己的拳头。愿我的希望永远不变，和秋日的种子一起翱翔。